ちくま文庫

須永朝彦小説選

須永朝彦
山尾悠子 編

筑摩書房

目次

須永朝彦小説選

契　Der Vertrag

わが額《ぬか》に月差す　死にし弟よ　長き美しき脚を折りてねむれ　葛原妙子

日はめぐり、また秋の月が満ちる。例年のごとく、私は次のやうな新聞広告を出した。

パート・タイマー募集
★ピアノを弾ける17~22歳の男性でチェンバロに興味のある方
★九月九日午後八時より委細面談・即決

応募者は九人やつて来た。まづ、容姿を判じて五人に絞つた。次に頸《くび》すぢの華奢な者二名を残し、最後は指の美しさで決めた。満月の日まで一週間、若者は毎晩八時から十二時までチェンバロに親しんだ。雨天乃至《ないし》曇天すなはち月の見えぬ日は休みとし、報酬は日毎支払ふ取決めであつた。この三年間といふもの、仲秋の満月は見られず、私の唇は鏬《ひゞ》われてゐた。契約者には、チェンバロを弾いて貰ふ事情を一切説明しない。若者の訝しさが募る頃、満月の日がやつて来る。

七曜はすみやかに過ぎ、満月の日がやつて来た。それまでは気の向くまゝ、適当に選んで楽譜を渡してゐたが、今宵は来客のある旨を告げて、真紅の鞣皮《なめしがは》で特別の装幀を施した楽譜を渡し、衣裳部屋に導き、正装させた上で、恙《つゝが》なく弾奏するやう申し渡した。

若者は広間の一隅に据ゑられたチェンバロに向かひ、『最愛の弟の旅立ちに寄せる綺想曲《カプリチオ》』を弾き出した。広間には九脚の椅子が用意されてゐるばかりで、晩餐の支度はない。やがて、正装の青年たちが次々と訪れ、八脚の椅子が占められた。月は、東欧風の飾窓の彼方に耿々と輝り冴えてゐる。今宵は、燈《ひ》を点じない。来客は廿歳《はたち》前後の美しい若者ばかり、全員が黒衣を纏うてゐる。

鍵盤の上を、しなやかな指があざやかに行き交ひ、月光に影が揺れる。終節が懐しくわなゝくバロックの旋律。よし黄金が錆びるならば、それを敲《たゝ》けば斯様《かやう》に荒涼として綺羅綺羅《きらきら》しい音を立てるだらう。若者は見事に弾奏を了へた。私は、彼の肩に優しく手を置き、犒《ねぎら》ひの言葉を贈つて、おもむろにその愛されるための華奢な頸すぢに唇を寄せた。私の荒れた唇はみるみる艶やかによみがへり、もちろん、八人の青年たちにも血は順次頒《わか》ちふるまはれた。チェンバロを弾いた若者の身体は今、八人の青年たちの手によつて、内側に真紅の絹を張つた柩の中に横たへられた。血の気の失せた顔に月光が差し、伏せた睫毛の翳りが羞《やさ》しい。おまへは、今宵から私の九番目の弟になるのだ。

私は十二年前、廿二歳の時、巴爾幹《バルカン》半島を旅行した。以来、今日まで廿二歳のまゝで仲秋の月を九度仰ぎ、九人の弟を得た。世俗風に倣つて指を折ると、丁度耶蘇《イエス》の果てた年齢《とし》になる。しかし、十字は禁物だ。

（『就眠儀式』所収）

ぬばたまの

Die Finsternis

山藤の花序の無限も薄るるとながき夕映に村ひとつ炎ゆ　山中智恵子

かつてありえた世界の太初《はじめ》のやうに、あるいはこののちきたるべき世界の終末《をはり》のごとく美しい夕焼であつた。滝の音が近い。山は、新緑の息吹に覆はれ、処々に炎の色を見せた鬼躑躅《おにつゝじ》や若い男の直衣《なほし》の染色を思ひ出させる山藤などが花をつけてゐる筈だが、既に暮色が漂ひはじめ、その色彩《いろどり》もさだかではない。その日、彼女は、薄闇の迫り来る縁《えん》に近く、裳《も》を孔雀の尾羽のやうに纏うて横坐してゐた。五尺にあまる漆黒の髪が花菖蒲襲《はなあやめがさね》の衣《きぬ》の上に扇をひろげた形に流れ、右手《めて》にもてあそぶ檜扇《ひあふぎ》に描かれた、この季節には似つかはしくない紅葉が、紙燭《しそく》に照り映える。

*

今朝、滝壺近くの淵に若い男の溺死体が二つ上がつた。昨夜遅く、彼女の館の扉《と》を叩いた二人である。一人は鶸《ひは》色のスェーターに灰青色の洋袴《スラックス》、もう一人は石竹《せきちく》色の襯衣《シャツ》に濃藍《ネイヴィ・ブルー》色の洋袴を穿き、いづれも廿歳《はたち》前後、髪が眸《まみ》を隠すほど額《ひたひ》にけぶる細身の眉目やさしい若者であつた。

とくに高い山といふのではないが、踏み込む人は少く、殊に辿る道がまつたく見えぬ滝のあたりまで迷ひ込んで来る者は、殆どゐない。彼女は九十九年と三百六十四日のあひだ男に遇つてゐなかつた。二人の若者は、館の在りやうにまづ驚き、次いで彼女の風体に気を呑まれた。彼らは『雨月物語』も泉鏡花も知らなかつたし、ブラム・ストーカーやレ・ファニュの小説も読んだことが無かつたので、痴人《しれびと》かと疑つてゐたが、端正すぎるくらゐに研ぎ澄まされた冷たい美貌、のぼり藤の定紋が夥しく目立つ調度や衣裳のたぐひも荒れ果てた様子はなく、愈々《いよいよ》気味《からびつ》の悪いことである。二人が通されたのは、几帳を繞《めぐ》らせた相当広い部屋で、片隅に唐櫃が一基置かれてゐた。蓋を開けると、中には、狩衣《かりぎぬ》、直垂《ひたたれ》などから半袴、山伏装束に至る様々の時代に亙《わた》る男装束が蔵《しま》はれてゐた。気味の悪さにまんじりともせず、二人が夜具ともいへぬ夜具の中で身を寄せ合つてゐると、深更に女が訪《おとな》うて来た。この古装束の美しい女の申し出を彼らは断つた。なほ迫り詰め寄る女の凄絶なさまに恐れをなし、二人は妻戸を蹴り、鶯垣を跳び越え、月下の山中に裸足のまゝ逃れ出たが、雲が月を覆ひ、あたりが真闇と化《な》つた片時、滝の近くで足を踏み外したのであつた。滝近くの岩にびつしりと絡みついた山藤の古蔓に足を奪《と》られたにちがひない。

溺死体は互《かた》みに擁き合ひ、顔に苦悶の痕跡もなく、むしろ充ち足りた表情さへ浮かべてゐるといふ面妖さであつた。

＊

彼女は、昨夜半、館から逃れ出た二人が、数刻を経て上げた悲鳴を聴いた時から、ずつと同じ姿勢でこゝに横坐してゐる。逃れる二人に取り縋つた時、石竹色の襯衣の片袖が破れ、手に残つた。

百年に一人か二人、この館に男が迷ひ込んで来たが、館に泊つた男のすべてが例外なく彼女の申し出を受け容れ、その美貌を明日に在らしめるための糧となつて、すなはち朽ちていつた。彼女には、百年を生き継ぐために少くとも一人の男が必要であつた。今宵を以て、男を得られぬまゝの百年が過ぎる。既に数箇月前から覚悟は出来てゐたが、百年を目前にした昨夜、男が現れたのだ。然《しか》も若者が二人も……。その悦びも束の間、あらうことか彼らは彼女に背いた。そして、逃れた二人は、死んでしまつたのだ。嚙みしめる唇が、もう樹肌のやうに荒れ乾いてゐる。
空が血のやうに紅い。彼女はゆらりと立ち上がると、檜扇を縁から抛《はふ》つた。扇は弧
を描いて闇に消えた。ふた、び裳をひろげて横坐すると、かたはらの紙燭の柄を執り、
しづかに倒して瞼を閉ぢた。松脂《まつやに》の臭ひが一瞬強くたちこめ、炎はまづ石竹色の片袖
を侵し、さらに几帳を舐め這ひのぼり、館は忽ち火に包まれて夕焼の中に熔け去つた。
＊

翌朝、若葉に覆はれてゐた筈の山が、滝を周るあたり一帯、ありうべからざる変容
を見せてゐた。山は朱と金との蒔絵をなし、それは、彼女が昨夜闇の中に投じた、あ
の檜扇と寸分違《たが》はぬ色彩《いろどり》であつた。
さらに数日ののち、滝の下流の花菖蒲が繁る瀬に、檜扇が一本、流れついた。形は、
三十九枚の檜《ひのき》の薄板を綴ぢた檜扇——正しくは女房持の衵扇《あこめ》にちがひないが、扇を鮑《あはび》
結びに綴ぢてゐるのは色糸ではなく、漆黒の髪の毛であつた。また、雲形や流水、葦
手や秋草、紅葉は無論のこと、季節を飾る如何《いか》なる絵も描かれてゐない。たゞ血のや
うに凝《こゞ》つた紅色《くれなゐ》で歌らしきものが散らし書きされてゐるばかり、稀に見る見事な筆跡
は、紛れもなく王朝末期、すなはち新古今集が編まれた世に行はれた書風であつた。

水を潜《くぐ》つてきたものの、文字はいさゝかも薄れ滲むことなく、はつきりと次のごとく読めた。

くれなゐのとほき空より問ふこゑの滝の音にもまさるゆふぐれ

（『就眠儀式』所収）

樅の木の下で

Unter der Tanne

深い泉はたぶんそれを知つてゐる
その泉を覗きこんで、ひとりの男がそれを知つた
それを知つて、やがて失つてしまつた
フーゴー・フォン・ホーフマンスタール

その頃、私は十七歳で墺太利《オーストリア》の首都維納《ウィーン》に棲んでゐました。父が墺太利の日本大使館を宰領してゐたからです。当時の墺太利はハプスブルク家の帝室が倒れて混乱をきはめてゐたのですが、父に呼ばれて私が単身到着した頃には大戦後の混乱もやうやく収まり、維納の町も平静を取り戻してゐました。帝政時代の維納はもつと〳〵華やかだつたと言ふ人もゐましたが、はじめて欧羅巴《ヨーロッパ》の大都会を見た私には、そゝりたつ大寺院や旧王宮の結構をはじめ、すべてが素晴しい芸術品のやうに思はれました。学業半ばに日本を離れた私は、当分のあひだ父の部下の若い大使館員に独逸語《ドイツ》と本国の学

問などを教へて貰ふことになりましたが、昼の間は教官に大使館の仕事があるので、私は一人法師《ぼっち》になり暇を持て余してゐました。私が維納に着いたのは、春を告げる舞踏会《バル》が終つたすぐあとの三月の始めで、町には春の訪れを前にした人々の娯《たの》しさが溢れてゐました。

四月になつて、少しは維納の暮しに馴れてきた私は、一人で町を歩けるやうになりましたので、市電や辻馬車に乗つて、毎日あちこちを見物して廻りました。大使館の近くにはハプスブルク家累代の墳墓のあるカプツィネル寺院がありましたが、女帝マリア＝テレジアの壮大無比の墓を中心に、それらは在りし日のハプスブルク帝室と墺太利帝国の威容を充分すぎるほど物語つてゐました。ホーフブルク宮やシェーンブルン離宮には、まだ帝政期の残り香が漂つてゐるやうな気がしましたが、十年あまり前まではこゝに皇帝が住んでゐたのですから、今思へば当然のことでした。

名所旧跡巡りもやがて種が尽きたので、私は公園に出かけて午後のひとゝきを過す習ひを持つやうになりました。目的もなく逍遥したり、あるいは書物を一冊携へて木蔭で読み耽つたり、また遊んでゐる子供たちに片言の独逸語で話しかけたりするのです。維納には到るところに大きな公園があります。北から西にかけての郊外の小高い丘の上には名高い維納の森がひろがり、またあのドナウ川が町の東部を貫いて流れ、それは美しい調和を見せてゐました。

私がヘルベルトに出遇つたのは、ベルヴェデーレ宮の庭園でした。その日は四月も末の曇り日で少し肌寒い天気だつたのですが、何処《どこ》かの公園に出かけるのが既に日々の習はしとなつてゐました。木立の中をくねつて続く遊歩道をゆつくり歩いてゐる時、曲り角の木蔭から突然彼は現れて、私を驚かせました。長身で金髪碧眼、典型的なゲルマン人種の美貌を有《も》つ青年でした。臙脂《えんじ》色の大きな蝶襟飾《ネクタイ》をつけ、暗い緑色の少し古風な服装をしてゐましたが、その貴族的な美しさは、私が維納に棲んでゐる間に見知つた人の中でも群を抜いたものでした。彼は、驚かせてすまないといふ様子でほゝゑみかけ、それがきつかけで私たちは話し出しました。二箇月ほどの間にどうやら会話が出来る程度に私は独逸語を習得してゐたのです。私たちはすぐ友人になりました。私は色も浅黒く異国的な貌《かほ》だちをしてゐましたので、彼ははじめ匈牙利《ハンガリー》のマジャール人かコンスタンティノープルあたりの土耳古《トルコ》系の人かと思つたのださうです。

「ぼくの知人の中に、あなたによく肖《に》た貌だちの人達がゐるのです。彼らは匈牙利の貴族です。それに、父の領地が羅馬尼亜《ルーマニア》の近くにありましてね、そこで育つたものですから、東洋系の方をお見かけすると、つい懐しくなつて声をかけてしまふのですが、失礼を致しました」

彼は、私が日本人と知つて大層驚いた様子で丁寧に謝りましたが、私も彼の素姓を知つて驚きました。彼はヘルベルト・フォン・クロロック公爵といひ、旧《もと》を辿ればハプスブルク家に連なる大貴族でした。帝政が倒れたとはいへ、貴族の称号はまだ〳〵力を持つてゐました。千年王朝とも申すべき血統からくる品位は自《おの》づと私を圧倒しましたが、この廿歳《はたち》の公爵は少しも驕《おご》らず、恰《あたか》も弟にでも対するやうに私に接してくれましたので、初めのうちこそ互ひに丁寧な言葉遣ひをしてゐたものの、すぐ兄弟のやうにうちとけて話せるやうになりました。ヘルベルトは、私が維納で得た最初の墺太利人の友人であり、また私の短い維納滞在を通じての唯一人の知己となつたのでした。その日、彼は、近いうちに私を自邸に招きたいと言ひました。

「ぼくは、この頃退屈してゐるんだ。君が来てくれたらどんなにか楽しいことだらう。その時は迎への馬車を差し向けるからね。必ず来てくれたまへ」

＊

四、五日経つた頃、約束通りヘルベルトから迎への馬車が差し向けられ、私は父の許しを得て出かけました。ヘルベルトの馬車は小型ながらも辻馬車などとは比べものにならぬ瀟洒なもので、御仕着《おしきせ》を纏《まと》うた若い馭者が二頭の白馬を小気味よく操り、扉には双頭の鷲の紋章が打つてありました。甃《いしだゝみ》の狭い路地《ガッセ》を蹄の音と車輪の軋む音をひゞかせ、一区の裏町の方へ馬車はゆつくりと進み、奥まつた閑静な一角で停まりました。あたりには古いバロック風の館や稀にゴシック様式の繊細な造りの建物が並び、その中でもとりわけ立派な門を構へてゐるのがヘルベルトの館でした。

この大きな館に、ヘルベルトは一人で棲んでゐました。もちろん家令や召使、御者や園丁は幾人もゐましたが、彼には父も母も兄弟姉妹もゐないのです。肉親は皆先立つてしまひ、東方の旧領地に若い叔父さんが独りとゞまり棲んでゐるのみで、あとは遠い姻戚の人達が少し残つてゐるといふことでした。

「ねえ君、維納にもまだ貴族は沢山ゐるけれどね、それは名目だけさ。本当の意味での貴族はもう滅びてしまつたんだよ。この間の大戦で欧羅巴の帝室や王室は半分以下に減つてしまつたんだもの。とくに独逸は全滅でね、残つたのはホーエンツォルレン家から出た羅馬尼亜の王室だけさ。欧羅巴の真央《まんなか》にはぽつかり穴が開いたみたいに王室は一つも無いんだ。英吉利《イギリス》に瑞典《スウエーデン》に阿蘭陀《オランダ》、白耳義《ベルギー》、甸抹《デンマーク》、諾威《ノルウエー》、あとは巴爾幹《バルカン》の方に少しばかり、王室が残つたのは海岸沿ひの小さな国と島国だけさ。

ぼくたちは貴族と言つたつて、領地は殆ど失《な》くしたんだし、生ける屍《しかばね》といつたところだね。ぼくみたいに諦めてしまへばいゝけれど、老貴族の御婦人たちの中には、いまだに欧羅巴の半分くらゐは墺太利の領土だと頑《かたくな》に信じ込んでる人達が沢山ゐるんだよ」

墺太利の世継たるフランツ＝フェルディナンド大公夫妻がサライエヴォで暗殺されたことに端を発したあの大戦に墺太利は敗北し、帝政が倒れて、領土も人口も戦前の八分の一くらゐになつてしまつたのでした。ヘルベルトの領地、つまりクロロック公爵領は現在の匈牙利東端から羅馬尼亜にかけての、峻《けは》しい馬蹄型の山脈に囲まれたトランシルヴァニアと呼ばれる地方でしたが、それは十七世紀の末に墺太利が土耳古から匈牙利を奪還した時、クロロック家が皇帝から辺境公に封ぜられて以来、代々統治してきた領地なのださうです。彼は東方の領地を大層愛してゐるらしく、祖先の墳墓もそこにあるといふことでした。たゞ、領地は失つても屋敷や城は羅馬尼亜の王室から所有を認められてゐるので、維納とトランシルヴァニアとを往来《ゆき》して暮してゐる様子でした。トランシルヴァニア……私には欧羅巴の最涯《さいはて》としか思へないのでしたが、ヘルベルトにはそんな所で育つたやうな痕跡は微塵も見受けられませんでした。

＊

ヘルベルトの厚遇をよいことに、それからといふもの、私は一区の路地《ガッセ》の奥の館を屢々《しばしば》訪ねました。彼は、古く美しい調度品や厖大な書物に囲まれて暮してゐましたが、昼間よりも夜の方を好む傾向がありました。楽器も巧みに弾きこなし、よくチェンバロなどを弾いて聞かせてくれました。大きな衣裳部屋には帝政時代の古くからの衣裳が沢山あつて、私にも纏ふやうに勧め、二人で古風な衣裳に身を飾つて過すやうなこともありました。それは舞踊の装束のやうに典雅で、まるで物語の中の王子になつたやうな気分でしたが、そんな女の子みたいなことをしながら、毎日がとても娯しいのでした。

また、二人で街へ出かけることもあり、アン・デア・ウィーン劇場やブルク劇場へ歌劇《オペラ》や芝居を観に伴《つ》れていつて貰ひましたし、映画などもずいぶん見ました。その頃は、ルドルフ・フォルスターとかフリッツ・コルトナー、エリーザベト・ベルクナーなどといふ俳優が維納の人達の人気を集め、音楽映画も盛んで『会議は踊る』とか『未完成交響楽』などが次々と上映され、リリアン・ハーヴェイやウィリー・フリッチェもスターでした。街の酒場などでは亜爾然丁《アルゼンチン》渡来のタンゴが新奇な舞踏曲として持て囃され、既に独逸製のタンゴまで流行してゐました。伯林《ベルリン》ではバルナバス・フォン・ゲッツィの楽団が人気を呼び、維納ではオットー・ドブリントやオイゲン・ヴォルフの楽団が活躍してゐました。ヘルベルトと一緒に、伯林からやつて来たゲッツィの楽団を聞きに出かけたことが一度ありました。ゲッツィは匈牙利の貴族出身といふ触れ込みで、ブダペストの歌劇場のコンサート・マスターを勤めたことがあり、弾奏する提琴《ヴァイオリン》はストラディヴァリウスだといふ噂でしたが、ヘルベルトは「あんな貴族は知らない」と言つて笑つてゐました。

ヘルベルトは大貴族でしたが、東方の領地で育つたせゐか、維納には貴族の知り合ひも多くはないらしく、かういふ時代にはそれが却つて気楽であるかのやうに見受けられました。彼は、東方の旧領地の館のほかに、ボヘミアのマリエンバートやチロルのインスブルックにも別荘を有ち、帝政時代には伊太利《イタリア》のトリエステやヴェネチアにも公爵家の所領があつたのださうです。彼は、ボヘミアの別荘へ出かけるからと、私を誘つてくれました。私たちが出かけたのは、春から夏に移る狭間《はざま》の色とりどりの花が咲き乱れる素晴しい季節でした。

＊

ボヘミアは、当時モラヴィアやスロヴァキアと統合されて共和国となり、既にチェコスロヴァキアと呼ばれてゐましたが、国中にまだ帝政時代の痕跡が残つてゐました。ボヘミア森林地帯へは維納からピルゼン経由でも行けるのですが、私がプラハの町を見てゐないことを知つて、ヘルベルトはプラハに一泊して見物させてくれました。プラハは百塔の町と聞いてゐた通りに塔が多く、維納よりずつと中世風の暗い色調の町でした。ハプスブルク家の歴代皇帝の一人ルドルフ二世は、この町に住み、錬金術や占星術などの異様な趣味に没頭したさうですが、ヘルベルトもその種のことに深い興味を抱いてゐるらしく、私などには到底解しがたい得体の知れぬところもありました。それに、ヘルベルトの貌《かほ》は普通の人よりも蒼白く、瞳の光も際立つて鋭いのです。

独逸との国境を、北のエルツ山脈と西のボヘミア山脈が直角をなして走り、その山麓一帯は鬱蒼とした樅《もみ》の森林が果てしなく続いてゐます。このあたりには温泉が多く、マリエンバートもその一つですが、殊に王侯貴族の別荘が多いやうでした。クロロック家の別荘は町から少し離れた所にぽつんと孤立して建つてゐました。それは、ロココ様式の建物が多い中で珍しく年月を経たバロック様式のものでした。ボヘミア人の若く美しい従僕が、やはりボヘミア人の数名の使用人を指図して私たちの世話をしてくれましたが、ヘルベルトには及ばぬとしても、その従僕の整つた貌だちにはどことなく陰鬱な影があつたやうに憶えてゐます。私たちは一週間ほど滞在しました。別荘の裏手には樅の森が迫ってをり、私たちは毎日森の中を散策して過しました。

樅の森といふのは、日本で見られる杉や檜の森とは全く色調が異なり、何と言つたらい、のでせう……沈んだやうな煙つたやうな深い不思議な色なのです。その森の中にヘルベルトと二人だけでゐる時、私は、しば〳〵軽い眩暈《めまひ》を伴ふ訣《わけ》のわからぬ妖しい気分に支配されました。ヘルベルトのせゐでもあり、樅の森の呪力のためのやうでもありました。ヘルベルトは何をした訣でもありません。たゞ、彼は時々私の肩にやさしく手を触れて友愛の気持を示すことがあり、とくに向き合つてさういふ位置にある時、かなり長いあひだ私の顔を視《み》つめ続けるのですが、その間、私は自分の意思といふやうなものが稀薄になつてゆくのをとゞめることが出来ないのでした。

いつたい、私はヘルベルトの並はづれた美しさに、次第に不可解の念を抱くやうになつてゐました。ハプスブルク家は確かに欧洲で最も古い高貴な家柄には違ひありませんが、血族婚と言つてもよいくらゐに限られた範囲の中で血の純潔を保つてきたために、その末期の皇帝一族は著しく容貌が衰へて、決して美しいとは申せませんでした。六十八年間もの長きに亙《わた》り皇帝の座にあつたフランツ＝ヨーゼフの一族も例外ではありません。絶世の美女と謳はれたエリーザベト妃だけが唯一の例外で、彼女は、やはり美貌を謳はれたバイエルン王ルートヴィヒ二世と共にヴィッテルスバッハ家の出身でした。ヘルベルトもまた、皇帝を繞《めぐ》る膨大な貴紳貴婦人たちを統《す》べるハプスブルク・タイプの容貌には程遠いのでした。彼の一族が二世紀ものあひだ東方の領地に在つたために、異人種たとへばスラヴやマジャールの血が混じつてゐるのではないか……といふ推測は立ちやうがありません。なぜなら、ヘルベルトは金髪碧眼、膚《はだ》も抜けるやうな白さで、異人種の血の混入の表徴など微塵も認められぬゲルマンの純潔種だつたからです。心なしか、彼が喋る言葉まで古風な響きを持つてゐるやうな気もしましたし、多感な年齢に在つた私は、いよ〳〵ヘルベルトの妖しさに魅《ひ》きつけられてしまつたのです。

しかし、マリエンバートではこれ以上のことは起きませんでした。維納に戻つてからは眩暈に襲はれたこともありません。あの妖しい気分が再び昂じたのは、ヘルベルトに誘はれて東方の彼の旧領地を旅行した時です。

*

夏の間、私は父の厳しい言ひつけで、ヘルベルトに遇つて以来おろそかになつてゐた学問に専念しなければなりませんでした。秀才の若い館員が毎晩つききりで、昼のうちも沢山の書物を読まねばならず、殆ど外出も出来ぬありさまでした。そんな事情でヘルベルトに逢ひにゆくこともあまり出来なくなり、彼がインスブルックの別荘に誘つてくれた時も諦めねばなりませんでした。ヘルベルトに逢はぬ日が続くと、ボヘミアの樅の森で体験した妖しい眩暈のことなどが四六時中、頭を占領して落ちつかないのですが、逆にこのまゝ逢はずに過した方がよいのではないかとも思ふのでした。しかし、維納のあちこちの公園の木立が黄ばみ始め、秋の気配が漂ふ頃になると、父の厳しい監視も幾分か弛められて外出できるやうになりましたので、結局ヘルベルトに逢ひに出かけたのでした。ヘルベルトがトランシルヴァニアへの旅行に誘つてくれた時、父は許してくれなかつたのですが、この時ばかりは執拗に頼み込んで父を承服させました。

十月中頃の或る日、私たちは維納を発ちました。早朝に発てば夕刻には羅馬尼亜のクルージュに着くといふことでしたが、ヘルベルトには朝早く出かけるなど思ひもよらぬことらしく、私たちが汽車に乗つたのは正午をずいぶん廻つた頃でした。ドナウ川沿ひにブダペストまでは車窓の風景もあまり変化はありませんが、匈牙利の首都を過ぎてからは目に見えて東洋の色彩が濃くなつてゆきます。よく「ブダペストまでは欧羅巴で、そこから先はもう東洋だ」と言ひますが、それは半ば当つてゐました。匈牙利はもともと「亜細亜《アジア》の水溜り」と呼ばれてゐるやうに住民の殆どがフン族の末裔たるマジャール人で、言葉もウラルアルタイ語系、姓名も苗字が先に記されるのです。ヘルベルトが最初に私を匈牙利人と思つたのも無理からぬことと思はれました。マジヤール人だけでなく周辺諸国のスラヴ系や羅甸《ラテン》系の人々も、長き土耳古《オスマン》帝国の支配のせゐで、すつかり東洋の習俗に馴染んでしまつたやうです。

ティサ川流域にひろがる匈牙利平原の草原地帯を走りきつて、列車がオラディアへ着いた頃には、もうとつぷりと昏れ果てゝゐました。オラディアといふのは羅馬尼亜語の地名ですが、ヘルベルトは決して現地人の呼称を用ひることはなく、グロースヴァルダインといふ墺太利帝政時代の独逸語名を使ひました。その日はオラディアのホテルに泊りましたが、列車に乗つてゐる間は殆ど喋らず鬱々としてゐたヘルベルトも、ホテルでは人が変つたやうに活き活きとして、トランシルヴァニアの話など聞かせてくれるのでした。

彼は自国の歴史に通暁してをり、恰《あたか》もそのころ彼自身が生きてゐたかのごとくにマリア゠テレジアやフランツ一世のことを語つたので、話は深更《しんこう》に及びました。ヘルベルトは昼間は本当に調子が悪さうで、曇り日などは少しはよさゝうなのですが、まるで太陽を忌み嫌つてゐるのかと思ふほどでした。翌日も出発したのは午後でしたが、クルージュには直《す》ぐ着きました。こゝでもヘルベルトはクラウゼンブルクといふ独逸名を使ひましたが、匈牙利人はコロジュヴァールと呼ぶらしく、このあたり一帯の町は、一様に羅馬尼亜名と匈牙利名と独逸名の三通りの名称も持つてゐるのです。クルージュまで来ると、南にアプゼーニ山脈が迫り、更にその背後に鋸の歯のやうなトランシルヴァニア・アルプスが聳え、北から東にかけてはカルパチア山脈が行手を阻む恰好で眺められました。高原地方の秋は筆舌に尽しがたい素晴しさで、日本の秋景色とはまた違つた壮大な美観です。クルージュで汽車を乗り換へ、ヘルベルトの館があるビストリッツァまでの数時間、迫り来る秋の黄昏を私は心ゆくまで味はふことが出来ました。

進みゆくほどに山は深くなり、駅々で乗降する人達の人種も実に多彩でした。マジャール人のほかに、スロヴァキア人、セルビア人、ボヘミア人などのスラヴ諸族、羅甸系の羅馬尼亜人、それに土耳古《トルコ》人や猶太《ユダヤ》人など、私には独逸人以外はそれと言ひ当てることこそ出来ませんでしたが、それぞれの違ひだけははつきりと判りました。とりわけ私の目を惹《ひ》いたのはロマニ族の人達です。独逸人はツィゴイネルと呼び、西班牙《スペイン》人はヒターノ、仏蘭西《フランス》人はジタン、英吉利人がジプシーと呼ぶ、あの流浪の民族です。彼らは一種の治外法権を認められ、馬車に乗つて移住生活を送つてゐるのですが、中には一定の土地に棲み着いた者もあつて、列車に乗つたりするのはおそらく定住してゐる人達でせう。中近東風の原色の衣服を纏ひ、顔色は私などより浅黒く、黒褐色の瞳が人を見る時、きら／＼と神秘的な光を放ちます。私がこんな風に景色や人々の姿を飽かず眺めてゐる間、ヘルベルトはやはり鬱陶しさうで、仮眠でもしてゐるみたいに静かなのでした。

ビストリッツァに着くと、駅には迎への馬車が待機してゐました。館は維納やマリエンバートのものより遥かに大きく、またずつと古い時代の建物でした。従僕の数も多く、マジャール人やスロヴァキア人のほかに、汚れ仕事などをするロマニ族もゐました。マジャール人の若い従僕が、特別に私の世話に当つてくれましたが、彼も整つた貌だちなのにどこか暗い影を宿してゐました。私たちは十日間滞在しましたが、着いた夜早々、私は獣《けもの》の遠吠に驚かされました。

「あれは狼の声さ。この辺の山には、まだ狼が沢山ゐてね、時々人を襲ふんだ。でも、ぼくは狼の扱ひには馴れてゐるんだよ。ぼくと一緒にゐれば少しも怖いことはないから安心したまへ」

さう言つたヘルベルトの言葉が嘘でないことを私はあとから知りました。館は小さな城を思はせるもので、町の外れにあり、背後には黒い樅の森林が迫つてゐました。ボヘミアの別荘に滞在した時のやうに、ヘルベルトは毎日私を散歩に連れ出しましたが、或る日、夕暮の小暗い森の中で狼の群に囲まれてしまつたのです。私は、それはもう生きた心地もありませんでしたが、ヘルベルトは一向に怖がる様子も見せず、何やら私にはわからぬ言葉を狼に対《むか》つて叫びました。すると、それまで牙を剝《む》き出し今にも跳びつきさうな気配を見せてゐた狼たちが一斉に尾を振り始め、もう一声ヘルベルトが命令するやうに叫ぶと、あつといふ間に森の奥へ消えてしまひました。

「ロマニ族の男に教へて貰つたのさ。彼らは狼を手なづける方法を知つてゐるんだよ。もう心配することはないよ。可愛さうに、こんな蒼い顔をして……、脂汗をかいてゐるね。ぼくが拭いてあげよう」

ヘルベルトは、口もきけずにわな〳〵と慄《ふる》へてゐる私の肩に手をかけ、真白いハンカチーフで額《ひたひ》の汗を拭いてくれました。その時、私はまた例の眩暈を覚えて妖しい気分に支配されたのですが、それはボヘミアで体験したものより強烈で、しばらくは酔つたやうな状態に陥り、ヘルベルトの胸に凭《もた》れてゐたほどです。その日から眩暈と酩酊感は日を逐《お》つて深まり、それまで安住してゐた世界から徐々に隔てられてゆくやうな、自分では統御しがたい不可思議な気分の日が続きました。

五日目を過ぎた頃には赤唐辛子《パプリカ》をふんだんに使つた特異な匈牙利料理やトカイ酒の味にも馴れ、就寝起床の時刻までヘルベルトと変らなくなつてしまひ、樅の森で狼を見かけても怖いと思ふことさへなくなりました。

ビストリッツァはさして大きな町ではありませんが、トランシルヴァニアからブコヴィナやモルダヴィアへ抜ける街道の宿場として古い時代から栄え、墺太利の支配を受けるやうになつてからも帝国版図最東端の要所とされてゐたやうです。北東へ向かつて一筋の道が山峡を走り、やがて黒い樅の森に消えてゆきます。カルパチアの峻しい山脈《やまなみ》が四方から押しよせ、山々の頂は既に雪を被り銀色に輝いてゐました。夕暮の街道に立つてヘルベルトは話し出しました。

「いま滞在してゐる館はクロロック家の本邸ぢやないんだよ。トランシルヴァニアにはあゝいふ館が幾つもあつてね、一族の中の血の淡《うす》い人達や執事たちがそれぞれ住み込んでその地方を宰領したのさ。

ぼくの城はもつと山奥にあるんだ。この街道をずつと分け入つた崖の上に建つてゐる。そこには今、アルフレート叔父さんが従僕たちに傅《かしづ》かれて独りで棲んでゐるんだ。城から眺める景色は墺太利でもボヘミアでも見られない、アルプスとも違ふ素晴しいものだ。きつと君の気に入ると思ふよ」

そして彼は、日程を延ばしてそのカルパチアの城へこれから出かけようと言ひました。ヘルベルトの話に私はすつかり興味を唆《そゝ》られてしまひ、危ふく同意しさうになりましたが、辛うじて自分の置かれてゐる立場を思ひ起し、断念しました。私は、父から十日間の休暇しか許されてゐなかつたのです。ヘルベルトも大変残念さうな様子で、手紙を出すか電報を打つて日程を延ばしたらどうかと何度も飜意を促しましたが、父の厳格さを思へば、これ以上の我儘を重ねる訣《わけ》にはゆかないのでした。

十日間は瞬《また》く間に過ぎ去り、また二日がかりで私たちは維納に戻りました。ビストリッツァを発つ午後、振り返つてカルパチアの山々を仰いだ時、また私は慄《をの》きを覚えました。銀色に輝く鋸の歯、処々に露出してゐる赤褐色の巨大な岩棚、山裾を幾重にも被ふ黒い樅の森林。馬蹄型袋小路の行き詰まりに奇蹟的に拓かれた細い一本の白い街道が、天啓ででもあるかのやうに私を誘つてやまないと思へたのです。この道を往けば、ヘルベルトの壮麗な城がある、そこではあの深い陶酔に浸《ひた》つて暮すことが出来るのだ……私の心はさう言つてゐるやうでした。しかし、傍らのヘルベルトを見遣ると、もう鬱々として生気の薄い様子になつてゐたのです。

＊

維納では学問が待つてゐました。私の進路は父の跡を継いで外交官になることに決められてゐましたので、独逸語のほかに英語や仏蘭西語も学ばねばならず、法律や経済学の勉強も同時に進められ、息をつく暇とてありませんでした。それでも、東方旅行を約束の日程通りに済ませて帰りましたので、父も週に一度か二度の外出は許してくれました。私はためらはずヘルベルトに逢ひに出かけ、増々彼に魅きつけられてゆき、そのうち父の目を盗んだり教官を騙《だま》したりしてまで出かけるやうになつてしまひました。

十一月が過ぎて冬の兆が見え始めた頃、ヘルベルトから再びトランシルヴァニアへの誘ひを受けました。今度は旅行ではないのでした。

「ぼく、今の維納はあまり好きぢやないんだ。帝政時代に比べると、とても堪へられないことが多くなつたからね。それにぼくはトランシルヴァニアの領地で育つたものだから、維納には知り合ひも少いんだよ。君がゐるのでずつと棲んでゐたけれど、そろ〳〵カルパチアの城に帰らうと思ふんだ」

維納の館も、マリエンバートやインスブルックの別荘も処分して、もう戻らぬつもりだといふのです。私に慕はれてゐることを、ヘルベルトは知つてゐた筈です。この時の誘ひが、私には残酷な命令のやうに聞えました。

「外交官になるのもいゝかも知れないけれどね、カルパチアの城で好きな学問でもしながら、ぼくと一生遊んで暮すのも、それほど悪いことぢやないだらう……、アルフレート叔父さんはぼくと幾つも齢《とし》が違はないし、お金もぼくたちが一生贅沢に暮すくらゐはあるんだよ。それに、今まで言はなかつたけれど、トランシルヴァニアには若い友人たちがまだ少しは残つてゐるから、みな呼び集めて一緒に暮せば寂しいこともないしね」

その時私は、父や家族のことは全く考へずに、喜んでヘルベルトの誘ひを受けました。ヘルベルトのやうな美しい大貴族と一生好きなことをして暮せるなんて、夢みたいな話です。法律などやめて、彼のやうに錬金術とか占星術とか、汲めども尽きぬ研究を始めればよいのです。私の受諾はヘルベルトを喜ばせ、彼はその真紅の唇を私の頰にあてました。眩暈、陶酔、私はもうカルパチアの山脈《やまなみ》と黒い樅の森を思ひ描き出してゐました。

しかし、父は許してくれませんでした。それどころか「日本へ帰れ」と命じたのです。私は一挙に絶望のどん底へ突き落されてしまひました。手を変へ品を替へて頑強に抵抗しましたが、父は全く受けつけず、詐欺師だとでも言はんばかりにヘルベルトのことを非難しました。父は、私がヘルベルトに夢中になつて学問を疎かにしてゐるのを苦々しく思ひ、密かに彼の身の上を調べさせてゐたのです。調査結果を突きつけられて、私はひどく驚きました。クロロック公爵家は確かにハプスブルク家の血縁に当り、匈牙利辺境公の地位を保つた大貴族でしたが、何と五十年あまり前に断絶してゐたのです。そのうへ、ヘルベルトと名乗る公爵は、二百年も昔、マリア＝テレジアの時代に一人ゐただけなのです。私には訣がわからなくなりましたが、その時、月光のやうに蒼白いヘルベルトの美貌や、等しく暗い影を有《も》つ従僕たちの容姿風情が思ひの裡《うち》に浮びあがり、つねに心の一隅に潜んでゐたヘルベルトに対する不可思議な念《おも》ひが了解されたやうな気もしました。

それまで、飽くまでも父が反対するならば、出奔してヘルベルトの誘ひに応へるまでだと覚悟を固めてゐたのが、途端に迷ひ始めました。率直に言つて、どうしたらよいのか、わからなかつたのです。私が迷ひ出したのを見て、父は迅速に手を打ちました。日を置かず、私は維納の駅からトリエステ行の列車に乗せられました。トリエステまでは父が同行して監視、翌日はもう亜細亜《アジア》へ向かふ船に乗せられ、アドリア海の上でした。ヘルベルトには別れの挨拶も出来ませんでした。維納を発つた日、その冬初めての雪が降り、私の胸は悲哀《かなしみ》でいつぱいになつてゐました。

ヘルベルトは一人でカルパチアへ帰つて行つたのでせうか。あの日から長い年月が経ち、欧羅巴には再び大戦が起つて、巴爾幹地方は激しい戦場となつたのですが、やはり戦争の渦に捲き込まれて南方の島にゐた私には、ヘルベルトの安否を問ふ手段とてありませんでした。羅馬尼亜も匈牙利も今では共和国となり、維納のハプスブルク王朝の残り香も淡《うす》められてしまつたことでせう。三日月状に聳える峻しい山脈に囲まれた、あのトランシルヴァニア地方が奇怪な伝説や迷信の類の宝庫であることを知つたのは、日本に帰つて間もない頃でした。ヘルベルトが纏つてゐた謎と、あるいはかゝはりがあつたのかも知れない……、科学万能の今に至つても、漠然とさう考へ続けてゐます。

私は恋愛といふものを、つひぞしたことがなく、今思ひますと、ヘルベルトに夢中だつた短い維納滞在の日々に、それは燃え尽きてしまつたやうな気がします。あの時、父に屈伏することなく、迷はずヘルベルトに蹤《つ》いてカルパチアへ発つてゐたなら、どういふことになつてゐたのだらうか……、樅の木の下で度々味はつた、あの眩暈と陶酔の裡《うち》に、永遠に十七歳のまゝでゐられたかも知れない……、ビストリッツァから見たカルパチアの荒涼として美しい景色を夜毎眼裏《まなうら》に招《よ》び出して、私は独り念ひに籠るのです。

（『就眠儀式』所収）

R公の綴織画 Die Tapisserie des Herzogs von R.

身に添へるその面影も消えななむ夢なりけりと忘るばかりに　藤原良経

広間の壁間を占める数百年を経たらしい綴織画《タピスリー》には、王子と騎士の友情が織り出されてゐた。暗鬱な色調は、単に時代を経たせゐばかりではなく、おそらく夜に設定を採つたのであらう。宮廷か城館の庭の一隅、巨大な菩提樹《リンデン》に靠《もた》れた騎士の肩に右腕を廻して金髪の王子は佇《た》つてゐた。胴着《ベスト》、肉衣《タイツ》、外套《マント》、すべてが黒一色。翻《ひるがへ》つた外套《マント》の裏地の血紅色が、綴織画《タピスリー》に不思議な官能を賦与してゐた。王子の唇は騎士の頸《くび》すぢに触れ、鳶《とび》色の髪の騎士は睫毛を伏せ、恍《くわう》とした表情を見せてゐる。

ヘルムートは十八歳の時、初めてこの博物館を訪れた。以来しげ〳〵と訪れるやうになり、少くとも週に二度は足を運び、休館日を除いて毎日通ふことも珍しくなかつた。ハプスブルク一族に連なるR公爵の城館が十七世紀の相《すがた》をそのまゝにとゞめ、この都市の博物館となつてゐるのだ。往昔《そのかみ》の貴族たちが贅を凝らして造らせた調度品や美術品がそのまゝ展示品となり、バロック調の精華が此処《こゝ》彼処《かしこ》に見られる。ヘルムートは、いつも大広間に直行し、王子と騎士の綴織画《タピスリー》の前で小半日を過す習はしで、それはもう三年近くも続いてゐる。吊燭台《シャンデリア》もチェンバロも、公子や公女たちが一堂に会した往時の舞踏会そのまゝの相《すがた》でそこに在つたが、あまり人が訪れることもないせゐか、広間の照明は至極簡素で、午《ひる》でもいつも仄《ほの》暗く、却つて十七世紀を色濃く漂はせてゐた。すなはち、舞踏会の催されぬ暗鬱であつたらう日々の。

ヘルムートは画帖を披《ひら》き、何枚も綴織画《タピスリー》を写し続けてゐた。王子の肉衣を穿いた華奢な脚や金髪の捲毛、とりわけ暗緑色の衣裳を着けた騎士の仰《の》け反《ぞ》つた頸すぢを描く時、必ずゆゑ知れぬ戦慄が身体を貫き、杳《とほ》い憧憬と陰鬱な慾望が疼《うづ》く。それは、彼の内部《なか》に次第に蓄積され、今では彼を占領してゐる。

廿歳《はたち》を過ぎたヘルムートの頰には、数日放つておくと縹《はなだ》色の鬚《ひげ》がけむるやうになり、眉間に慾情を溜めた彼の博物館通ひは益々頻繁になつた。綴織画《タピスリー》の前で午後を過したあと、街に出ることが多くなり、夕暮の街で衣裳店をさまよふヘルムートの姿がよく見られた。彼の髪は美しい鳶色である。

或る朝、アルプレヒト・フォン・R公爵遺蹟市立博物館の中庭に繁る菩提樹の巨木の根もとで、中世風の暗緑色の胴着や肉衣を着けた若者の屍体が発見され、その風変りな衣裳のゆゑに、ひどく人々の興味を唆《そゝ》つた。若者の身許も死因も不明、喉仏の脇に円い傷が二つ並び、綴織画《タピスリー》の騎士に活き写しであつた。もちろん、その前夜からヘルムートは失踪してゐた。

（『就眠儀式』所収）

就眠儀式

Einschlaf-Zauber

つかのまの闇の現《うつ》もまだ知らぬ夢より夢に迷ひぬるかな　　式子内親王

「鳥兜《とりかぶと》、闘牛、熟睡《うまい》、インヘルノ、呪ひ、皮膚、笛、エヴァ、ヴァムパイア……、やりなほし、白蟻、歌曲《リート》、トッカータ、タンゴ、護符、笛、エヴァ、ヴァムパイア……」

闇の中に仰臥して胸の上で組んだ指の感覚が緩やかに喪はれ、呪文は途絶えた。

＊

藍とも縹《はなだ》ともつかぬ空に弓張の月が懸かり、私は何処《いづこ》とも知れぬ曠野《あれの》に迷ひ込んでゐた。地には蕁麻《いらくさ》が生《お》ひ茂り、彼方に鋸の歯のやうな山々……と見渡す間もなくあたり一面霧に覆はれた。霧に捲かれた私の耳を掠めるかすかな楽の音《ね》。鳥の羽の軸か堅く乾燥させた獣皮を削つて造る爪で絃を掻き鳴らしてゐるのだ。「あゝ、チェンバロ……」と思ひ至つた時、既に霧は霽《は》れて、眼前に忽然と東欧風の館が顕れ、私は、その中庭、燈火《あかり》のともる窓の下に佇《た》つてゐた。バロック風の旋律に魅《ひ》き寄せられるやうに窓を覗き込むと、誰もゐない。あらうことか、正面に据ゑられたチェンバロが奏者無くして鳴り響いてゐるのだ。私は眼を疑つた。その交睫《まばたき》の間に楽の音は止み、窓越しに金髪碧眼の青年が私を見おろしてゐた。

「路に迷つてしまつたのです」

館の内に通されて、私はさう訴へた。

「それはお困りであらう。大層疲れてをられるやうだ。ゆるりとされるがよい」

青年は紛れも無い日本語を喋つた。彼には、その典雅な宮廷風の衣裳がよく肖《に》あひ、金髪の捲毛は渦をなして額《ひたひ》や項《うなじ》に垂れ、睫毛は金色の糸のやうであり、何にもまして唇がつやゝかであつた。

「髪も瞳も黒い……、このあたりに棲むマジャール人やロマニ人とは少し違ふ貌《かほ》だちと見受けるが、何処《いづこ》よりまゐられたのか」

「私は日本人ですが、どうしてこゝに迷ひ込んでしまつたのか、自分でもわからないのです。こゝはどこなのでせう……」

「こゝはトランシルヴァニア、私はヘルベルト二世。名を同じうする父は匈牙利《ハンガリー》の辺境公にて、この地の領主、山峡の城館におすまひである。こゝは私の館だ。旅宿と思うていつまでも居られるがよい。

ときに、この楽の音がお好きとみえる。私は幼き頃より、孤りでつれづれに弾き習うたが、今では父上の城で舞踏会が催されるたびに、私がこれを弾いてゐる。次の舞踏会には私と共に行かれるがよい。さて、一曲弾いて進ぜよう、遠来のそなたのために」

睨むやうな眼差を飜《ひるがへ》し、青年はチェンバロに向かつた。チェンバロは窓際にあり、さきほど私が窓から覗き見た正面の壁には扉ほどもある大鏡が嵌め込まれてゐた。驚くには及ばず、あの怪異は私の錯覚にすぎなかつたのだ。青年は、『誰が私たちに血の泉を与へるのか』を弾き始めた。起伏の少い、それでゐて華やかに冥《くら》い旋律が奏でられ、燭台の燈が怯えるやうに揺れる。私が身を寄せてゐるこの椅子、この卓子、いやこの館のものすべてが古色を帯びて何と妖しく美しいことか。わけても、私のためと称してチェンバロを弾いてゐる、あの貴族であるらしい青年の鋭い眼差と権高い喋りやう。頭の芯が蕩然と痺れてゆくやうだ。

「顔色がよくない、如何《いかゞ》なされたのか」

楽音はいつか止んでゐた。私は卓子の上に崩をれてをり、青年が心配げな様子で覗き込んでゐる。

「疲れたのであらう。夜もだいぶ更けた。これを飲んで、もう休まれるがよい。この酒はトカイの村で穫れる大粒の葡萄から醸したものだ。部屋の用意は出来てゐる」

歌ふやうに上擦つた声で、暗紅色の液体を満たした洋杯《グラス》を私に勧めた。一息に乾すのを待つて、彼は自ら燭台を執り、私を促した。酒はずいぶんと甘く強く、別の部屋に移つて寝台に仰臥しても、なほ寝つかれない。

「眠れぬとみえる。私が休む時、いつも口遊《くちずさ》む呪文を唱へて進ぜよう。これを聴けば安らかに眠れるであらう」

ずつと寝台の傍らに佇《た》つて私を見守つてゐた青年の眼が、燭台の炎に映えて、一瞬きらめいた。

「始めるぞ、よろしいか。カンタータ、玉虫、嫉妬、鳥兜《とりかぶと》、闘牛、熟睡《うまい》、インヘルノ、呪ひ、皮膚、笛、エヴァ、ヴァムパイア……」

すべてが一時にやつてきた。青年が私に襲ひかゝつてきて、頸《くび》すぢに犬歯を当てた。彼の肩越しに、私は鏡を見た。そこには、寝台の上で仰向《あふむ》けに仰《の》け反《ぞ》りもがいてゐる私の姿が写つてゐるだけであつた。

＊

闇にひとすぢ、稲妻のやうな亀裂が奔《はし》り、組んだ指の感覚、途絶えた就眠儀式の呪文の記憶も蘇つた。すべてが夢であつたことへの、安堵といさゝかの惜念に想ひは冷えてゆく。逃れ易い幻像に縋《すが》るやうに、私は、かの青年の面影を思ひ返し、しばらくは瞑《つむ》つたまゝでゐた。それから徐《おもむ》ろに目を見開いた。

貌があつた。金髪碧眼。ありえざる変異に叫ぶ間もなく、真紅の闇が私に覆ひかぶさつてきた。

（『就眠儀式』所収）

神聖羅馬帝国　Das heilige römische Reich deutscher Nationen

思ひ出は孔雀の羽とうちひらき飽くなき貪婪《たんらん》の島へ帰らむ　前川佐美雄

アルプレヒト・フォン・R公爵は、カルパチアからいさゝか遠すぎる上に帝政崩壊以来の混乱が収まらぬ維納《ウィーン》を避けて、ブダペストのホテル・イムペリアルに部屋をとつた。五人の青年は約束の刻限よりも早く現れた。彼らは公爵からの書簡を受け取り、かつての墺太利《オーストリア》・匈牙利《ハンガリー》帝国内の旧領地からそれぞれやつて来たのである。ハプスブルク家の一員たるアルプレヒトが、やはり皇帝一族の血に繋がる五人の青年貴族に宛てた書簡は、次のやうなものであつた。

前略　我々の計画を愈々《いよ〳〵》実行に移す時機がきました。予《かね》てより接触を図つてきたカルパチアの魔術師との交渉が成立、ヘルベルト・フォン・クロロック公を玉座に戴くことになりますが、クロロック公はヨーゼフ二世の従兄《いとこ》に当るのですから、諸君にも異存は無いことと存じます。
左記の通り会見を行ふことと致しましたので、すみやかに参集して下さい。
日時　十月十日午後十時
場所　ブダペスト　ホテル・イムペリアル最上階特別室
なほ、承知済とは存じますが、十字架の携帯は固く禁じます。
一九二〇年十月三日

アルプレヒトは、大戦中トランシルヴァニア地方を旅行した折に、偶然のことからクロロック公の秘密を知つた。帝政末期には、既に辺境地域の支配は安定を欠き、実際トランシルヴァニアの奥地などはどうなつてゐるのか、維納では殆ど判らなくなつてゐた。アルプレヒトは、クロロック公の秘密を誰にも口外しなかつた。帰墺後いくばくも経ず敗戦、帝政が倒れた時、アルプレヒトは十八歳になつてゐた。共和制が施《し》かれ、墺太利は独逸《ドイツ》人居住地域のみの小国になりさがつてしまつたが、彼の身体を流れるハプスブルクの血は千年王国の滅亡を宥《ゆる》すことが出来なかつた。彼の脳裡を、マリア＝テレジアの時代このかた廿歳《はたち》を越えることのないクロロック公の面影が過《よぎ》つた。

アルプレヒトは、クロロック公こそ千年王国を存続させうる唯一の人物だと迷はず確信した。魔術師との交渉が始まり、計画は二年の歳月を賭して綿密に立てられていつた。クロロック公には気難しいところが多かつたが、その意に逆らふことなくアルプレヒトは計画を進めた。五人の美貌の青年貴族が選び出され、アルプレヒトから王国存続の夢を吹き込まれた。プラハから、トリエステから、アグラムから、プレスブルクから、グロースヴァルタインから、それぞれ彼らはやつてきて、今こゝに会してゐる。

旧帝国の広大な版図内に散在してゐるハプスブルク由縁の若い貴族たちが年老いぬうちに、計画を遂行しなければならない。まづアルプレヒトと五人の若者が夜の国の住人となる。そして、彼らは夜の闇を掠めて各地に赴き、存分に跳梁して新帝国の住人を殖やしてゆくのだ。アルプレヒトは墺太利本土とバイエルンへ。コンラート・フォン・B伯爵はボヘミア、モラヴィア、シレジアへ。フィリップ・フォン・K伯爵はイストリア、スロヴェニア、トレンチノ、ヴァネチアへ。フランツ・フォン・S伯爵は匈牙利本土とスロヴァキアへ。カール・フォン・W男爵はクロアチア、スラヴォニア、ダルマチア、ボスニアへ。そしてライナー・フォン・T男爵はガリチア、ルテニア、トランシルヴァニアへ。六箇国に分割されてしまつた旧帝国の諸州は再びハプスブルク一族の宰領に服し、暗黒に包まれた欧羅巴《ヨーロッパ》は双頭の鷲を仰ぐことになるだらう。独逸人の貴族に限ることはない。アルプレヒトは、ユーゴスラヴィアの若き国王にも目を着けてゐた。新生ユーゴスラヴィア王国のペタール二世はセルビア人だが、美貌の少年であつた。美しい若者でありさへすれば、露西亜《ロシア》人であらうと土耳古《トルコ》人であらうと、クロロック公は異を唱へぬ筈だ。

R公アルプレヒトを囲んで五人の青年は昂奮してゐた。カルパチアの古城には新しい柩が六つ、既に紋章も打つて用意されてをり、彼らの肉体は、間もなく永遠に衰へることをやめるのだ。新たな千年王国を統《す》べる再臨の基督《キリスト》ならぬ血の魔術師、その暗黒皇子の登場を、彼らは待つてゐる。

大時計が十時を打ち始めた。開け放たれた窓から霧のやうな気体が部屋に流れ込み、燈《ひ》が潤んだ。霧は渦を捲きながら次第に濃さをましてゆき、やがてその中から、外套《マント》ひるがへし、黒衣に身を包んだ金髪碧眼の美青年が忽然と現れた。

（『就眠儀式』所収）

森の彼方の地

Transylvania

わたしは永遠に廿歳
あなたがたの研究にもかゝはらず
ジャン・ジュネ

I

一面の砂原、その一隅に小さな町が在つて、ヴァーミリオン・サンズのミニアチュールのやうだと聞かされ、怠惰な心が動き、その町へ行く気になつたのだが、来てみれば、どこがヴァーミリオン・サンズに肖《に》てゐるのかと呆れるばかりの貧相なつまらぬ所だ。

と言つてみても、ヴァーミリオン・サンズを知つてゐる訣《わけ》ではない。都会の喧騒をけつかう愛してはゐるが、ヴァーミリオン・サンズの話を聞いた時、陰湿な土地を嫌ふ生来の性癖から、壮麗な別荘《ヴィラ》が其処《そこ》彼処《かしこ》に建つてゐるらしい黄昏の朱《あか》い砂の丘へ、訣もなく出かけてみたくなつた。出来るならそこに棲みたいと思ひ、秘かに都会の生活を清算し始めたのだが、おほよそ片づいていつでも出発できるやうになつた時に、もうヴァーミリオン・サンズは人の棲める所ではなくなつてゐた。

日々に何処《いづこ》からともなく湧き溢れ続ける砂、その砂の波に避暑地の別荘《ヴィラ》は殆ど埋もれ、高速道路《ハイウェイ》も通行不能、人々は大方引き払ひ、今では蠍と砂鱏《すなえひ》の巣窟となりはてたといふ。紅玉《ルビー》や金剛石《ダイヤモンド》を象嵌した猛毒の昆虫など、夙《と》うに屍骸《むくろ》と化し、乾涸《ひから》びてゐることだらう。ラグーン・ウェストの夏別荘の広大な露台《テラス》に放置された十二宮《ゾディアック》のスクリーン、音響植物の女王カーン・アラクニッド蘭、星《スター》地区の詩人たちの哀歓《ペーソス》……、みな酒場譚歌《バラード》で聞き齧つた話にすぎないが、砂丘への移住が不可能と知つた時、まざまざとそれらの幻影が眼裏《まなうら》に顕《た》ち、あまりの口惜《くちを》しさに噛んだ唇から血が滲んだほどだ。久しぶりに目覚めた行動力もみる〳〵萎んで、また倦怠の底に沈むほかはないと覚悟を決めた折も折、砂原に囲まれた町からの誘ひを受けたのだつた。

その町は、ルート69から枝分れしたさして広くはない道を一時間余、長い長い隧道《トンネル》を抜けた所に在り、鉄道の赤字路線の終点になつてゐる。駅を要に扇状に拓かれた町で、外れまで五百米《メートル》在るか無いかの、お世辞にも町とは呼びかねる小さな集落にすぎない。なるほど周囲一帯砂原には違ひなかつたが、わが幻影のヴァーミリオン・サンズとは似ても似つかぬ陰鬱さで、それは砂の色のせゐだ。灰緑色といふか鼠色といふか、赤黄系統の色を帯びてゐないことは確かで、広漠感も無ければ砂漠特有の眩暈も感じられない。扇の真中の骨、つまり町の中央を貫く道だけは町並が途絶えても砂原の中に続いてをり、一粁《キロ》ほど出たあたりで大きな川に突き当る。川には老朽甚だしい木の橋が懸かつてゐるが、対岸は眼路《めぢ》の届く限り鬱蒼たる樅《もみ》の森林である。不思議なことに、このあたりには樅以外の樹木は絶えて見当らない。ルート69から樅の森まで、ともかくも真直に歩けば、まづ山嶽、ついで一粁余の帯状の砂原、そして川と画然たる層を横切つて来ることになる。

町は周囲を道路によつて扇形に劃《くぎ》られ、更に駅から川に向かつて走る中央道によつて左右、正しくは南北に二分されてゐる。北側の殆どが大学の敷地で、中央道に沿つて貧弱な商店が軒を連ね、南側は住宅と大学の体育館と小さな公園に占められてゐる。大学の敷地内には学生寮があり、この町の住人は過半が学生、あとは彼らの生活を支へる最低限度の供給機関たる商店の経営者たちと郵便局・電話局・鉄道の職員であつた。町には役所も警察署もなく、必要に応じて山のむかうの国道沿ひの都市から官吏や警官が出向してくるとかで、急事の際はこちらから出かけるほかはないといふ。どうやらこの町は、かつて学生が政治活動の真似事を専らにしてゐた時代に、彼らを矯正するべく猥雑な都会から隔離する目的で造られた御用学園都市であるらしいが、一向に都市化の進まぬまゝ、こんな中途半端な町になつてしまつたやうだ。

大学は高名な私立の工科系、私はほかならぬ講師として招かれてきたのだ。ヴァーミリオン・サンズ移住に先立つて都会の大学を辞《や》めてゐた私は、移住が不可能と知つた時には失業者となつてゐた訣であり、この町の大学からの招聘を受け容れたのである。もとよりこの大学には興味もなく、砂に心を動かされたのだ。講師といつても担当は一般教養の美学と第二外国語で、工科系大学では必要欠くべからざる存在ではなく、いはゞ閑職、高等遊民風の気楽さがあつた。既に着任以来十日が経ち、あまりの退屈さ馬鹿莫迦しさに、よほど都会へ帰らうかと考へもしたが、もとはと言へば我が身の不覚から出たこと、「いづれ倦怠の底」との思ひが強まり、実行に移す気力も湧いてはこない。構内の学生寮に随接して、住宅機能のみは十二分に備へた教職員寮があるが、とても化学や物理学を講ずる爬虫類めいた教授連中と隣合つて住む気にはなれず、住宅地に少しばかり気の利いた、つまり旧《ふる》くさい石造りの洋館が空家になつてゐると聞き、借りることにした。

一人で住むには聊《いさ》か広すぎるこの家を、私は館と呼ぶことに決め、久しく鍾愛の書物や家具、絵額の類も一応気の済むやうに配置はしてみたが、誰が訪ねて来る訣でもない。週に二日、二時限づつ講義に出る以外は、館に引き籠つて、葡萄牙《ポルトガル》語の詩を訳したり、愛聴の音盤《レコード》、旧《ふる》い西班牙《スペイン》の唄や中南米の俗謡などを聴きながら、読み古した本を再《ま》た読み返したり、限られた材料を駆使して料理に熱中したり……といふ毎日。

そして、時々二階の東向きの窓から外を眺めて時間を潰した。

窓のすぐ下は硝子張《ガラスばり》の体育館で、球技や体操の練習に余念のない学生たちの姿が硝子越しに見える。はじめ私は、体育館が硝子張であることに一種の期待を抱いてゐたのだが、幾許《いくばく》も経ずして失望を味はつた。最近の学生にはどうして肥満児が多いのだらうか。みな愚かに肥えてゐて、私の官能を揺さぶるやうな青年は見当らない。体育館の脇は小さな公園だが、人が憩うてゐるのを見たことがない。樅の木が十四、五本樹《た》つてゐるほかには、鋼鉄製の檻が一基、中には一つがひの印度《インド》孔雀が飼はれてゐる。これも見すぼらしく、雄鳥の尾羽は拡げられても美しい円を成さず、破れが多い。それでも肥満児たちの運動風景を見るよりはましだつた。

学生に女がゐないことを除けば、この町にましなところはなく、商店にも満足できるものは置かれてゐない。書店には学生向けの専門書以外はベスト・セラーの類しかなく、文具屋・花舗・洋服屋・家具屋などすべて実用一点張といふ体《てい》だ。あとは食料雑貨を一手に引き受ける粗略なスーパーマーケット、洗濯屋に薬局、学生相手の麻雀《ジャン》屋《そう》にビリヤード、ほかに行員二名の銀行の出張所、ガソリンスタンド、愛想の悪い郵便局と電話局、それでお終《しま》ひだ。大学の脇に珈琲《コーヒー》店があるが、飲まずとも味が判るやうな店構へで、とても入る勇気は持てない。そんな中で一軒だけ、ましな店がある。

そのレストランは、中央道の外れ、それも町を劃る扇型の道路の外に一軒だけはみだしてゐた。全体に暗鬱な風情を漂はせる造作で、入口の壁に懸かつた木額に壮麗な鬚文字の独逸《ドイツ》語で〈Schwarz《シユヴアルツ》 wald《ヴアルト》〉と刻まれてゐるが、献立表《メニユー》の見本を並べた硝子製飾窓《ウインドウ》がある訣でもなく、外から見るかぎりレストランとは判じかねる構へであり、私も人に聞いてそれと識《し》つたのだ。はじめて店に入つた時、客は一人もをらず、二度目も三度目の時も誰もゐなかつた。主人はハンサムで愛想がいゝ。廿五歳くらゐだらうか、まだ三十歳になつてゐないことは確かだ。給仕が一人、蝶ネクタイに白のお仕着《しきせ》、これは廿歳《はたち》前後でやはり整つた貌《かほ》だちだが、どことなく生気が淡《うす》く表情に陰がある。

店内の装飾は沈んだ色を巧《うま》く配合して落ち着いたもの、調度品の類もいゝ物を使つてゐる。主人が手づから作る独逸料理は、自家製の麦酒《ビール》こそ無かつたが、前菜の鰯と玉葱の油漬から腸詰《ソーセージ》・肉料理・馬鈴薯・デザート・珈琲まで一応頷ける味つけ、この辺鄙な町で材料が調達できる筈はないし、たぶん国道沿ひの都市まで時々買出しに出かけるのだらう。それまで十日ほど続けてゐた夕べの自炊を止《や》め、私は夕食をこの〈黒い森〉で摂《と》ることに決めた。

ハンサムな主人とはすぐ友達になつた。彼は、私ほどお喋りではないが、教養はある。教養といつても、インテリ連中が誇示する、あの浅薄な論理や学問知識のことでは更々ない。常識の論理を突き抜けたところで、条理不条理、有益無益にかゝはりなく自在に逍遥する精神の不屈を言ふのだ。若き主人は衣裳の趣味もよく、髪が古代地中海の英雄のやうに縮れてゐる。私は毎晩、彼と楽しい刻を過した。客は全く来ない。実際この町の連中は誰一人寄りつかず、ときたま外来者が立ち寄るのみだといふ。主人は、自分たちの食べるものを作るだけだと言つて笑つた。給仕の青年は会話に加はることなく、いつも片隅の椅子に坐り、時々私の方を盗み見るのが聊《いさゝ》か鬱陶しいが、それにもすぐ馴れて、日を重ねるごとに麦酒や葡萄酒《ワイン》を飲みながら遅くまで居坐るやうになつてゐた。季節はもう冬だつた。

A

横貌を見てゐると向う側のもみあげが匂ふやうな三十歳、少し年齢《とし》は往《い》つてゐるけれど、身体は細くしなやかさうだし、目鼻だちも異風だが悪くはない。こんな町には不似合の趣味の良さだ。あの立居振舞、繊細な神経といひ、独特の知的嗜好といひ、寝室に絶対女を入れない人種に間違ひない。都会で相当気儘に暮してゐたらしいが、よくこんな所に来る気になつたものだ。砂に瞞《だま》されて来たといふが、嘘でもないらしい。大学で真面目に教へるタイプぢやないんだし、さぞ退屈なことだらう。その上、こゝの大学には彼のお眼鏡に適《かな》ふやうな学生は一人もゐやしない。何ともお気の毒なことだ。この僕が——と言ひたいところだが、僕にはもう兄さんがゐることだし、さういふ訣にもゆかない。店に一人ゐることはゐるが、綺麗なくせに、あれ以来妙な陰がついてしまつて使ひものにはならない。半狂乱の兄さんぢや到底無理だし、誰か一人呼ぶことになるだらう。それまで、精々腕に縒《よ》りをかけて旨い腸詰でも御馳走してあげよう。

II

私の愉しみは〈黒い森〉へ通ふことだけだつた。大学で過す時間は曾《かつ》て覚えのない味気なさ、都会の大学で教へる方がまだしも面白い。教授連中の陳腐さ加減は同じことだが、都会の大学には小気味のいゝ反応を示す学生が一摑みはゐるし、思はず見蕩《みと》れてしまふアドニスを目にすることも時にはある。ところが、こゝの学生は専門学科にひたすら精を出す優等生ばかり、そのうへ揃つて豚児ときては、講義に熱が入らぬこと甚だしい。

先日、或るクラスの美学の講義の折、「諸君の希望に沿つた講義をしたい。ついては何なりと希望を申し述べて貰ひたい」と話すと一同無言、やはり無駄だつたかと悟つたら、一人躊躇《ためらひ》がちに手を挙げたので言はせてみると、ビアズレーの銅版腐蝕画《エッチング》についで話してほしいとのこと。「ビアズレーには銅版腐蝕画《エッチング》の作品などは一枚も無い、誰か他の画家の間違ひではないか」と質《たゞ》したところ、この本にさう書いてあると一冊の本を示した。それはビアズレーについて記した書物ではなかつたが、開巻一頁目、オスカー・ワイルドの『サロメ』の挿絵に触れて、確かに「ビアズレーの十五葉のエッチング」云々とある。著者は高名な詩人、私も彼の著作は幾つか読んでゐるが、〈絢爛たる才能〉の持主である。この初歩的とも言へる誤記は、どうやら単純な思ひ違ひの類らしく、誰にもありがちなことだ。しかし、斯様《かやう》に無知なる読者が存在する以上、迂闊の非難は免れないし、詩人に対する評価も幾分か下がるだらう。「作家たる者、よく〳〵心せねばならぬ……」などと言ひ紛らはせて、その時は俗に砕いた西洋十九世紀末芸術論を講じたものの、反応はさつぱり無くて、日が暮れてから例のごとく〈黒い森〉でのお喋りの折、笑ひ話として披露するにとゞまつた。

スープの中でゆつくり温められた太い腸詰に粒入辛子《マスタード》をたつぷり塗つて食べては、葡萄酒《ワイン》を飲み、ライン産のブランデーを注いだ洋杯《グラス》を傾け、その夜も更けていつた。そろ〳〵退《ひ》きあげようかと立ちかけた時、珍しいことに客があつた。客は長身の若者で、今時見馴れぬ黒い裾長の外套《マント》に身を包んでゐた。その容子《やうす》を一瞥して胸が苦しくなつた。私の悪い癖だ。私の囚はれる容姿には決まりきつた類型がある。廿歳《はたち》前後、長身痩軀、緩く波うつ長めの髪、適度に濃い眉、雄蘂《をしべ》のやうに反りかへつた睫毛、や、冷やかな眼差、素直な鼻梁、できれば長靴《ブーツ》の肖合《にあ》ふ長い脛。彼はほゞ完璧であつた。もちろん、この町に棲む学生ではない。主人は、若者を私の卓子に連れてきて対《お》坐させた。料理や葡萄酒を運ぶ給仕の表情が愈々《いよ〳〵》暗くなつてゐるのを残酷な視線で逐ひ、私はその夜、黒外套《マント》の若者を館に連れ帰つた。

家出してきたのか、罪を犯して逃亡中なのか、あるいは自由気儘な旅をしてゐるのか、青年は何も語らうとしないが、そんなことはどうでもい、。彼も頼みもしなければ、私も口に出して勧めた訣ではなく、ごく自然に二人の生活は始まつた。名前すら告げようとしないので、私は爵《ジャック》と呼ぶことに決め、当人も異を唱へない。爵はたゞ美しいばかりではなく、音楽や美術に通じ、詩や小説を読み、私を悦ばせた。曾て暮してゐた都会のマンションの一室には入れ替り立ち代り、あるいは長い年月に亙《わた》つて、あるいは僅かの日々の間、常に誰かが一緒に住んでゐたが、爵ほど綺麗でシャイなやつはゐなかつた。何をするといふのでもない、たゞ一緒にゐるだけで満たされるのだ。大学での講義は偏《ひと》へに短縮するべく努めたが、これは学生たちにとつても好都合だらう。精々《せいぜい》専門科目に励んで御立派な研究者やら技師やらになつたらいゝ。私は館に帰つても、もう体育館や公園の孔雀の檻を眺めなくてもすむ。館には立派な孔雀公子がゐるのだ。

晴れて風の無い日には、爵を誘つて屋外へ出た。彼は必ず長靴《ブーツ》を穿く。町の連中はおしなべて無気力で、他人に関心を持つ者はをらず、人目を気遣ふ必要もない。私たちはよく川まで歩いた。〈黒い森〉の背後には十数本の樅が繁り、その樅の木は道の左側だけ川まで片端《かたは》並木のやうにずつと続いてゐる。川向うの針葉樹林は深く暗く、ときに人を誘《おび》く佇まひを見せる。一度、対岸へ渡つてみようと爵にもちかけたことがある。彼は、橋が腐つてゐるから無理だと応へ、

「実は〈黒い森〉で初めて逢つた夜、僕はこゝを渡らうとして危なく転げ落ちさうに

なつたんだ。それで駅まで引き返したんだけど、もう終列車が出たあとで、仕方なくレストランに入つたんだもの」と説明してくれた。

川幅は広く、流れは急で、対岸には道も見えず、これは諦めるより仕方がなかつた。以来、川の畔《ほとり》まで歩いてはゆつくり引き返して時を過すやうになつてゐた。夜は〈黒い森〉で、主人を交へて三人、卓子を囲む。給仕は相変らず部屋の隅に坐つてゐた。

昨夜《ゆふべ》もさうして更けたが、帰り際に店の奥から、焦点の定まらぬ異様に光る眼を持つた若者が蹌踉《さうらう》たる足どりで現れ、私を驚かせた。聊か窶《いさゝやつ》れてはゐたが、主人に劣らぬ美貌で、聞けば彼の兄さんだといふ。病弱で部屋から出ぬ由ながら、私の見るところ、神経系統に障害の気味がありさうだ。美貌の廃人といへば、あはれも趣も深いが、それは他者の勝手な思ひ入れと申すもので、弟たる店の主人にしてみれば、苦労の絶えぬことだらう。普段の口数の少さも、こんなところに原因があつたのかと合点もゆく。主人は病者を宥《なだ》め賺《すか》して奥に連れ戻し、私たちも早々に退《ひ》きあげた。爵はいつものやうに冷やかな眼差を変へない。長靴《ブーツ》のきしむ音、私の官能を掻きむしる音が寒夜の道にひゞく。爵の髪は、微《かす》かに烏賊墨色《セピア》を帯びてゐる。

B

爵《ジャック》が現れてからといふもの、あの愉しさうな様子はどうだ。ヴァーミリオン・サンズとやらへ往き損ねて、もう何もかも諦めきつたなどと嘯《うそぶ》いてゐたのが、それこそ嘘のやうだ。いまにもつと幸せにしてあげる。彼は兄さんみたいに初《うぶ》ぢやないから、神経に支障を来《きた》すやうなことにはならないだらう。それにしても、昨夜《ゆふべ》兄さんを見られたのは不覚だつた。町の連中は何も知りはしない。彼も気に留めた風には見えなかつたし、案ずるには及ばないと思ふけれど、これからは少し用心しよう。もうすぐ春になる。

Ⅲ

氷は張るが、この町に雪は降らない。その氷も、日々薄くなつて、もう冬も終る。気温の差は勿論あるが、町を取り囲む景色に季節の移ろひは見られない。樅の森と砂原、背後は岩肌の多い山嶽、これでは変りやうもない。十一月も末の木枯の吹く日にやつて来たのだから、もう四箇月を過したことになる。大学には一向に馴染まず、町の連中も親しさを示さないが、かうまで素気ないと却つて清々しく、爵と気儘に暮すには好都合だ。爵は妙なものに詳しい。先日は、色彩の話に端を発して、染料の臙脂《えんじ》についていくさり喋りまくつた。臙脂が墨西哥《メキシコ》あたりの仙人掌《サボテン》に寄生する臙脂虫なる昆虫から採れることくらゐは私も知つてゐたが、爵は臙脂虫の生態から染料となるまでの故事来歴に精通してをり、私を呆れさせた。

「臙脂虫は半翅目貝殻虫科に属する小さな小さな虫なんだ。鮮やかな赤褐色でね、雄には翅《はね》があるけれど雌にはなくてね、蠟みたいな白い粉を分泌して身体を包むんだ。詳しく喋つても分りにくいから簡単に言ふとね、その虫をまづ熱湯で殺して、それから乾かして粉末にするんだけど、それを正しくはコチニール、またはカルミンと言ふの。

日本には十八世紀の始め頃、中国から綿に包まれて渡来したらしいけど、亜米利加《アメリカ》大陸からどんな経路で中国へ入つたのか、よく分らない。新大陸発見から二百年ほど経つてゐた勘定になるけど、欧羅巴《ヨーロッパ》人は金銀財宝の掠奪に明け暮れてゐたんだし、たかが仙人掌の寄生虫に一体誰が興味を持つたのか、そのへんも興味深くてね。まあ、謎に包まれた染料といふところでさ、きつと可坊《べらぼう》な値段だつたと思ふよ。日本では、友禅染にこの臙脂が使はれたんだ。京都の宮崎友禅斎が創案した、あの極彩色の染物にね」

喋り出すと普段の静かな表情はどこへやら、彼の眼は輝き、頰は思ひなしか赤みを帯びて、止めどもない。

加賀友禅に、御座船《ござふね》模様《もやう》小袖裂《こそでぎれ》と呼ばれる、臙脂を使つた旧《ふる》い染物があり、そのカーマインレッドの美しさは比類がなく、生命のやうに暗く、死のやうに華やかで、さしあたつてこれに匹敵する赤紅色は人間の血だけだ……。

お喋りのレトリックが次第に異様となり、気を吞まれることもあるが、それさへもほゝゑましい。私は彼を溺愛し、宥《ゆる》しきつてゐるのだ。その爵があからさまに忌み嫌ひ、私も決して好きにはなれぬ人物が一人、最近この町にやつてきた。

新たな学年度を迎へた大学に文化人類学担当の助教授として着任したその男は、私の旧知で同年代ながら醜貌だ。喋り方から立居の端々に至るまで品性を欠く上に、私と趣味を同じくする人種で、彼こそ「ヴァーミリオン・サンズのミニアチュール」云々と囁いた人物であつた。この一件では瞞《だま》されたと思ふと腹立たしくなつたものの、この町で爵と遇へたことを考慮して、厭なやつと思ひながらも相手になつた。しかし、彼の厚顔無恥は私の神経を逆撫でにする。「人柄を見込んで重大な話がある」と言葉巧みに言ひ寄つて、昨日は到頭館まで押しかけてきた。

「あまりヴァーミリオン・サンズに夢中になつていらつしやつたから、この町のことを教へてあげたんですよ。快適さうで何よりですな。あの時、実は私もこゝに復帰することが決まつてゐたのです。この町で、どうしてもやらねばならんことがありましてね。是非とも貴方の協力が欲しかつたのです」

最初から計画的に私を瞞したのか。針のやうに尖らせた皮肉を幾ら吐きつけても、一向に痛くも痒くもないらしく、「鉄面皮《てつめんぴ》の恥知らずめが……」と腸《はらわた》の煮えくりかへる思ひを味はつた。爵はやつを一目見るなり厭な顔をして二階に閉ぢ籠り、それきり出て来ない。

やつの話は、荒唐無稽といふも愚かなものだつた。川向うの針葉樹林の奥には、信じがたいやうな怪しい者どもが棲んでゐて、常にこちら側の人間を付け狙つてゐるといふのだ。

「私は三年前、この大学で教へてゐた時、彼らの存在を確かめたのです。それは恐ろしい連中で、彼らの毒牙にかゝつたが最後、助かる見込みはまづありません。この町が出来た頃、川向うで行方の知れなくなつた原因不明の失踪者が沢山ゐたといふ記録が残つてゐるのです。殆どが学生ですが、みなやつらの仕業《しわざ》です。それで、町の人達は気味悪がつて川向うに行かなくなり、今では橋も腐りかけてゐるのですよ。誰も行かなくなると、やつらがこちら側に忍び込んで来るやうになつた。この町には間歇的に行方不明者が出てゐて、それが何よりの証拠です。私は三年前に橋の畔でやつらの一人を目撃しました。眼は爛々と輝き、眉は攣《つ》りあがつて、髪は赤かつた。その上すばしこくて、私を見ると、あの崩れかけた橋の上をまるで飛ぶやうに逃げて行きました」

何が「飛ぶやうに逃げた」だ。笑はせちやいけない。おまへの醜い面を見たら、誰だつて逃げたくならうといふものだ。私は、伝奇小説《ゴシツクロマンス》は嫌ひではない。とりわけ吸血鬼や狼少年は愛すべきキャラクターで、叶ふことなら襲はれてみたいとさへ思ふ。やつの話は朦朧として摑みどころが無かつた。あまつさへ妖怪退治に協力してほしいといふのだ。夢想家を気取るにしては、彼はあまりにも醜すぎる。冗談のつもりならば、まるで洗煉されてゐない。だが、やつは真面目なのだ。

面白い話をどうもありがたう——私は精一杯の皮肉を吐き捨て、、まだ〳〵話し足りぬと言はぬばかりの助教授を強引に追ひ帰した。女はどれほど醜からうと、才能があれば許しもしよう。エディット・ピアフやラケル・メレの老醜は寔《まこと》に見事で、むしろ快いくらゐだ。しかし、醜い男は駄目だ。少くとも長時間席を同じくすることは避けたいと思つてゐる。春の日の午後であれば、なほのことだ。

C

あの醜い小男が再《ま》たやつて来た。兄さんの尻を追ひ廻して、熱心に愛の唄を囀つた甲斐もなく、けんもほろゝに肘鉄を喰《くら》つた揚句、川向うへ行つて森の奥の秘密を嗅ぎ廻つたあいつが。あいつは森の奥に棲みたがつたが、誰も相手にしなかつた。あの醜さならあたりまへだ。森の奥には醜い男は棲めない。散々な目に遇つたあいつは、腹《はら》癒《いせ》にとんでもない悪戯《わるさ》をした。あんなことをするのは、あいつ以外にゐやしない。僕の左脚は今でも寒い夜には疼く。今度もきつと何か企んでゐるに違ひない。昨日は〈館〉まで押しかけてきたといふ。あいつが彼を瞞して、この町に来させたらしい。とんでもないやつだ。有ること無いこと喋りまくるらしいが、醜悪さが禍ひして全然信用されてゐない。しばらくは安全だらうが、あいつは執拗だから呑気に構へてもゐられない。彼は爵の言ひなりになるとしても、あいつが若い爵に目をつけると剣呑だ。爵には彼がどうしても必要だし、少し時期を早めることにしよう。僕らは美の使徒だ。

文化類人猿――私たちは醜い助教授を、さう呼ぶことにした。やつの執拗さはエスカレートするばかり、たゞの類人猿の方が余程ましだ。館には構へて入れぬやうにしてゐるものの、大学で顔を合せると、例の話を持ち出すのだつた。今日も、講義を了《を》へて帰らうとすると、校門の脇で待ち伏せてゐて、無理矢理薄汚い珈琲《コーヒー》店に連れ込まれた。そこで一時間余、またあの話かと半ば上の空で聞いてゐたが、今日は少しばかり真実性《リアリティ》のあることを喋り出した。

「実は三年前にこゝを立ち去る時、橋の入口に罠を一打《ダース》ほど仕掛けて置いたのです。熱帯の猛獣用の特別製のものでしてね、絶対に気づかれずに必ず獲物を銜《くは》へ込む、それは精巧に出来た代物です。私はその罠を、この数日丹念に調べてみました。あの川は、底は深いし流れも急だから、泳いで渡るのはまづ無理です。森のやつらが忍び込むには橋を通るしか手は無い。はじめ、罠に誰かが掛かつたやうには見えなかつたのですがね、よく〳〵調べてみると微かに血痕らしきものが付いてゐる。大学へ持ち帰つて、生物学の助手に見て貰つたら、思つた通りなのですよ。きつと罠のバネを戻して足を抜いたんですな。まあ、そこが熱帯の猛獣と違ふところです」

二つの罠に血痕があつた――と言つて、類人猿は鞄から実物を取り出して見せたが、実に厭な代物だ。これには私も多少真顔にならざるをえない。二つの血痕には新旧の違ひがあり、この町には、あるいは二人、確実に一人は川向うの連中が紛れ込んでゐる――と助教授は言ひ張つた。

「小さな町ですからね、蝨潰《しらみつぶ》しに当たればすぐ判りますよ。一人はもう見当がついてゐるのです。貴方が毎晩通ふらしいレストランね、あそこの主人は三年前には彼ではなかつた。今は病気と称して籠りきりの青年が一人で切り盛りしてました。尤も、はやらないのはあの頃も同じでしたがね。私は当時、貴重な常連で主人の青年とも親しかつたが、あんな弟がゐるなんて全然聞いてませんよ。ボーイは前からゐた子だが、以前はもつと明るい顔をしてたし、どうも様子が変だ。今の主人が川向うの森のやつだとすれば、軽い跛《びつこ》ぐらゐは引いてゐる筈です。貴方、気がつきませんでしたか」

私には憶えが無い。彼はいつも優雅に振舞ひ、異様なところなど感じられない。

「いや、気をつけて御覧にならないからでせう。どうです、今夜もお出かけでせうから、よく確かめてみては……」

類人猿は執拗に喰ひさがる。あの主人に怪しいところは無いにしても、給仕の暗い表情や兄らしい若者の錯乱ぶりを思ふと、気にならないでもない。いま一人の侵入者は判らないのか——と初めて私から質《たゞ》した。

「え、まだ判らない。ひよつとすると隧道《トンネル》を抜けて国道沿ひの都市へ行つてしまつたのかも知れませんな。ところで、どうやら信じるお気持になつて下さつたやうですな。拝見するところ、貴方は孔雀のごとき青年と優雅な日々を送つていらつしやる。やつらの毒牙にかゝれば、その暮しも崩壊します。どうあつても、森の彼方の地は滅ぼすべきです。

今まで申しませんでしたが、実を言へば私は一度だけ川向うへ渡つたことがあるのです。深い樅の森の奥には、やつらのコロニーがありました。本当のことを言ひませうか、やつらは我々のやうな生身《なまみ》の人間ぢやありません、人の身体を借りた忌《いまは》しい死霊なのです。私は、やつらに顔を識られてゐるから、レストランには堂々と入れないのです。幸ひ貴方は信用されてゐる。今夜、是非とも確かめていたゞきたい。貴方をこの町にお誘ひした甲斐がありさうだ……」

類人猿は悪霊退治のために私を瞞したのか。私は同意しない。あの醜男は相変らず目障りで宥《ゆる》しがたい。仮に、やつの言ふことが真実であつて、〈黒い森〉の主人が生身の人間ではないとしても一向にかまはない。美貌の死霊——結構ではないか。私を襲ふといふならそれも一興、喜んで餌食とならう。たゞ、爵のことだけが気に懸かる。

彼を廃人にはしたくない。変《な》らばもろとも、この際、慎重を期すに越したことはないだらう。

類人猿と別れたあと、洗濯屋に寄つて主人に少しばかりものを質《たづ》ねた。彼は、我が館の家主であり、この町の住人の中では数少い気の利《き》く人物である。店主の話によれば、三年前には〈黒い森〉の主人は、確かに今は病気と称して籠つてゐる若者であつた。二年あまり前に突然弟が現れ、兄が病気で倒れたと言つて代りに切り盛りを引き継いだといふ。それだけのことを確かめて、私は館に帰つた。類人猿の話は信じてもよささうだ。信じはするが、やつの退治説には決して同意すまい。肉体の衰へ、その忌しさから逃れられるものなら、私も仲間に加へて貰ひたいものだ。永遠に三十歳の私、永遠に廿歳の爵、こゝはヴァーミリオン・サンズどころか、ヴァーミリオン・ウッズなのだ。森の彼方の地――類人猿は確かにさう言つた。羅甸《ラテン》語、いや羅馬尼亜《ルーマニア》語ではトランシルヴァニアといふ筈だ。

トランシルヴァニア、トランシルヴァニア……、樅と蕁麻《いらくさ》の森、狼の声が曠野《あれの》を渡り、大蝙蝠《おほかうもり》の影が夜天を掠《かす》める。迷ふ余地はない。爵と二人、そこへ往かう。問題は一つ、爵に動揺を与へずに遂行することだ。ともかく、これから〈黒い森〉へ出かけて確かめねばならぬ。私はいつものやうに振舞ひ、爵を連れて外へ出た。私たちは町の中を通らない。いつも町の外沿を歩く。公園の角を曲るとレストランが見え、孔雀が羽搔きをしてゐる。春になつても爵は長靴《ブーツ》を穿き、私の官能を搔きむしる。公園を過ぎた所で、私は右足に厭な弛緩を覚えた。靴紐が解《ほど》けたのだ。屈《かが》み込んで紐を結び直しながら、偶《ふ》と先を行く爵を見た。長靴《ブーツ》のよく肖《に》あふ長い肢《あし》、その左足を微かに爵は曳き摺つてゐた。

(『就眠儀式』所収)

天使 I

月光のわがまなぶたを搏つ翼　富澤赤黄男

お前と私と、見事に老残を曝《さら》す私の乳母と、この広い館で三人暮しを始めてから何年になるだらう。たしか三年前の晩秋に、お前は私の眼前に現れたのだ。雨といつても冷たい時雨《しぐれ》にぐつしより濡れて、負け犬のやうにお前は私の前に佇《た》ち塞《ふさ》がり、私は酩酊してゐた。思ひつめた、縋りつくやうな眼差《まなざし》が私を刺し貫き、その夜からお前はこの館に棲まふやうになつたのだ。着の身着の儘、リープストッケルの独逸《ドイツ》語原書『科学の眼より見たる神秘主義』一巻を携へて。

爾来、私の淫蕩はぴたりと鎮まり、館の陰鬱な佇まひも暗雲の霽《は》れるにも肖《に》て、次第に拭はれていつた。あのとき羚羊《かもしか》のやうなお前は私より七歳下の十八歳、冬の午後の淡く零《ふ》る陽《ひ》をうけて、あるいは長い夜の寒冷の気を娯しむごとく、私の書斎の揺椅子に身を靠《まか》せながら、ひどく気儘に書棚から選び出した本に読み耽るお前を見て、私はしばしば眩暈に襲はれた。それでも、こみあげる慾望を、あけぼのの色の四肢に爪立てたい思ひを、私は抑へたのだ。今は、さういふことは無い。おそらく私は、朧ろげながらもエロスのまことの相《すがた》を識りつゝあるのだらう。

日は周り、夏が訪れても、私は曾《かつ》てのやうに海浜や高原に出かけることをやめ、館に籠つて過した。乳母は従前通り在つて無きがごとく、召使として完璧な存在であつた。私は『カッサンドラの末裔』や『きのふのアポロ』、『カラヴァッジョのナルシス』などを書き上げたが、お前は私の書くものに全く興味を示さない。そして、独りで何やら記し始め、その秋に書き上げたのが、瑞典《スウェーデン》はヴァサ王家時代より伝来の綴織画《タピスリー》に関する考証論文であつた。出入りの美術雑誌の編輯者が卒読請ひ願つて持ち帰り、翌月号の巻頭に掲載された。二年目の秋には『王侯の椅子』と題して、欧羅巴《ヨーロッパ》諸王家累代の豪奢を極める調度品、なかんづく椅子と卓子に関する克明かつ晦渋なる三百枚あまりのエッセーを書いた。私には余程わかりにくいものになつてゐたが、職人の至芸を想はせる挿絵共々美術雑誌『トルソ』に発表され、その筋では話題沸騰した。いかやうに請はれても、お前は一年に一作しか書かぬと言明し、彫りの深いマスクも相俟《あひま》つてか、人々は神秘的な鬼才といふレッテルをお前に貼つた。

今、更けてゆく秋の夜、零《ふ》りそゝぐ月光《つきかげ》を硝子越しに浴び、自らの製作に成る背もたせ二米《メートル》に及ぶ椅子に腰をかけ、お前は三つ目の論文を書いてゐる。『セバスティアーノ・カボート伝』と題されるらしいそのエッセーは、十六世紀に世界地図を完成させてゐる伊太利《イタリア》の航海者を採り上げた虚々実々の評伝だといふ。書き上げられた時、論文はもはや私の理解を超えた杳《はるか》なるものとなるだらう。

お前は年齢を教へてくれただけで、過去はもとより姓名さへ明かさず、私は勝手に爵《ジャック》と呼んでゐる。廿歳《はたち》を過ぎたお前は、額《ぬか》おほふばかりの軟らかい髪を時々うるささうに掻き上げ、ゴロワーズを唇《くち》の端に啣《くは》へて火を点ける一挙手にもエロスを湛へ、私を誘《おび》く。そして、私が身を滅してふりそゝぐ愛情には楚々として一顧だにせぬが、私は充ち足りてゐる。曾て絢爛たる才華を謳はれた私の小説の多くは、現在の私から見れば既に何の価値も有《も》つてゐない。私が好んで描き出した女たちは、つひに天翔《あまが》けることは無い。叶ふことならば、後半生を賭して、死に至るその刻までに、プルタークの『英雄伝』にも匹敵するやうな『天使列伝』を、私は書き継いでゆきたい。もちろん、すべての天使に爵の面影を伝へるのだ。男は、時として突然一切の地《つち》の呪縛を絶ち切つて天使となりうることの證左《あかし》のために。

（『天使』所収）

天使 Ⅱ

天使は不図《ふと》おそろしき顔をしたり柱の影よりこちらを向きて　葛原妙子

寝返りをうつた時、右の肩に何やら堅いものが突きあたり、百合男《ゆりを》は目を醒ました。僅かに閉め残した窓の隙間から、もうよほど涼味を帯びた九月の風が吹き込んでくる。窓帳《カーテン》が風に飜《ひるがへ》り、硝子越しの朝の光が眩しい。薔薇子《ばらこ》は昨夜《ゆふべ》のうちに確か帰つた筈なのに——と、けむつた記憶を手繰りよせながら寝台《ベッド》の右端に目を遣つて、百合男は仰天した。そこには、翼を持つた人間がうつぶせに寝てゐた。一瞬、まだ夢を見てゐるのではないかと、眼を擦《こす》つて改めて見直したのだが、それは紛れもなく天使だつた。驚き慌てふためく百合男の気配に、天使も目を醒まし、ゆつくりと起きあがつた。

天使なんてゐる筈はない——百合男は心の裡《うち》で繰返し否定するのだが、やはり天使としか言ひやうがない。天使は、男だつた。天使に雌雄の別が有るか無いか、百合男はこれまで考へたことも無い。希臘《ギリシャ》だつたか羅馬《ローマ》だつたかの神話のキューピッドは、さう言へば少年だつたし、欧羅巴《ヨーロッパ》の絵や彫刻で見る基督《キリスト》教の天使たちも乳房は持つてゐないやうだ。あらぬことを思ひ紆《めぐ》らせながら、百合男はその天使を眺め廻した。

天使は十七、八歳に見え、百合男より少し若さうだ。金髪碧眼、肌が乳色に近いほど皓《しろ》く、その肢体は古代希臘とかルネサンス時代の少年の彫像を想はせる。両腕の付け根よりや、内側によつた背中から、腕の長さくらゐの金色の翼が生えてゐる。当然のことながら真裸だつた。眼を、下半身の薔薇色の果実が息づくあたりに止めた時、百合男は直視することに躊躇《ためらひ》を覚えたが、天使は一向に気に懸ける様子もなく、宝石のやうな眸《め》を瞠《みひら》いて、逆に百合男を見つめてゐる。その澄みきつた双眸には、邪悪さや狡猾さ、また猜疑・羞恥・哀楽・愛憎などに類する表情が全く認められない。これほど無垢なる表情、否、無表情といふものを、百合男は見たことがなかつた。暫くは互ひに見つめ合ひ、そして天使が先にほ、ゑんだが、それは何とも言へぬくらゐ愛らしかつた。

百合男は今年廿《はた》歳《ち》の美大生、繊細優美と言つてもよい当世風の若者である。絵画専攻でグラフィック・デザイナー志望、そのせゐか幾許《いくばく》かの抒情的気質を持ちあはせ、半ば投げやりな自称感覚的生活を送つてゐる。父親は地方都市の銀行員だが取締役級の管理職に就《つ》いてゐるので、学生にしては豪勢にすぎるマンションの一室をあてがつて貰ひ、何不自由ない毎日、謂《い》はゞ高等遊民の卵である。

恋人の薔薇子も似たり寄つたりの境遇、二人はありふれた恋人同士だが、一つ年下の薔薇子の方が少しばかり身を乗り出してゐた。週に一度か二度逢つて、時々どちらかのマンションで寝台《ベッド》を共にするのだが、百合男はしば〳〵面倒くさくなつてしまふ。薔薇子が危ふく白痴美といふに近い貌だちの美少女なので、アクセサリーとしてはけつかう高く踏んでゐた。しかし、それも昨日《きのふ》までのこと、今や百合男は有翼人種に夢中になつてゐる。

天使を相手に百合男がまづ試みたのは会話であつたが、これは全く不可能であることがすぐわかつた。この世のものとも思はれぬ透明な美しい声音《こわね》を天使は発したが、人間の言語には程遠い。それは、L音ともR音ともつかぬ一種の顫音《せんおん》で、幾つかのパターンがあつた。

「ルンルンルン、ルルル、ルルル、ルルールルー、ルルンルルン、ルンルーン……」

聴いてゐれば快感を覚えるものの、二人の意思を通じさせる役には立たない。百合男は早々に会話を諦めて、身振手振で意思を伝へることにした。天使は百合男を信じきつてゐるやうに見えた。金髪の捲毛にそつと触れてみる。恍惚《うつとり》として目を閉ぢる。閉ぢた瞼の隙間から雄蘂《をしべ》のやうな睫毛が反りかへつてゐる。——なんて綺麗なんだらう！　こんなの見たことないや。薔薇子なんて問題ぢやないな、ずつとこゝにゐてくれるかしら……　天使以上に蕩然として、百合男は不思議ないきものを眺め廻した。そして、やはりこのまゝでは眩しすぎると思つた。

あの薔薇色の果実を隠さなくちやあ——百合男は頭の中で天使にいろ〳〵な衣裳を着せてみた。男は、想像力の世界を、殊にその過程を楽しむものである。スラックスやジーンズもあまりぴつたりこないし、まして半ズボンでは余計をかしい。翼があるから上半身は裸のまゝにしておくしかない。あれこれ迷つた末に、洋舞《バレエ》の男性舞踊手が穿くやうなタイツなら身体の線もそのまゝ残つてよく似合ふだらうと考へた。色は純白と決めた。衣裳の次は食事のことを考へた。ある限りのものを冷蔵庫からひつぱりだし、一つ一つ差し出してみるが、天使は全く興味を示さない。もと〳〵食べ残しの類ゆゑ、夕食の時に改めて取揃へ、嗜好を窺ふことにした。太陽は夙《と》うに南の空に移り、正午を過ぎてゐる。早急に衣裳と食物を揃へてやらなければ……。身体中を動かして買物に出かけることを説明してみるが、天使は相変らず大きな眸で百合男を見つめるばかり、まあ逃げ出すこともないだらうと、錠を鎖《さ》して外へ出た。

白いタイツは天使によく似合つた。果実の膨らみもかうしておけば、ひとまづ安心だ。衣裳が首尾よく合つたので、いよ〳〵夕食の支度に取りかゝつたが、天使の嗜好は思つた以上に難しかつた。ふだん買ふことのないやうなものまで取揃へたのだが、麵麭《パン》や魚や果実には見向きもしない。結局、天使が口にしたのは生のまゝの牛肉、あとは萵苣《レタス》と和蘭芹《パセリ》だけ。瓦斯台《ガスレンジ》で煮たり焼いたりする百合男の様子を不思議さうに見てはゐたが、火の通つたものは出されても顔を背ける。

生肉なんか食べて大丈夫なのかしら、でも天使だもの、人間とは食べる物も違ふんだらう――と百合男は一人合点した。食事もどうやら無事に済み、後片づけをしてゐるところへ電話が鳴つた。薔薇子だつた。百合男は今日一日、薔薇子のことを一度も考へなかつた。声を聞いて、あ、薔薇子は恋人だつたつけ――と思つたものの、もうずつと昔のことのやうな気さへする。ぞんざいな応答を二言三言、まだ食卓についてゐる天使を振り返りながら、当分は忙しくて逢ふ暇が無いと答へて切つてしまつた。

寝る前に、百合男は天使を入浴させた。翼を濡らさぬやう気を使ひながら身体を洗つてやると、厭がる風《ふう》も見せず、されるまゝになつてゐる。ぢかに触つてみて、その皮膚の美しさにまた感嘆した。石鹼の泡が虹色にきらめき、百合男は昨日までとは全く違ふ世界にゐるやうな気がした。天使は心地よささうに囀つてゐる。ルンルンルン、ルルル、ルルル……。

よほど一緒に湯槽《ゆぶね》に入らうかと思つたが、まだ百合男には妙な羞恥があつた。先に天使をあがらせて、大急ぎで入浴を済ませたが、天使の肌に比べると、百合男の皮膚はいかにも獣《けだもの》じみて見えるのだつた。

その夜、寝台《ベッド》の上では百合男の方が固くなつてゐた。翼が傷まぬやうに天使はうつぶせに近い恰好で横になり、顔を百合男に向けてゐるので、どうしても眼が合つてしまふ。見つめられてゐると、百合男は益々自分の身体に自信が持てなくなり、とても眠れさうもない。息苦しい時間が続いた。部屋の照明を全部消しても、月光や街燈は否応《いやおう》なしに差し込んでくる。息苦しさから逃れるやうに寝返りをうつた時、天使が起《た》ち上がり、百合男の上に覆ひかぶさつてきた。信じられぬくらゐ、天使は力が強かつた。百合男は仰向《あおむ》けに組み伏せられて身動きも叶はず、天使の為すがまゝに夜を明かした。背すぢに沿つて奔る奇妙な快感。薔薇子との夜などとは比較にならぬ生身《なまみ》の肉の激しい陶酔を知らされて、身体全体が少女のやうに優しくなつてゆくのを感じた。

百合男は天使を爵《ジャック》と名づけ、二人の不思議な生活が始まつた。天使爵の態度は、二日目からがらりと変つた。最初の純真無垢なる表情は嘘のやうに消え失せ、代つて若き羅馬《ローマ》皇帝のごとき暴君が誕生した。百合男は大学に通ふのをぱたりと止め、買物に出るほかは全く外出しなくなり、ひたすら美しき暴君に仕へる僕《しもべ》となりはてた。

爵は牛の生肉と生野菜以外の物は食べようとしない。萵苣《レタス》・和蘭芹《パセリ》・和蘭三葉《セロリ》・独活《うど》・甘藍《キャベツ》・水田芥子《クレソン》・菊萵苣《チコリ》・馬歯莧《すべりひゆ》・蕃茄《トマト》・胡瓜《きうり》・花椰菜《カリフラワー》・洋唐辛子《ピーマン》・廿日大根《ラディッシュ》……などから玉葱・大蒜《にんにく》・茗荷《めうが》・浅葱《あさつき》・紫蘇・浜防風・蓼《たで》に至るまで、生のまゝで食べられさうな野菜を、百合男は数日おきに捜して歩かねばならない。苦労を重ねて集めてくる野菜や肉も、機嫌を損ねると食べてくれない。生の牛肉にしても、初めからうまさうに食べてゐた訣《わけ》でもなく、食べ終へて満足したといふ表情を見せたことがない。

たゞ、爵はどうせ食べないだらうと勝手に思ひ込んで百合男が柘榴《ざくろ》を食べてゐた時、それを奪ふやうにして貪り喰つたことがあり、それ以来、柘榴は欠かさぬやうにしてきたが、秋も半ばを過ぎて次第に入手が難しくなつてきた。一日おきが二日おき三日おきになり、柘榴の無い日が続かうものなら、爵の機嫌は悪くなるばかりで、百合男を傍にも寄せつけない。こんな謂《い》はれのない苦労までして……と、ふとした拍子に自分のしてゐることを突き放して眺めてはみるのだが、最初の夜に爵から蒙《かうむ》つた肉の呪縛を絶ち切れる百合男でもなかつた。

爵の横暴があまりにも度を越した時など、百合男も流石《さすが》に臍《へそ》を曲げて従僕の務めを放擲することもあるが、そんな折も爵は簡単に百合男を操つた。どれほど不貞腐《ふてくさ》れてゐても、背後から爵に抱きすくめられ、天使の果実の膨らみを臀《しり》のあたりに感ずると、もう百合男は身も世もあらぬ体《てい》に陥り、反逆も呆気《あつけ》なく挫けてしまふ。眸に一種意地の悪い表情を湛へ、唇の端を微かに歪めながら、爵はひどく乱暴な手つきで百合男を愛撫する。百合男はといへば、乱暴に扱はれるほど昂奮するやうになつてゐた。

爵の身体に触らせて貰へぬ日が続くと、百合男は故意に従僕の務めを放り出した。しかし、それが効を奏して荒々しい抱擁を受けたのも最初のうちだけで、すぐに見破られてしまつた。ルルン、ルルルルル、ルンルンルン……相も変らず美しい声音を発して、爵は百合男を嘲笑するのだつた。跳びか、つたところで、腕力の差は明らかなこと、泣いても諤《わめ》いても無駄だつた。あとは、街から街へ果実舗や青果店を歩き廻つて柘榴を捜すより仕方がない。

薔薇子からは思ひ出したやうに時々電話がか、つてくる。そのたびに百合男は、矛盾撞着曖昧模糊たるい、加減な応答をして胡麻化《ごまか》してゐた。

「忙しい忙しいつて、何がそんなに忙しいのよ。もう一箇月も逢つてないのよ。いくら忙しくても二時間や三時間くらゐ、たとへば食事を一緒にするくらゐの暇は作れるでしよ。大体あなたがどうしてそんなに忙しいのか、私にはさつぱりわからないわ。

説明してくれたつてい丶ぢやないの……」

「ねえ薔薇子、僕は本当に忙しいんだ。そのうち落ち着いたら、毎晩でも君と付き合ふからさ、今はほつといてくれないかなあ。君だつて……え丶と、もうすぐ廿歳《はたち》だもの、ねえ、わかるだらう……」

「わかんないわよ！　あなたの言ふことはこの頃支離滅裂よ。好きな人でも出来たのなら、男らしくさう言つたらい丶ぢやないの。訣《わけ》も言はないで、頭から忙しいつて言はれたつて納得できないわよ……。それに、電話しても出ないこともあるし、はつきりおつしやいよ！」

「そんなこと言つたつて……、僕だつて時には外出くらゐするさ。なんだい、別に夫婦でもあるまいし、口やまかしいつたらありやしない。君はそんな女だつたのか！」

「まあ、なんて言ひ方かしら……、一方的なことばかり言つて。私の聞いてることに全然答へもしないで、なによ、その返事。何が忙しいのか、はつきり言つたらどうなの！」

「うるさい！　僕が何しようと勝手ぢやないか。君の指図なんか受ける筋合はないんだ。こんな詰まらないことで何度も電話しないでくれ。もう切るからね」

どうしても変だつた。百合男の身辺に変化が起つたに違ひないと思ふものの、薔薇子には見当もつかない。言を左右の狼狽ぶりを示すが、その原因が女でないことは直観的にわかつた。百合男とのことはもう諦めようかといふ考へも過《よぎ》りはするが、そのたびにそれを食ひ止めるかのごとく、或る折々の百合男の姿や仕種《しぐさ》が眼裏《まなうら》に蘇つてくる。少しも逞しくはないのに何となく艶《なま》めかしい薄い裸の胸とか項《うなじ》にもつれる衿髪《えりがみ》、いつもあらぬ彼方を見てゐるやうな焦点の定まらぬ眸などを想ひ浮べると、やはりこのまゝで別れるのは不本意に思へてくる。一つ年下で然《しか》も相応の美少女であるにもかゝはらず、薔薇子は小悪魔風でも妖精風でもなく、むしろ母性の強い女だつた。たとへ結果がどうならうとも、明日は百合男の部屋を訪ねてみようと、彼女は心に決めた。

翌日、東京の空は珍しくすゞやかに晴れ渡り、青い天には秋の終りが近いことを告げるかのやうに鰯雲が拡がつてゐる。爽やかな、といふより、もう冷やかな風が頬を掠め過ぎてゆく午後、薔薇子は百合男の住むマンションを訪れた。百合男は怒鳴るだらうか。やはり本当に忙しくしてゐるのかしら——いづれにせよ、あまり期待しないことだと自分に言ひ聞かせながら扉口《とぐち》に立ち、呼鈴を押した。ためらひつゝ二回目を押し、少し待つて三度四度と押してみたが、何の反応も無い。既に三分は経つてゐた。

五回目を押し、諦めて帰らうとした時、扉があいた。百合男ではなかつた。扉の向うから覗いた貌《かほ》は、百合男よりも遥かに美しい。金髪碧眼、不純なものが微塵も認められぬ、あどけないほどの碧玉の双眸に凝《じつ》と見つめられて、薔薇子は一瞬事情が呑み込めなかつた。それも束の間のこと、母性を濃く秘めるこの美少女は、瞬時に眼前の美少年こそ己の恋敵ではないかと直感した。

「あなた、どなたなの。百合男さんはいらつしやらないの……」

「ルンルンルン、ルルルンルルルン、ルールールー、ルンルールンルー……」

美少年は応へるかはりに、ついぞ聞いたことのない、譬へやうもなく美しい声音を発した。驚き、改めてその姿を見なほした薔薇子は更に驚かされた。純白のタイツを穿いただけで上半身を剝き出しにした若者の背中には光り輝く金色の翼が生えてゐるのだ。芝居のコスチユームか、それとも写真のモデルかと思つてみても辻褄が合はない。さきほど若者の唇《くち》から洩れた異様な美しい声はいつたい何だらう。天使かしら……、どう見ても天使だわ——瞬きもせずに瞠《みひら》き、口をあけたまゝ呆然と佇つてゐる薔薇子に、天使は愛くるしいほゝゑみを贈つた。それから、優しく手を執つて、薔薇子を部屋の中に招き入れた。

夜、百合男が帰つた時、爵は曾《かつ》てないほどの上機嫌であつた。百合男は、午後の間、ずつと果舗の飾棚から青果商の店先へと柘榴を捜して歩き廻つた。たゞでさへ店頭に並ぶことが稀である上に、十一月に入つて既に旬《しゆん》を過ぎてゐるので、僅か一箇の柘榴が容易に見つからない。やうやく都心の果舗の飾棚に五つばかり転がつてゐるのを見つけた時には、もうすつかり昏れ果てゝゐたが、それを全部買つて胸を撫でおろす心地で帰つてきたのだつた。そんな百合男を、普段なら残酷な揶揄を含んだ表情で迎へる爵なのに、今日はほゝゑみを浮べ、更に扉口で優しく擁いてくれたのだ。出かける前とうつて変つた機嫌のよさに、却つて百合男は戸惑つてしまつた。いかなる風の吹き廻しか皆目わからなかつたが、百合男にとつて悪いことではない。

その夜の爵の振舞には少しも棘がなかつたばかりか、入浴の際は一緒に入つてくれた上に、背中まで流してくれた。寝台《ベッド》に入つてからは、ずつと抱かれ通しで、百合男は悦楽の刻の絶巓を幾度となく昇降し、眩暈を覚えた。肉のわなゝきの途切れ途切れに、百合男は夢のまた夢を見てゐるのではあるまいかと疑ひもし、あるいは爵に何か下心があるのではないかと訝つてもみたが、それも瞬時のこと、夢ならばいつそ醒めないでほしいと念じつゝ、眩暈に溺れたのだつた。

眩暈の渦は、夢のまた夢ではなかつた。夜が明けても爵の好意的な態度は変りなく、別に下心があるやうにも見えない。それどころか、前夜の疲れから午《ひる》になつても寝台《ベッド》から起《た》ち上がれぬ百合男の傍につききりで、なほ抱擁を重ねる有様だつた。百合男のさほど豊かとも言へぬ果実に、これはまさしく実りきつた爵の果実の膨らみが触れると、身体の芯にまだ燻《くすぶ》つてゐる官能の余燼が再《ま》た勢ひを吹き返すのを、百合男はとゞめようもない。来る日〳〵も百合男は極彩色の帳《とばり》の中にゐた。緑・紫・真紅・鮮黄・藍青・橙……と帳は色を変へ、その間《ま》に間に爵の金色の翼がばさ〳〵と羽搏き、はゞたきとともに百合男は炎の色に全身を灼《や》かれた。

最早、百合男の体力にも限界が見えてきた。その限界寸前のところで、爵は百合男を解放した。三日三晩睡り続け、百合男は恢復したが、一週間が束の間に過ぎてゐた。快方に向ふ百合男を、爵は幼児をあやすやうに介抱し、爽やかな日々が二人の上に訪れた。薔薇子からは、その後、全く電話がかゝらないが、百合男は少しも気に留めなかつた。ほゝゑみを湛へて見守つてくれる爵、十日前には思ひもよらぬことだつた。食糧は、気難しい爵のために、必要以上に買ひ揃へておいたものが冷蔵庫にいつぱい詰まつてゐるので、当分の間は心配せずに済む。それに、優しくなつてからの爵は、柘榴を五日に一箇食べるくらゐで、殆ど何も食べない。立居も普段に復《かへ》つた百合男は、爵の肖像を描くことを思ひたち、爵も頷いてくれたので、こゝしばらく触らなかつた鉛筆や絵筆を手に執つた。下絵を何度も入念に描き直し、満足のゆくものが出来たところで、本番にとりかゝつた。肖像がよほど描き進められた頃、薔薇子の兄の菊彦から電話がかゝつてきた。薔薇子が行方不明だといふ。

「十日ほど前に、ちよつと用事があつて電話したんだけれど、留守でしてね。それから毎日かけても全然出ないんですよ。心配になつて妹のマンションへ行つてみたんです。鍵がかゝつてましてね、管理人に頼んで開けて貰つたんですが、部屋の中は別に変つた様子もないんです。心あたりの所へは全部連絡をとつてみましたが、全く判らないんです。前に妹からあなたのことを少し聞いてましたので、かうしてお質《たづ》ねしたんですが、やはり御存じではありませんか……」

百合男は、自分にも責任がありさうだとは思つたが、爵の笑顔を見ると、どうでもいゝやうな気がした。薔薇子のことは、それきりで済んだ。

肖像は徐々に完成に近づいてゆく。捲毛の渦や碧玉の双眸、とりわけ下半身の翳りを描くときなど、百合男は極彩色の帳の中で悶絶した日々を思ひ返して、甘美な心地に誘はれた。身体の調子は元通りになつたばかりか、以前にもまして肉がつき、血色もよくなつてゐた。爵も、あれ以来、暴君の面影はちらりとも見せない。

秋ももう終りの十一月の半ば過ぎに、肖像画は完成した。百合男自身、充分満足しうる出来ばえだつた。爵は例の美しい顫音を発して、百合男に感謝の抱擁をした。抱擁はくちづけを誘ひ、そのまゝ寝台《ベッド》に圧《お》し倒された百合男は炎に灼かれ、肉の煉獄に堕ちていつた。

その夜遅く、百合男の部屋の窓から、巨大な鳥のやうなものが烈しい羽音を残して飛びたち、皎々《かうかう》と冴えかへる満月を一瞬過《よぎ》つて天空の闇の中に消え去つた。部屋には人の気配もなく、エロスにも肖《に》た天使の肖像画が光彩を放つばかり、その下あたりいつぱいに食べ散らした萵苣《レタス》や蕃茄《トマト》や柘榴の屑に混つて、骨のやうなものが散らばつてゐた。

（『天使』所収）

天使 Ⅲ

わが椅子の背中にとまる白天使《はくてんし》なんぢ友好ならざる者よ　葛原妙子

彼はむかし、さう、ずいぶん昔、まだ女の子よりもずつと肌目《きめ》のこまかい皮膚を有ち、五体を被ふその皮膚で、獣《けもの》のやうにあらゆる事物を了解し得た頃に、一度だけ天使に遇つたことがある。目白台の南側、神田上水に沿つた細長い公園にも、春至れば数十本の染井吉野が咲き揃ひ、人の少い夕暮どき、花のもとで彼は夢のやうに天使と遇ひ、幻のやうに別れた。花は、一樹あるいは一枝を見てゐるかぎり、至極やすらかなものだが、ひとたび群生のさまを眼前にすると、甚だ厄介な存在に変ずる。白昼の菜の花畑も、花季《はなどき》の早朝の蓮池も、咲き極まつた連翹《れんげう》の一株も、人を唆《そゝのか》す。夕暮の満開の桜などは、最も始末が悪い。夢幻のやうに——と言つても、実のところ少しも抒情的ではなかつた筈だ。天使と共に過した片時、彼がどのやうな振舞に及び、天使の反応がどうであつたか、全く記憶の溝に刻まれることなく、ひたすら蕩《ゆる》やかな然《しか》も憑かれきつた憧憬のみが残された。

おそらく彼は、サイエンス・フィクションやポルノグラフィーの類が撒き散らす明快で健やかな刺激には動じない種類の少年であつたに違ひない。人は、天使などといふものを目撃すれば、おほかた交番とか新聞社とかＴＶ局とかに通報するものだ。彼の皮膚は、それを霊肉一体の官能を司る己の急所に通報した。この時、彼の感性は、初めて確かな回転軸を有《も》つた。彼の、女性といふ対蹠的存在への興味は、ひどく狭められたが、それは天使が若い男の肉体を具《そな》へてゐたせゐである。アドニスとかアンティノウスとかを連想させるやうな。

蝙蝠《かうもり》の翼は悪魔のつばさ、あれは皮膚が変形したものにすぎない。白鳥を想はせる天使の翼に比べると、いかにも邪悪《よこしま》であり、誘惑の影を落す。泰西の宗教では、悪魔も曾《かつ》ては天使の一員たりし堕天使といふ種族に分類され、天使たちにも序列と階級があるらしいのだが、彼にはさういつた天使学への関心は芽生えなかつた。彼は、偏《ひと》へに天使の形姿を、それも形而上学といふ質《たち》の悪い領域に咥《くは》へ込んで、信仰にも似た念《おも》ひで愛したのだ。

そして、一方では少年期の終りにTVのバットマンにいたく惹《ひ》きつけられた。週に一度の魅惑の映像、夜の闇の色、仮面《マスク》が覆ひ残した眼と唇、肉体のあらゆる線を露《あら》はに誇示するコスチューム、更には憧れる少年を包み込む翼のマント。彼の背中に爪を立て、上から下へ、腋から脛まで一気に引き下ろす。電流のやうに背筋を貫く戦慄、小動物のやうに羞《やさ》しくなり、肉を侵《をか》さうとする者を待つ一刻。その眩暈に、彼は耐へ続けた。一つには、嫉妬に近い感情が混つたからかも知れない。バットマンは、ロビン――やはり翼のマントを纏つた駒鳥少年と一緒に暮してゐたのだ。それ以上に、そのかみの花天使の残像が歯止めになつてゐた。

彼のバットマンへの傾斜は、肉の慾望と親しいものであつた。慾望は常に後ろめたい。天使の思ひ出が彼の免罪符の役割を担ひ、その面影は、いよ〳〵純なるものへと聖化されていつた。しかし、彼は幼少時のしなやかな皮膚も、その感受性も、徐々に喪ひつゝあつた。それでゐて、悪いことに、その自覚が一向に無かつた。

華水橋の近くの煙草屋に、この頃時々天使が現れるといふ話を彼は耳にした。人々は異形を目にすると、すぐ騒ぎ出す。よくないことだ。桜の夕暮に遇つてから、もう十年余り経つてゐる。一度も欠かさずに見たバットマンのTVは再放送もすべて終了、やすらぎにも似た心地を覚えながらも、彼は物足りず、シルバー仮面・ゾーンファイター・レインボーマン・キャシャーン……と、バットマンに代る誘惑者を半ば無意識の裡《うち》に探し続け、そのたびに落胆した。彼らはコスチュームに関しては彼の審美眼に適《かな》ふこともあつたが、肝心の翼を持つてゐなかつた。彼の憧憬の光芒の真央《まなか》には、常にかの天使が君臨してはゐたが、肉体の疼きはバットマンに苛《さいな》まれ通しで、心身が引き裂かれるやうな鬱陶しさが払ひきれない。煉獄の炎に炙られる現《うつ》そ身、彼は詩歌に親しむやうになつてゐた。

饒舌な詩人たち、それ以上に何でもうたつてしまふ歌人たち。「肉は悲しけれどもあした塩壺を針金束子もて磨くなり」といふ塚本邦雄の一首が不知《しらず》唇をついて出てくる。夜半の無為の刻に、また白昼の怠惰の刻々に。天使と会つて、霊と肉との幸ひなる一体感を確かなものにしたい——と彼は冀《ねが》つた。純白の翼によつて浄められたいと望んだ。いざ、煙草屋へ。

猫も杓子も大騒ぎした大熊猫《パンダ》。あの天使がまだそんな目に遇つてゐないのは、いゝことだ。確かにパンダは可愛らしいけれど、あんなに騒ぐことはない。そのパンダの絵姿を刷り出した紙に、稚拙な筆跡で「わたしわランラン、たばこわランラン」と表音主義で書き添へ、店頭に貼り出してゐる煙草屋は、少しばかり眼つきの怪しい、あるいは狂人の家系かと思はせるやうな表情を見せる老女が独りで営んでゐる。

「天使が煙草を買ひに来るさうですね」

「あゝ、それは大日坂下《だいにちざかした》の、あたしの姉さんがやつてるお店よ。華水橋の信号を右に曲つて次の信号の手前の左側の角よ、キャラメルも売つてるお店、判るでせう……」

姉と妹だから、よく似てゐる。姉なる老女の眼差も尋常とは言ひがたいが、ランランさんよりはや、落ち着きがあるやうだ。天使は規則正しく十日目毎にゴールデンバットを十箱買ひに来るといふ。迂闊なことに、彼は天使が煙草を喫《の》んだり、飲食《をんじき》をなす姿を想定したことが無かつた。それに、バットなどといふ煙草がいまだ売られてゐたのだらうか。ともかく彼自身の眼で確かめることだ。次に天使が現れるであらう日を、彼は心待ちにしてゐた。

天使の姿は、十年前と少しも変つてゐなかつた。その日、華水橋の小さな交叉点の一角に佇んで、彼は天使の出現を待つた。煙草屋の女主人が教へてくれた刻限に殆ど違《たが》はず、天使は降臨した。純白の翼、一糸纏はぬ見事なトルソ、美しい。走り出し、声をかけようとする寸前、彼はそれをやめた。天使は年齢《とし》をとらないのだらうか——彼はかくも単純な問に囚はれてしまつたのだ。翼がばさりと音を立てる。彼の方を見向きもせずに、天使は飛び去らうとしてゐる。巻貝の螺旋《らせん》のやうに、きり〳〵と巻かれる彼の脳髄は、そんなとき愛誦歌人葛原妙子の一首を諳《そらん》じ復《かへ》したりするのだつた。

天使まざと鳥の羽搏きするなればふと腋臭のごときは漂ふ

不意の、彼自身にも解きあかせない心変りが、天使を眼前にしての眩しさに触発された羞恥のせゐなのか、既に十年前の少年ではなくなつてゐる己の心身をふと垣間見てしまつた恥しさによるのか、彼にはよくわからなかつた。桜、夕暮、天使の微笑……、相変らず夢幻のやうに偲ばれることには変りないのだが、再会を思ひとゞまつた瞬間、彼の天使は彼の手によつて昆虫のやうに標本と化《な》り果《おほ》せた。

（『天使』所収）

木犀館殺人事件

ふたごころ空にさへづる　木犀の花ぬれてげに黄色葡萄菌《スタフイロコツクス》　大竹蓉子

私は今朝、弟を毒殺した。弟は私の乳房を、いや乳房に咲いた血紅色の罌粟《けし》の花を視てしまつたのだ。昨夜、湯あがりの身体の熱《ほて》りをしづめてゐた時、三面鏡の一翼に弟の貌《かほ》が一瞬写つて消えたのを、私は見逃さなかつた。私の部屋の窓の下を、あの刻になぜ通つたりしたのか。露《あら》はな乳房に咲いた二輪の罌粟を、弟は鏡の中に視てしまつた筈だ。誰も知らぬ秘事を知つたからには、生かしてはおけぬ。私は今朝、弟の珈琲《コーヒー》茶碗に、鳥兜《とりかぶと》の根をしぼつてその一滴を落した。私は知らなかつたのだ……、弟の腿《もゝ》の付け根に百合の蕾が生えてゐたことを。

すべて、あの庭師のせゐだ。両親が亡くなつてから私たちは姉弟二人きりで、この広い館に棲んでゐた。荒れるにまかせた庭がよほど見苦しくなつて、久しぶりに庭師を呼んだ。父の代に出入りしてゐた庭師は既に亡く、やつて来たのは、その息子だつた。およそ庭師の風体には遠い、楚々とした青年を前にして、私たちは意外に思つたものだ。長い髪を額《ぬか》に領《えり》にけぶらせ、殆ど唇《くち》をひらかず、眸《め》は澄みきつて然《しか》も冷たい光を放つ。それでも、仕事にとりかゝる前に、どんな花が好きか――と質《たつ》ねたものだ。即座に私は罌粟を挙げ、弟は百合と応へた。庭師はその形のよい唇を僅かに歪めてほゝゑんだだけであつた。

三月に仕事を始めて、一箇月後の四月に、庭は一変したが、私たちの希望などは何処《どこ》にも採り入れられてゐなかつた。父が集めた庭木の類は悉《ことごと》く取り除かれ、庭の過半が池水《ちすゐ》と化してゐた。その池の面《おもて》を花菖蒲がびつしりと覆ひ尽し、周りの其処彼処《そこかしこ》は山吹がたわゝに繁つてゐた。そして、建物を繞《めぐ》つて数十本の金木犀が植ゑられ、その他のいかなる草木も見当らず、片隅に鶏小舎《とりごや》ほどの温室が据ゑられてゐるばかり、温室の鉢植はすべて毒草だといふ。あまりの変容に、私たちは啞然としたが、抗議したところで無駄に終るであらうことも、また察知してゐた。

五月には山吹が、六月には花菖蒲が、それぞれ絢爛と池水を彩り、そのはてに結実することなく散り、萎れていつた。七月、八月と花の無い季節が続いた。荒放題とはいへ、曾《かつ》ては父が遺した草木のいづれかが常に花をつけてゐた庭である。九月になると、緑ばかりの庭に、私も弟も苛立《いらだ》ちを覚えるやうになつた。何の仕事があるのか、庭師は相変らず足繁く出入りし、その姿がいつも庭の何処かに見られた。私には、花の無い庭に立つ庭師の姿が、あらうことか花そのものに見え始めた。不可思議な感情を、否、慾情を、私は自制することが出来なくなつてゐた。

九月の末の或る夕べ、私は庭師を部屋に招き入れた。翌朝、唇を少し歪めて庭師が立ち去つたあと、私の両の乳房に、見たことも無いくらゐ鮮やかな血紅色をした罌粟の花が咲いた。おそらく弟も同じやうに庭師を誘つたに違ひない。

乳房の罌粟は朝ひらき、夜半の日の更《あらた》まる刻に散つて、また翌日ひらく。弟の鮭肉色の百合の花もさうだつたのだらうか。殺したあと、私が見た時は、蕾のまゝ萎えてゐた。醜悪な花の屍骸《むくろ》を眺めつゝ、自ら殺《あや》めたことも忘れて、私は庭師に憎悪を覚えた。しかし、それは弟への嫉妬であつたかも知れない。庭師はアンドロギュヌス、私を擁いたやうに弟をも抱いたのだ。あの庭師の腿の付け根には花菖蒲の蕾が屹立してをり、乳暈《にゆううん》は山吹の花に違ひない。

いま、私は弟を殺したことを後悔してはゐない。庭師はこれから私一人のものとなるだらう。背けば山吹の花を毟《むし》りとり、花菖蒲の蕾を手折《たを》つてやるまでだ。午後の驟雨《しゆうう》が去つて西空が燃えた。館を周《めぐ》つて今を盛りの金木犀の花が、ひとときは強い香を放つてゐる。

（『天使』所収）

光と影

西班牙骨牌《オンブレ》は危険なあそび。
ときに男の子が夢中になる
自分たちの影にひたり、青い顔して。
ジャン・コクトー

カスタネットはまさしくきり〳〵と鳴り、踊る男と女は烈しく床を踏み鳴らし、指先をわな〳〵と震はせる。迫ると見えてすなはち離れ、その身体は決して触れ合ふことが無い。フラメンコとは、かくも愛憎わかちがたい舞踊なのだ。

燈《ひ》の暗い窖《あなぐら》のやうな酒場で、昨夜、彼女は西班牙《スペイン》を訪れたことを初めて嘉《よみ》した。罌《け》粟《し》原燿子《はらえうこ》は、十代の半ば頃から三十路《みそぢ》を迎へる今日まで、西班牙なる国に異常なほど執着を抱き続けてきた。もちろん大学では西班牙語を専攻、了《を》へてからは美貌の西班牙文学研究者として名を馳せてゐる。闘牛にパソ・ドブレ、流浪民《ヒターノ》にフラメンコと耽溺を重ね、西班牙こそ彼女の幻影の王国であつた。ロルカの『血の婚礼』もイバーニエスの『血と砂』も、燿子の才華によつて絢爛たる日本語の反訳がなされてゐる。たゞ、燿子の西班牙狂ひは飽くまでも異国情緒《エキゾティシズム》の領域にとゞまるものであり、それは彼女自身がよく自覚してゐた。異邦人にどうして血と水の真実が理解できよう。異国情緒こそ、彼女の西班牙の真実なのだ。従つて、実際に西班牙へ赴くことなど、燿子は毛頭も考へなかつた。

今回の旅行は、R書肆の達ての依頼により『スペイン——その光と影』と題する本を執筆するために、やむなく腰をあげたのである。カスティリアの荒廃もバルセロナの裏町の貧困も、燿子の想像を絶してゐた。来てしまつた不幸を存分に味はつたのだが、昨夜このセビリアでフラメンコを見聞きした時に、すべてが一変した。

燿子は、一人の舞踊手にいたく魅きつけられた。アンダルシア地方の若い男の美しさが、彼女の想像力を凌いだのだ。マリオと呼ばれるその若者に、曾《かつ》て肉慾の惑乱に陥ちたことのない燿子が、初めて尋常なる女の振舞に及んだ。もみあげの縮れた半神めくマリオ、おそらく淫蕩であるに違ひない。しかし、燿子の美しさは、マリオの魅力に充分見合ふものであつた。物語めく時間が過ぎた。そして、二人が外へ出るべく酒場の扉を内側から開けた時、マリオに劣らぬいま一人の美しい男が立ち塞がつた。

マリオは一瞬ためらつたが、かまはず燿子の手を執つた。そのマリオの腕に男の手が絡み、二人の若者の間に不穏な空気が漂つた。烈しい言葉の遣り取りの凡《おほよ》そを燿子は理解し、二人の男を繋ぐ絆を了解した。マリオはエルマフロディートだつたのだ。結局、マリオはカルロスと名乗る男と一緒に夜の街の中に消えた。

午後五時、今日、燿子は昨夜の錯乱を半ば甘美に半ば冷えた心地で想ひ返しながら、闘牛場の観客席に身を置いてゐた。マタドールの悲しい最期を歌ふパソ・ドブレ『エル・レリカリオ』が奏でられ、一人の闘牛士がいま牛と対《む》きあつてゐる。既に数々の妙技の披露は終り、とゞめを刺すばかり。赤布《カーパ》を腰に当て、剣を頭上にかざして狙ひを定める。真実の瞬間。しかし、剣の鋒《きつさき》は僅かに牛の急所を外し、マタドールが斃《たふ》れた。

燿子の双眼鏡が闘牛士の末期《まつご》の姿を捉へた時、観客席から一人の若者が奔《はし》り出た。あのマリオだ。そして、闘牛士はカルロスだつた。昨夜、燿子の腕からマリオを奪つたカルロス、彼はマタドールの戒律を破つたのだ。彼が闘つた相手は、牛ではなく燿子だつた。カルロスは既に昨夜のうちに死んでゐたのだ。燿子の身体の中を華やかに苦い戦慄が奔り抜け、カルロスの死は、彼女の幻影の西班牙にふさはしく想はれた。

（『天使』所収）

エル・レリカリオ

午後の五時
肢《あし》のつけねに百合の花のトランペット
午後の五時
どの傷も燃えてゐた 太陽のやうに
フェデリコ・ガルシーア・ロルカ

ドニャ・ソールとエスカミリオの間柄は、セビリアでは勿論のこと、マドリッドでもバレンシアでも知らぬ人はなく、サン・セバスチャンの社交界でさへ、この頃は二人の噂で持ちきりだつた。三年前、その年のシーズンの最後を飾るマドリッドの闘牛で大成功を収めた夜、エスカミリオは初めてドニャ・ソールに見《まみ》えたのだつた。彼女は西班牙《スペイン》でも指折りの大貴族の婦人で、驕りに満ちた冷たい美貌の持主、闘牛場では常に貴賓席の主座を占めてゐる。エスカミリオも、その妖美なる姿だけは、墓穴のやうな闘牛場の底から何度か遥かに見上げたことはあつた。

エスカミリオは、闘牛士の殆どがさうであるやうに、貧しい農家の出身だつた。西班牙国内で彼らが富と名声を得るための唯一の道は闘牛士になることであり、エスカミリオも十八歳の時に家を出奔し、悪戦苦闘を重ねて、セビリアで好機を摑んだのだつた。貧しい若者は西班牙中に満ち溢れ、栄光の道は狭く嶮しい。エスカミリオがヘラクレスの肉体とアキレスの敏捷さとを具《そな》へてゐたことは言ふまでもない。そのうへ彼は、アンダルシア地方の精華ともいふべき美貌を持つてゐた。アラビアンナイトの夢の名残をとゞめるアンダルシア、そこでは女よりも男が美しい。女はカスティリアの高原地方の方が綺麗だ。東方サラセンの血は、男だけを美しくした。

セビリアからバレンシアへ、更にトレド、バルセロナへと、エスカミリオは道を拓いていつた。マドリッドで成功を収めれば一流の闘牛士として認められる。彼は黒い大牛を見事に斃《たふ》した。ドニャ・ソールはその時はじめて、この狼のやうに精悍な若者を我がものにしようと思つたのだ。それまでバルセロナやバリェカスでは、彼が観衆の喝采を浴びる姿を目にしても見向きもしなかつたのに。

エスカミリオは足繁くドニャ・ソールの贅を尽した豪奢な館に通ひ、シーズン・オフにはドニャ・ソールがセビリアの別荘へ移つてエスカミリオを迎へた。狼に慾望を覚えたのは、ドニャ・ソールだけではなかつた。ドニャ・マリキータもドニャ・ソルダドやドニャ・イザベラも挙《こぞ》つて狼を手なづけようとした。仏蘭西《フランス》のマダムも英国のレディも息を弾ませて彼を追ひ廻したが、勿論果せなかつた。やはり、ドニャ・ソールの美貌がものを言つた——と人々は専ら囁きあひ、彼女自身も当然のごとくさう考へてゐた。

ドニャ・ソールにはアルフォンソといふ名の弟があつた。エスカミリオよりも三つ四つ年若く、姉に肖《に》て美貌の貴公子だが、驕つた振舞に及ぶことはなくて、エスカミリオを兄のやうに慕つてゐた。ドニャ・ソールの館の客間では、闘牛を話題に談笑する狼と羚羊《かもしか》の姿が屢々《しばしば》見られた。アルフォンソの屈託の無い態度が、ドニャ・ソールの慾望の成就を助けてゐたことは確かであつたらう。

*

また、今年も闘牛の季節が運《めぐ》つてきた。闘牛は春の復活祭とともに始まり、マタドールたちは十一月まで西班牙の各地を、死と背中合せになつて巡る。

エスカミリオは、故郷に近いセビリアで第一戦を飾る習《なら》はしだつた。エスカミリオの華麗なる技を見んとする人々が続々と街に集まつてくる。ドニャ・ソール姉弟はもとより、恋に破れたドニャ・マリキータやドニャ・イザベラたちまでが想ひ絶ちがたい風情で馳せ参じてゐた。当代随一の花形闘牛士の登場に観客席は膨れあがり、入場できぬ人々が闘牛場の外に溢れた。

午後の五時、あの多くの栄光に飾られて今もこの国の人々の思ひ出の裡《うち》に生きる偉大なるマタドール、〈山猫〉《エル・ガト・モンテス》と呼ばれたフランシスコ・モンテスを頌《たゝ》へるパソ・ドブレの名曲が吹奏され、エスカミリオは孤り猛牛と対《む》き合つた。牛の死は、猩々緋が禍々《まが〳〵》しい日影席《バレーラ》の央座を占めるドニャ・ソールに、ためらはず捧げられた。濃《こ》紫の地に金色の唐草の文様を繡《ぬ》ひとつたコスチュームが、エスカミリオの優雅にして逞しい肢体をぴつたりと包み、胸には、エル・レリカリオ——胸龕が下がつてゐる。このロケットはマタドールの護符であり、外套《マント》やマンティーリャを恋人に踏ませ、その足型を切り抜いて封じ籠めるのだ。

エスカミリオの放つた槍は、六本とも確実に牛の背を襲つた。それは牛の動きにつれてゆら〳〵揺れて、宛《さなが》ら東洋の女の簪《かんざし》のやうだつた。赤布《カーパ》の捌《さば》きぶりは神技といふ称讃に恥ぢぬ鮮やかさだ。彼自身は利足《きゝあし》を軸に身体を転回させるだけで、一歩も動かない。観衆はベロニカに合はせて、「オーレ！　オーレ！」と唱和する。エスカミリオが片手を挙げた。とゞめを刺すのだ。剣を目の高さにかざし、身体を斜に構へて狙ひを定める。剣が牛の上頸筋《うはくびすぢ》に触れた瞬間、彼の身体は鋭い角に裂かれ、大きく宙に突き上げられた。黄色い砂がみる〳〵血を吸つて褐色に変ずる。エスカミリオの下半身、匂ひ高い果実が息づくあたりから血が噴き出してゐた。

「エスカミーリョ！」

観衆のどよめきより一瞬早く、歌矢《サエタ》のやうな悲哀《かなしみ》を曳く叫び声が空を貫き、消えた。エスカミリオは死んだ。まだ二十四歳。ドニャ・ソールは黒檀の扇の陰で、次の情人を誰にしようかと思ひめぐらせてゐることだらう。彼女の足型を胸龕に秘めて死んだ男は既に三人、エスカミリオが四人目になる筈だ。やがて胸のロケットの中身が改められ、マタドールの戒律を破つて前夜情事に耽つた、彼女の情人としてのエスカミリオの死が、西班牙中に知れ渡るだらう。その時こそ、ドニャ・ソールの悦びは絶頂に達するのだ。

*

西班牙随一の闘牛士、美しきエスカミリオの死は、暫《しばら》くの間、人々の話題を攫《さら》つた。しかし、胸龕の中身は大方の憶測を裏切つてゐた。ロケットの蓋が開けられた時、立ち会つた人達は当惑した。足型は、有名な、すなはち人々によく知られてゐるドニャ・ソールの華奢なものではなかつたからだ。そして、ドニャ・マリキータやドニヤ・ソルダド、ドニヤ・イザベラその他、エスカミリオと僅かでもかゝはりのあつた女たちの誰のものでもなかつた。それは、普通の女の足型よりもやゝ大きく、しかし、成年男子の足型とすれば華奢に過ぎるやうであつた。人々は、エスカミリオが血に染まつて斃《たふ》れたその刹那、誰よりも早くマタドールの名を呼んだアルフォンソのことを思ひ起した。

（『天使』所収）

LES LILAS——リラの憶ひ出

三月のリラの旅荘《オテル》の宿帳にジャンはジャンヌとルイはルイザと　読人不知

I　美男薄命

従妹《いとこ》のジャンヌの話を聞き終へたジャン・ド・フラノワは、すぐ大公の城に取つて返し、ルイ・ド・モンテスキューを討たせてほしいと願ひ出たが、許されなかつた。ルイはジャンと同輩の小姓で、並《な》みゐる美女たちにも優る端麗な容姿を持ち、若き色好みの大公の寵愛を一身に鍾《あつ》めてゐる。羅馬《ローマ》の貴人に愛された解放奴隷のやうに。ジャンにとつてルイは無二の親友であつたのに、今では親の仇敵《かたき》なのだ。

夕刻、城の勤めを了《を》へ、館に帰つてみると、広間で父のアンリと母のルイザが各々剣と短剣を握つたまゝ、血まみれになつて事切れてゐた。遺骸に泣き縋つてゐたジャンヌに問ひ質《たゞ》せば、悲鳴を聞いて駈けつけるとこの有様で、入れ違ひにルイが蒼い顔をして飛び出していつたといふ。幼い頃に両親を亡くしたジャンヌは叔母のフラノワ伯爵夫人ルイザに引き取られ、この館で成長した。美少年ルイはジャンヌとの結婚を望んでゐたが、大公への遠慮から伯爵夫妻がそれを許さうとしないのを根に持つて殺したのだらうか。ジャンヌは、そのところをはつきり喋らうとしない。

翌日、ジャンは大公の許しを得ぬまゝ、城から退出する途中のルイをマロニエの木蔭で待ち伏せて、背後《うしろ》から大公の愛でる長く美しい金髪を掴んで斬りつけた。噴き溢れる血は、小姓を一層美しくする。臨終《いまは》の際《きは》にルイは苦しい息の下から身の潔白を言ひ張つた。前々からルイの容色に迷つてゐた伯爵夫妻、すなはちジャンの両親が、ジャンヌを交へてルイを奪ひ合つた揚句、刺し違へたのだと。それは昔、リラの花咲く頃……。

Ⅱ　嬲り者

上海《シャンハイ》の早春、郊外の運河《クリーク》沿ひに植ゑられた枝垂柳《しだれやなぎ》が一斉に芽を吹き、桃の花が丘といふ丘を淡紅色《うすくれなゐ》に彩り染める。市場には、家鴨《あひる》の卵や大蒜《にんにく》の玉や黒豚の群が溢れ、人の行き交ひも賑はひを増してくる。

しかし、こゝ仏蘭西《フランス》租界の一画には市場の喧騒も花街の胡弓《こきゆう》の音《ね》も届かず、桃の花も見当らない。白堊や煉瓦造りの西洋館が建ち並ぶ別世界、其処《そこ》彼処《かしこ》の庭では葉も出揃はぬうちからリラの樹が明るい紫色の小さな花をびつしりつけて、あたりを芳香で満たしてしまふ。静かな黄昏のひととき、紳士淑女を乗せた三頭立の馬車が、甃路《いしだゝみ》に蹄の音を残してゆきすぎる。

ジャンヌは淡紫《うすむらさき》色の春の支那服に身を飾り、ルイは葡萄色の上衣が金髪によく映り、二人は申し分なく美しかつた。二人の掌は馬車の中でずつと重ねられてゐたものの、ジャンヌの手は冷たく、ルイの伏せた睫毛も震へはしない。ジャンヌが、かうしてルイを誘ふのは、今日が初めてのことだ。

ルイは、東洋見物にやつて来た気まぐれな旅行者だつた。駐上海仏蘭西総領事、つまり上海市内の仏蘭西租借地を統《す》べてゐるジャン・ド・フラノワ伯爵——鼻下に髭を蓄へた若い伊達男の貴族を訪ね、彼の従妹だといふジャンヌを紹介されたのが一週間ほど前、フラノワ総領事が言ひ出して、それからは毎日のやうにジャンヌが上海の街を馬車で案内してくれた。そして、夜ともなればジャンを交へて晩餐。朗らかで美しいルイは誰からも厚遇された。租界の人々は、常にルイに注がれてゐるジャンヌの眼差に幾許《いくばく》もなく気づいたし、総領事がそれを好もしく思つてゐるらしい様子も感じ取つてゐた。

ジャンヌとルイを乗せた馬車は、租界の一隅に建つ瀟洒な旅荘の前に停まつた。白堊の館の中の白い部屋、仄《ほの》かな燈火《あかり》に包まれて二人は対《む》かひあふ。支那風に結ひ上げたジャンヌの髪の髻のあたりが微かにほつれ、白い冷たい手がルイの指から逃れる。

「ルイ、あたくしの役目はこゝまでよ。贋シンデレラは夕暮が門限。瞞《だま》してしまつて御免なさいね。本物の恋人が現れるまで、こゝで待つてらして」

ルイは長い睫毛をしばたゝかせて不思議さうに見てゐたが、何も言はなかつた。

「ジャンが来るのよ。あたくしは囮《をとり》、従妹なんかぢやないわ。こんなこと話してしまつてはいけないんだけれど、あの人、好きになつた男の子をあたくしに誘惑させるの。それで成功すれば、一晩だけ、あたくしは彼のお部屋に入れて貰へるつて訣《わけ》。仕方がないのよ。あたくし、ジャンが好きだから」

ルイは少しも驚かなかつた。却つてさつぱりした様子で、かう言つたものである。

「実は、僕も同じやうなものさ。初めからお目当てはジャン。君と親しくなつておけば、彼に近づきやすいと思つて。まだ少しは時間があるんだらう、ジャンのこと、色々聞かせてほしいんだけど」

ジャンヌの支那服のリラの色が寂しく褪せて、上海の街は、もうとつぷりと昏れてゐた。

Ⅲ　蜜の味

巴里は雪、今日もまた同志が幾人《いくたり》か祖国の為に命を落したが、新たな志願者もまた幾人か参加して来た。ルイザといふ名の十八歳の少女は、ジャンヌが率るグループに加へられた。両親は爆撃に遇つて死に、たつた一人残つた兄も、酒に酔つた勢ひで「仏蘭西《フランス》に栄光あれ！」と叫んだばかりに、占領軍に殺されてしまつたのだといふ。華奢で人目につきやすい美少女は、無論レジスタンスの闘争などには不向きだつた。同志の多くは、ルイザの加入に難色を示したのだが、少女は「私は孤児ですから、たとへ死んでも悲しむ者はゐません。亡くなつた親兄弟の為にも戦ふ覚悟です」と言ひ張つて引き下がらなかつた。女ながらも勇気と智力に抜きん出て一隊の指揮を執るジャンヌが、その健気な心根に搏たれて、といふより、愛らしい容姿に惹《ひ》かれて、美少女を自分のところに引き取つたのだ。しかし、健気な魂や美しい顔のみでは敵を倒せはしない。

はたして、ルイザは失敗ばかり重ねた。彼女に課せられたのは、爆弾の運搬だつた。花売娘か売笑婦、時には占領軍の女兵士に化け、独逸軍《ドイツ》将校が出入りする倶楽部《クラブ》や酒場、あるいは兵舎などへ爆弾の贈り物を届けるのがルイザの任務だつたが、その貴重な贈り物は一度も独逸兵を倒さなかつたばかりか、誤つて巴里の市民たちを殺してしまふことさへあつた。当然、同志たちはルイザを非難する。そんな時、ジャンヌは必ず少女を庇《かば》つた。普段は、どんな些細な失敗にも神経を尖らせて叱咤を浴びせかけるジャンヌであれば、これは異例中の異例に属することである。追々ルイザはジャンヌの秘書めいていつた。秘書に情事はつきものである。

巴里の雪も消え去つた或る日、ルイザは任務も無いのに独逸軍士官と話してゐるところを同志に目撃された。その日はジャンヌが執《と》り成したが、翌日、一隊の秘密の隠れ家が占領軍の奇襲を受け、同志が何人も死んだ。ルイザはジャンヌに助けられ、二人は、郊外と言つても既にセーヌ・エ・オワーズ県下の農家の納屋に身を隠した。ルイザは呵嘖に耐へて一晩中黙し、俯いて過した。明方、夢と現《うつ》の狭間《はざま》をさまよつてゐる刻、彼女はジャンヌに擁かれ、その剛《こは》い手に愛されてゐた。

ルイザは本当に孤児だつたけれど、両親も兄も独逸兵に殺された訣ではなかつた。

フランケン地方はバーデン生れの仏蘭西系独逸人で、物心がついた頃には孤児院で暮してゐたし、戦争が始まつた時には諜報部に連行され、そして巴里に送り込まれたのだつた。けれども、もうルイザには独逸のことはどうでもよかつた。ライン川も黒い森も忘れよう、ハーケンクロイツにも叛《そむ》くことが出来る。今日からは、真実ジャンヌの手足となつて、その愛に応へよう。ルイザが物事の決着を自ら下したのは、これが初めてだつた。

戦ひに明け暮れる日々にも、春至れば春の花が咲く。昨年来の貝殻虫の異常な発生のせゐで、ずいぶん衰へてはゐたが、今年もリラの花が咲き始めた。その懐しい春の香りが、いま、トリコロールの旗を掛布代りにしたジャンヌとルイザの藁の褥《しとね》を優しく包んでゐる。

Ⅳ　女王《クイーン》の春

悖徳《はいとく》の香りも高いルイザの夜会《ソワレ》は、週に一度の蠱惑《こわく》の宵。皮肉なシャンソンや古いタンゴ、稀には弦楽四重奏やロックンロールも流れて、機智《エスプリ》と諧謔《ユーモア》に富んだ当意即妙複雑怪奇な会話が交され、女王《クイーン》の魅力を誰もが満喫する。巴里の裏町には聊《いさゝ》か不似合な、この不夜城の女主人にとつて、夜会がすなはち生きて在る證しであり、日々の生業《なりはひ》といふものだらうが、年に一度の《リラの夜会》だけは、いかなる宵にもまして大切に催す。ジャンを追想し、ルイの過去《むかし》を忍び、またジャンヌに負けぬために。

　復活祭が過ぎて、最初の春の夜会が今年も運《めぐ》つて来た。茴香《ういきやう》の侍女に百合の小姓、薔薇のジゴロに孔雀のマダム、それに蝙蝠《かうもり》の騎士《ナイト》や黒豹の女衒《マクロ》も混じる。髪や衿にリラの一枝を挿し、今宵はお気に入りの連中ばかり。淡紫色の花の夜会服を纏《まと》ひ、ミレイユ・バランもかくやとばかりの蛾眉《がび》、麗しきルイザは、古い古い音盤《レコード》を取り出して聴く。唄は独逸《ドイツ》の流行歌『接骨木《にはとこ》の花咲く頃』、でも仏蘭西では『リラの花咲く頃』、歌ふはジャン・ソルビエ。肘掛椅子に身を靠《まか》せて一八九秒、ＳＰ盤の溝の軋む彼方の日々、まだルイであつた頃の憶ひ出に耽《ひた》るのだ。

＊十四歳の浅い春、ルイは愛くるしい少年だつた。木立の中を走り廻つてゐた午《ひる》さがり、淡い陽《ひ》の零《ふ》りそゝぐ遊歩道の曲り角で、ジャンに遇つた。風に靡《なび》くあこがれ、優しいお兄さん！　橄欖《オリーヴ》色のヴェルヴェットの上衣を着てゐた。植込の蔭でジャンに擁き竦《すく》められた時、ルイの肌は皓《しろ》くかゞやき、池の氷はもう溶けてゐた。「僕の誕生日に遊びにおいで」と言つて、ジャンは木立の中に消えた。

＊復活祭が過ぎて、ジャンの誕生日。曇りもはてぬ春の夕暮。ルイは小さなリラの花束を胸に抱いて、教へられたジャンの住居《すまひ》を訪ねた。扉は開いてゐるのに、何度呼んでも誰も迎へに出てくれない。思ひきつてルイは中に入つたが、ゐるのは女の人ばかりだつた。音楽が流れ、着飾つた綺麗な人達がお酒を飲みながら愉しさうにお喋りしてゐる。ひどい煙草のけむり。優しいお兄さんはどこにも見当らず、代りにとりわけ美しい女の人ジャンヌがゐた。ジャンはルイを招《よ》んだことなど忘れてゐたのだつたが、驚くルイを見て大層御機嫌であつた。

＊ルイは少しばかり落胆したものの、それも僅かの間のこと、ぢきにジャンよりもジャンヌの方が素敵だと思ひ、そして憧れが募つた。

少年ルイは大層美しかつたので、ルイザに変《な》るのは簡単だつた。あの春から、リラの花は数へて三十回も咲いてゐる。しかし、少年ジャンは、まだ現れない。

（『天使』所収）

月光浴

昔むかし、ババリアに王さまがをりました。王妃さまとの間にお姫さまと王子さまが一人づつ生れ、それは健やかに育ち、もうお二人とも小児《こども》ではございません。王さまも王妃さまも、お姫さまも王子さまも、それぞれに上品で美しく、また威張る癖があったり、無闇と何でも欲しがつたり、物知りと申し上げるのは気がひけますものの、ともかく世の中によく見かける王侯の一族なのでありました。ババリアは豊かな国であります。そこで何不自由なく暮してゐる方々でありますから、面倒なことはあまりお考へになりません。

この王さまのお城には、たいそう珍しい動物が飼はれてをりました。珍しいと申しましても、種属のことではございません。よく知られた動物にすぎませんが、大きさや色彩がそのへんにゐるのとは全く違ふのであります。たとへば、掌に載つてしまふくらゐの桃色の仔象――この仔象は薔薇香油しか飲みません。あるいは仔犬ほどの緑色の馬――これは百合の花を食べます。また、廿日鼠《はつか》のやうに可愛い真紅の山猫――ピレネー産というこの山猫は砂金を常食にしてゐるのであります。

これらの動物は、お城に出入りするペルシャの商人が連れて来たものであります。彼は一年ほど前から、三月《みつき》に一度くらゐ、純白の駿馬《しゆんめ》に跨がり、小さな二輪馬車を曳いてやつてまゐります。東洋風の緩やかな衣裳をまとひ、服の色は濃い緑色、もちろん頭にはターバンを巻き、その布地も緑色であります。遠いペルシャの海の色を想はせる碧の眸《みどりめ》をもつ美しい若者でありました。若者の双眸は不思議な力を具へてゐるらしく、その眸を見てゐると、王さまたちは何でも彼の言ふがまゝになつてしまふのであります。虹の七彩を織り出した絨毯、琥珀色にきらめくお酒、卵ほどもある大きな宝石、緑金に輝く支那の壺、香り高いお茶……等々、東方の珍しい品物に王さまたちは沢山の金貨を払ひましたが、それは決して損な買物ではありませんでした。

ある日のこと、三箇月ぶりでお城にやつて来た商人の馬車には何も積んでありませんん。王さまも王妃さまも、お姫さまも王子さまも、今度はどんな珍しいものがあるのかと心待ちにしていらつしやいましたから、手ぶらで訪れた若者を見て、がつかりしてしまひました。

「今日は何しに来たのだ。おまへは何も持つてをらぬではないか」

王さまは、さも不服さうに詰問なさいましたが、若い商人は少しも慌てず、おもむろに、腰に提《さ》げた革袋をあけて、小さな緑色の壜をとりだしました。

「いえ、王さま、今日はこれを持つてまゐりました。この壜の中には、世にも不思議な霊液が入つてゐるのでございますよ」

王さまたちは、途端にわく〳〵してきて、商人の眸を視《み》つめずにはをられません。

「御存じのとほり、月の光は昔から不思議な力を持つと伝へられてをりますが、実際にその力を使つた人はごく僅かでございます。この霊液は、人里離れたペルシャの山奥にある《一角獣《ユニコーン》の泉》の水でございますが、月の光が持つてゐる力を媒介《なかだち》させることが出来るのでございます。満月の夜、この壜を月に翳《かざ》しますと、中の霊液が月の光を吸収いたします。そのあと、この水を飲み干しますと、月光の不思議な力のせゐで、自分の希《ねが》ふとほりの動物の姿になることが出来るのでございます。

皆さま、いかゞでございませうか、一度くらゐは美しい鳥や獣《けもの》に姿を変へてみたくはございませんか。もちろん、元に戻るための薬も用意してございます」

王さまたちが、すつかりその気になられたことは申すまでもありません。

「幸ひ今夜は満月に当りますので、まづ私が飲んで御覧に入れませう。そのうへでお気に召しましたならば、お買上げ下さいますやう……」

王さまも王妃さまも、すぐにでも金貨百枚と交換してよいと思ひましたが、若い商人がどんな風に変身するのか、見たいといふお気持も強かつたので、日暮を待つことにいたしました。

さて、太陽が黒い樅《もみ》の森の彼方に沈み、ババリアの空に月が昇り始めると、王さまたちはお城の中庭の泉の傍らに集まりました。月が中天にさしかゝつた頃合を見はからつて、商人は緑の小壜を頭上に翳しました。すると、ほんたうに月の光が壜の中の霊液に吸はれてゆくやうなので、王さまたちはすつかり惹《ひ》きつけられてしまひました。

「さあ、これから私が真白な一角獣《ユニコーン》に変《な》つて御覧に入れませう。その前に、こちらの壜を王子さまにお預かりいたゞきます。元の姿に戻る薬でございます。一角獣と変《な》つた私が口をあけましたら、薬を注ぎ入れて下さい。よろしうございますね」

王子さまが頷きますと、若い商人は一息に霊液を飲み干しました。一瞬、青白い光の渦が若者の全身を覆ひ尽し、見る間に美しく貴《あて》やかな一角獣が出現いたしました。金色のたてがみが夜風に靡《なび》き、銀色の角に絡まります。二度三度、高く嘶《いな》き一角獣は頭をのけぞらせて口を大きくあけました。言はれたとほり、王子さまが元に戻るといふ薬を注ぎ入れてあげますと、また光の渦が巻き起り、一角獣は商人の姿に復《かへ》りまります。王さまたちは、その間ずつと、口をぽかんと開けたまゝで見蕩《みと》れてゐたのであした。

「さあ、今度は皆さまの番でございます。私がいたしましたとほり、まづ壜を月の光に翳して下さい」

王さまは純白の獅子に、王妃さまは金色の孔雀に、お姫さまは淡紫《うす》の牝鹿に、王子さまは銀色の豹に、それぞれ変身したいと希ひました。王さまは世界一の威厳を、王妃さまは亦《また》と無い豪奢な美しさを、お姫さまはこよなく可憐な姿を、王子さまは若く逞しい肢体を、それぞれ手に入れたいと普段から念じてゐたからであります。

「月の光がすつかり吸ひこまれました。さあ、一息に飲み干して下さい」

若い商人の声が弾みます。促されるまでもなく、王さまたちは我先にと壜の中身を飲み干しました。光の渦が四人を覆ひます。しかし、誰も自分が望んだ姿にはなれませんでした。

威張り散らす癖をお持ちの王さまは仔犬ほどの純白の狼に、慾の深い王妃さまは金色の百舌《もず》に、少々ずるがしこいお姫さまは揚羽蝶くらゐの紫色の蝙蝠《かうもり》に、生意気な王子さまは小さな銀色の蜥蜴に、それぞれ変《な》つてしまつたのであります。泉に映つた自分を見て、案に相違した姿と変り果てた小動物たちは、一斉に口をあけ鳴き喚きますが、ペルシャの商人はほゝゑみを浮べるだけで、元の姿に復る薬を与《かへ》へようとはしません。それどころか、植込の蔭から檻や籠を取り出して、動物たちを捕まへてしまったのであります。

若い商人――彼がほんたうにペルシャからやつて来たのかどうか、怪しいものでありますが――は、小さな馬車に檻や籠を積み込んで、やす〳〵とお城の門を通り抜けました。月は皎々《かう〳〵》と冴えわたり、一本道の街道は行手はるかまでよく見えてをります。馬の手綱を執る手も軽く、若者は夜道を急ぎます。

「さて次は、隣のザクセンの王様に、可愛い商品をお届けしよう……」

（『悪霊の館』所収）

銀毛狼皮

昔むかし、ババリアのさるお城に、たいそう美しいお姫さまが住んでをりました。名をエリザベートと申し上げます。ほかに御兄弟も御姉妹もなく、たゞ一人の後嗣《あとゝり》でいらつしやいましたから、御両親はさながら掌中の珠《たま》と慈しみます。美しく成長したエリザベート姫は、当然念の入つた我儘ぶりを発揮なさいましたが、世の常のお姫さまと異なるのは頗《すこぶ》るお頭《つむ》がよろしいことで、あるいは人の心の裡《うち》が読めるのではないかと思はれるふしもあり、かへつて始末が悪いと申し上げねばなりません。御両親は、無知と威厳とを等分に具《そな》へたごく在《あ》り来《きた》りの王族でありますから、御悧発なエリザベート姫が自慢の種で、何事もお姫さまの為すがまゝにさせておいでになります。

お姫さまの許には、若い貴族や騎士をはじめ、美しい女官や小姓、さらには画家や詩人や音楽家などが大勢集まり、十七歳にして宛《さなが》らサロンの女王の観がございます。

しかしながら、宮廷で交される話題などは寔《まこと》に他愛もなく変りばえのせぬものであります。まして御悧発なお姫さまのことゆゑ、人々のお追従《ついしよう》などは夙《と》うに聞き飽き、退屈で仕方がありません。あまりにも笑止な話をする者を、衆目の中で揄《なぶ》り者にされることもありますが、それさへもさしたる退屈凌ぎにはならないのでありました。いかに御自由に遊ばしても王女の御身分では気軽にお城の外へ出かける訣《わけ》にもまゐらず、ごく偶《たま》に外国から客が見えますと、日頃の無聊が僅かながら慰められるのでありました。

その日も、エリザベート姫は、いつに変らぬ美しい姿を広間に見せはいたしましたものの、女官長と歳若い馭者の恋愛沙汰やら隣国の王子の狩猟の失敗談やら、相も変らぬ月並な話題に、支那風の扇を翳《かざ》し、出《い》でてやまぬ欠伸《あくび》を嚙み殺していらつしやいましたが、そこへ容子《やうす》のいゝ小姓が遠来の吟遊詩人の訪問を告げにまゐりました。吟遊詩人とは、棲処《すみか》を定めず自ら創るところの歌を唱ひながら諸国を経《へ》巡つて歩く漂泊《さすらひ》の詩人を指すのであります。お姫さまの生《なま》欠伸が忽ち止んだことは申すまでもなく、遠来の客は早速広間に招き入れられました。簡素な青衣を纏つた長身の若い詩人はフィリップと名乗り、恭《うや〳〵》しく片膝をついてお姫さまにお礼を申し上げました。

エリザベート姫は、髭を蓄へぬ目端《めはし》の利きさうな美貌から客の正体を〈や、狡猾ではあるが馬鹿ではない〉と寸時の裡《うち》に看《み》て取り、さて安んじていろ〳〵とお質《たづ》ねになります。詩人はパリからフランドルを経てハノーヴァーに赴き、続いてプロシアの首都からボヘミアを通つて皇帝の都ウィーンに至り、更にトリエステから海路ヴェネチアに渡り、ヴェローナからアルプスを越えてババリアに辿り着いたと申し上げました。ドイツとフランスとイタリアの言葉を自由に操り、歌も達者でひとかどの詩人と見受けられますものの、自分はババリアの生れだと附加へたのは甚だ眉唾ものであります。フィリップが語つた話の中では、パリの見世物小屋のことやベルリンの宮廷の様子やヴェネチアの祭礼の話などにも増して、ウィーンで耳にしたといふ銀毛狼皮《ぎんもうらうひ》の伝説に、お姫さまは強い関心を示されました。

　フィリップがさる貴族の館に招かれた時、偶々《たま〳〵》ハンガリーの赴任地から帰国中の士官が来あはせて蕃地《ばんち》の話をいろ〳〵と披露した中の一つで、ハンガリーの奥地に手に入れゝば何なりと望みの叶ふ銀毛狼皮なる宝物が伝はつてをり、それは古代ギリシャの神ヘルメスがネペレーに与へた名高い金毛羊皮と対《つい》を成してゐるといふものでありました。毛皮と申せば、お姫さまの衣裳部屋には銀狐や白貂《しろてん》や海豹《あざらし》はもとより、珍重されるロシアの黒貂やヒマラヤの雪豹に至るまで豪華なものが揃つてをりましたが、流石《さすが》に伝説の宝物とされるやうなものはなく、しろがねの狼と聞いて、エリザベート姫は何としても手にしたいと思ふのでありました。

世に「慾望は限りが無い」と申します。況《いは》んや幼い頃から欲しいものは何でも我がものとなさつてきた方のことゆゑ、ひとたび欲しいとなると矢も楯もたまらぬものと拝察されます。金毛羊皮と対を成す云々の伝説まで信じた訣《わけ》でもありますまいが、未来を知る力もあると噂されるお姫さまのことですから、銀毛狼皮を手にした御自分の姿がありく\と見えたのかも知れません。一方、吟遊詩人はと申せば、お姫さまの関心のあまりの強さに恐れをなしたとみえて、その夜のうちに秘かにお城から退出してしまひました。

翌日のこと、早速エリザベート姫は銀毛狼皮を探しにゆく勇士を募つたのでありますが、うちつゞく平穏な日々に馴れきつてゐるお城の人々の中には、わざく\ハンガリーの奥地などへ赴かうといふ酔狂な若者はをりません。誰も名乗り出ないのに業を煮やしたお姫さまは、この探索に功績をあげた者と結婚してもよいとまで仰有《おつしや》るのでありました。これに応へて、第五位の王位継承権を持つ王子さまが名乗りをあげました。名をジークフリートと申し上げます。この王子さまはエリザベート姫の従兄《いとこ》に当り、寔に風采も立派な方であります。

ジークフリート王子が名乗り出たのは、玉座に就《つ》きたいが為では更々なく、お姫さまと同じやうに宮廷の暮しに退屈しきつてゐたゆゑにほかなりません。実を申せば、この王子さまは、母君が貴族の出ではなかつたため、その美貌と才知に見合ふほどには宮廷で重んぜられてをりません。そのせゐか、容子のいゝ女官や小姓たちを次々と誘惑して娯しむやうな振舞も誰憚《はゞか》らずなさつてをります。お姫さまにしてみれば、銀毛狼皮が手に入らなくても損はありませんし、もし運よく手に入る時はジークフリート王子と結婚しても一向に差閊《さしつか》へないと考へて、大いに歓迎なさつたのであります。いづれにいたしましても、このゝち暫くの間、エリザベート姫は退屈な日々から解放されるのであります。

さて、ジークフリート王子は、まづ銀毛狼皮探索の同伴者を募り、一方ではウィーンへ人を遣つて件《くだん》の伝説を詳しく調べさせることにいたしました。流石に貴族の中には蕃地行きに加はらうとする者は皆無でありましたが、小姓や兵士のうちの幾人かが名乗り出て王子さまの許に参集いたしました。その美貌揃ひの顔ぶれを見て、「皆ジークフリート殿のお手つきではありませんか」などとしたり顔で陰口を叩く者もございます。ウィーンへ遣つた使の者も首尾よく役目を果して戻つてまゐりました。その報告によれば、銀毛狼皮はハンガリーではなく、更に東方のワラキアにあるものらしく、峻《けは》しいトランシルヴァニア山脈の南の麓に城を構へるワラキア大公家に代々伝へられた宝物で、常に百人の異形の者がこれを守護してゐると申すのであります。

お城にはウィーンより東へ行つたことのある者など一人もをらず、ワラキアなどと申す国の様子は一向に見当がつきかねるのであります。支那の属国であらう、否《いや》トルコの親戚に違ひない、あるいはロシアの本家ではあるまいか、待てよアッチラ大王の子孫が棲んでゐる筈だ、そんなことはないジプシーの天国だ……等々諸説紛々として埒《らち》もあきません。王子さまは、百出する揣摩《しま》憶測を遮つて、ともかくも出発することにいたしました。金毛羊皮探索のアルゴオ船の故事に倣つて、船を設《しつら》へドナウ川を下らうといふのであります。お姫さまの言ひ出したことゆゑ、王さまも出費を厭ひませんでしたので、たいそう立派な川船が出来上がりました。王子さまを頭《かしら》に総勢十二名、いよ〳〵乗り出《い》ださんとする間際に、いま一人貴族の若者が加はりました。名をオットーと申します。実は、この若い貴族はエリザベート姫の腹心で、お姫さまがジークフリート王子の油断ならぬ性分を懸念し密偵役として潜《もぐ》り込ませたのであります。季《とき》は夏の終り、名残の薔薇もすがれ始めた頃、一行はともかくもエリザベート姫の為に船出いたしました。オットーがその出自に照らして副隊長格にをさまりましたが、お姫さまに取入るほどの若者ゆゑ、目端などは利くのであります。下心は露ほども見せず、夜毎に繰りひろげられる船上での酒宴などにも程々に付き合つてをります。王子さまは王家の紋章つきの通行證を携へてをりますので、航路には何の障りもございません。

ババリアの黒い樅の森林を抜け、皇帝の都ウィーンを過ぎ、ハンガリーへ入りますと川幅も一段と広がり、あたりの景色が一変いたしました。更にブダペストを過ぎますと、もはや東洋かと思はれるほどであります。一日中人影を見ぬことさへある広漠たるハンガリーの草原地方を漸《やうや》く通り抜け、さてセルビアの首都ベオグラードに到着、ババリアを発つてから幾日が過ぎてをりませうか。街には回教寺院の円屋根《ドーム》も聳え、トルコ人やジプシーの姿も見えます。一行はこゝで水や食糧などを補給し、ついでにワラキアのことも聞き込みました。この先の国境に在る、両岸仰ぐばかりの岩壁が峙《そばだ》つ鉄門と呼ばれる名高い難所を過ぎればいよ〳〵ワラキア領であり、ワラキア大公家は近隣随一の古い家系を誇る名門の由であります。何分不案内の土地へ赴くのでありますから、王子さまは船脚を弛めることにいたしました。ともあれワラキア大公の城を尋ねることが肝心であります。

船は滔々《たうたう》たる大河を左岸に沿つてゆつくりと下つてまゐります。いづれ然《しか》るべき枝川を溯らねばならぬことゆゑ、王子さまとオットーとが代る〳〵舳先《へさき》に立ち物見をいたします。無法を以て鳴るトルコの軍船に出遇ふこともなく、船はワラキアとブルガリアの国境を進み、とある枝川との合流点に差しかゝりました。王子さまはこゝに幾日か停泊することに決め、隊員たちを上陸させて大公の城の在処《ありど》を尋ねさせましたが、言葉が通じぬせゐか皆目要領を得ずに戻つてまゐります。僅かに枝川の名がアルジェシと知れただけでありました。

幾日かが空しく過ぎたある日の夕暮、王子さまが半ば諦めかけて舳先に立つてをりますと、じやらじやらと聞くからに野蛮な音楽を掻き鳴らしてゐる奇怪《きつかい》な船が今しもアルジェシ川へ入らうとするのが目に止まりました。遠眼鏡《とほめがね》を当てゝ見ますと、金銀の箔を以て飾りたてた立派な船ながら造作が寔に古めかしいのであります。なほも仔細に観察いたしますと、船上で得体の知れぬ楽器を弾き打ち吹き掻き鳴らしてゐる二十人ほどの連中が実に異様なのであります。侏儒《こびと》・巨人・結合双生《ふたご》・隻眼《ひとつめ》などはまだしも、水掻・角・翼・甲羅・尻尾・鱗……なども確かに見えて異形の者と申すほかはありません。そして、彼らの組む円陣の真央《まなか》に玉座と覚しい椅子が据ゑられ、銀髪碧眼、目を奪ふやうな美貌の若者が素肌に何やら銀色に輝く毛皮を纏つて坐してゐるではありませんか。その姿は、毛皮を着たアポロンとでも申しませうか。ジークフリート王子が、この一団は銀毛狼皮とかゝはりありと察したのは申すまでもありません。奇怪な船は素晴しい船脚で枝川を溯つてゆきます。王子さまは、すぐさまこの怪船を追跡いたすべく指揮を執りました。

一行は舵《かぢ》の点検をいたす暇《いとま》もあらばこそ、早々に追跡を始めたのでありますが、夕暮時のことで辺りは忽ち闇に鎖《とざ》され、翌朝には件の怪船の姿は影も形も見当りません。夜のうちに他の船を追越した覚えは誰にもありませんでしたので、一行はそのまゝアルジェシ川を溯り、所々の船着場に人影を見つけるたびに怪船の行方と大公の城の在処とを質ねました。通じぬ言葉の中にも大公《ドムヌル》だけは判るらしく、人々は一様に恐怖の表情を隠さず、胸に十字を切り、上流を指さすのでありました。

今や王子さまをはじめ皆々はひたすら冒険心に駈られた体《てい》で、オットーのほかには最早エリザベート姫のことなど思ひ出す者はをりません。季節は移り、十三人の若者は荒涼として然《しか》も華麗な異国の秋景色の中を進んでまゐります。行手には道を遮るかのごとく、万年雪を戴いたトランシルヴァニアの峨々たる山脈が聳え立つてをります。川幅も次第に狭まり、早や人影も絶えて久しいのであります。やがて鋭い川の彎曲を乗りきると忽然として立派な船着場が現れ、件の怪船が繋留されてをりましたが、人影はありません。船着場には石造りの休息所と厩舎《うまや》があり、それぞれの扉に、美しい若者の横貌を判読しかねる奇妙な文字でぐるりと囲んだ銀製の紋章が象嵌されてをりましたが、王子さまには、その若者の顔が例の毛皮を着たアポロンによく肖《に》てゐると思はれるのでありました。こゝから一本の馬車道が延びてをりましたので、一行は徒歩で辿ることにいたしました。小半日も往つたかと思はれる頃、日が暮れそめ、狼の遠吠なども聞えてまゐります。なほも進んでゆくと、彼方の闇の中に燈影《ほかげ》が認められました。おそらく目指す大公の城でありませう。顧みてあまりにも順調な道のりであつたと、ジークフリート王子はかへつて訝しく思つたほどであります。

ワラキア大公の城は夜目にも著《しる》く断崖絶壁の上に聳え佇《た》つてをりました。馬車道の行止りがお城なのであります。石造りの拱門《アーチ》を潜《くゞ》り、鉄鋲を沢山打ちつけた大扉を叩いて案内を乞ひますと、即座に扉が重々しい音を立て、内側に引かれ、一行は城中へ招き入れられました。燭台を掲げて案内に立つたのは、背丈が王子さまの倍はあらうかといふ巨人であります。所々に焚かれた篝火《かゞりび》に照らし出される城内は古く広く、幾《いく》度《たび》となく階段を上り廻廊を経巡つて、さて漸く大公の坐《いま》す部屋へと通されました。その広間たるや、天井といはず壁といはず床までも悉くしろがねを延べて覆つてあり、百基にも及ぶ燭台が赤々と燈《とも》り、文字通り燦然と耀いてをりました。そして、ジークフリート王子の推測に違《たが》はず、そこにはあの毛皮を着たアポロンが玉座に身を凭《まか》せてゐたのであります。周りの其処彼処《そこかしこ》には大勢の異形の者たちが鮮やかな色布を纏つて思ひ〳〵の恰好で居流れてをり、それは美醜を超えた一種凄絶なる光景と映るのであります。

気を呑まれて佇ち尽す一行を、大公は懶《ものう》げに見据ゑ、皆に通じる言葉を用ひて、

「我が城にようこそ。御用は銀毛狼皮のことであらうな」

と言つたのであります。寔によく徹る美声であります。この瞬間、王子さまは事のすべてが大公の操る糸のまゝに運ばれてきたのだと了解し、己が身に濺《そゝ》がれるアポロンの魔性の視線に快い痺れさへ覚えて、最早銀毛狼皮などどうでもいゝと思ふのでありました。陶然たる体《てい》の王子さまに代つて、傍らのオットーが宝物の有無を質《たゞ》ね、効用の教へを願ひ上げます。大公の答は、

「お捜しのものは確かにこの城に在る。千年の昔から私の家系に伝はる大切な宝だ。これを持つ者は永劫不滅の命を掌《て》にすることが出来るとの言ひ伝へもある。諸君が十二日の間この城に滞《とゞま》つて、私と一緒に宴に興じて下されば、相談に乗つてもよいが、如何《いかゞ》かな」

といふものでありました。その夜から数へて十二日の間、大公の歓待が続きました。天秤の間、水甕の間、蠍の間、射手の間、魚の間、獅子の間……と夜毎に室を代へて晩餐が催され、百人の異形の者たちが、じやらじやらと奇怪な音楽を搔き鳴らします。約束の十二日が過ぎた時、オットーを除く十二人の若者は、大公に愛を捧げてゐる自

分の胸中に気づきました。それと申しますのは、夜毎に毛皮を着たアポロンが十二人の若者の寝室を順番に訪ねたからであります。ジークフリート王子などは昼間も大公の部屋に入り浸《びた》りであります。

さて十三日目の夜のこと、大公は月宮殿と称する露台《バルコン》に客人を招き、月影の零《ふ》りそゝぐ中で最後の晩餐を催しました。露台から下を窺ふと、目も眩《くら》む絶壁であります。百人の異形たちが例の音楽を奏でてをります。しろがねの高坏《たかつき》を手に弄《もてあそ》びながら、不意に大公は一同に対《む》かつて、

「銀毛狼皮をまだ御所望かな」

と質ねました。王子さまの答は無論「否《ナイン》」であり、オットーを除く十一人の答も同様であります。オットーは、自分はエリザベート姫に代つて一行に加はつたのであるから宝物は是が非でも持ち帰らねばならぬと言ひ募りました。これを聞くや、大公はおもむろに立ちあがり、オットーを足下《もと》に引き据ゑて言ひ放ちました。

「黙れ、小賢しい半端者の小悪党め、おまへの正体など夙《と》うに知れてゐる。銀毛狼皮を求める者が手にするのは、私の愛か、さもなくば死だ。

見るがよい、銀毛狼皮とはこの私、千年の不滅に輝くワラキア領主、ラドウ天狼公《シリウス》と呼ばれるこの私なのだ」

あら不思議や、七彩の光が飛び交ふと見るうちに、大公は銀毛豊かな巨大なる狼と変じたのであります。続いて百人の異形の者が百匹の狼に変身し、大銀狼の吠声に従つて慄《をの》ゝくオットーに襲ひかゝつたのであります。この幻術を陶然と眺めてゐたジークフリート王子の肩を、再び美しいアポロンの姿に復《かへ》つた大公が優しく抱き寄せました。皎々《かうかう》たる満月が中天に懸かり、たゞ千年を吹く風の音が聞えるばかりであります。

一方、ババリアのお城では、その夜エリザベート姫が、ワラキア大公の城で起つた事件をそつくり具《つぶ》さに夢の中で御覧になり、事の不成就を確信なさいました。お姫さまの予知能力によりますと、ジークフリート王子たちはいづれ姿を異形の者に変へられて永く大公に仕へねばならぬとか。諦めも頗《すこぶ》るよろしいエリザベート姫は、

「この次は、銅毛豹皮の伝説でも仕入れて、また捜させることにいたしませう」

と仰有つたといふことであります。お姫さまもさる者と申し上げねばなりますまい。

（『悪霊の館』所収）

悪霊の館

その夕暮も、モンデーグの河畔に、雅びやかであはれ深い絃《いと》の音《ね》が流れた。水の流れを溯つて川上を仰げば、エシュトレラの山々は既に暮色をまとひ、昼には鮮やかな褐色を見せてゐた岩ばかりの山肌も、暗鬱な紫色に変じてゐる。モンデーグの流れが放たれる大洋の彼方に、太陽も間もなく沈むだらう。

コインブラの街を一望にする対岸の小高い丘の上から絃の音は流れ、夕暮の淡い半透明の光の中で若者が独り、ビウエーラを弾いてゐる。若者は平らな岩に腰をかけ、身の丈の半ばを越すほどの楽器を抱いてゐるが、華奢な指は六本の絃の上を自在に往き交うて躊躇《ためら》ふこともない。漆黒の髪が眸《め》を被ふばかりにけぶり、また項《うなじ》にかゝつてゐる。絃の音は絶えることはなかつたが、若者は時折顔をあげて流れの往く方に眼を遣つた。薔薇色の頬がすゞしく削げ、整つた顔だちであるが、窈窕《えうてう》と瞠《みひら》かれた黒い瞳はゆゑ知れず暗く、遥かなものを視つめる愁眸であつた。

若者の名はマルセリーノ、夕暮になると、毎日コインブラの街からモンデーグ川を渡つてこの丘にやつて来る。ひととき愛用のビウエーラを奏で、太陽が沈むと街に帰つてゆく。マルセリーノはサンタ・クルス僧院に住んでゐるが、修道士ではない。彼は孤児であり、彼の故郷は海の村ナザレであつた。

マルセリーノは母親を憶えてゐなかつた。まだ稚《いたい》けな時分に母を失ひ、彼は年若い父親の手一つで育てられた。ナザレは貧しい漁師の村である。男たちは余程の嵐か時化《しけ》でもないかぎり毎日小さな船を操つて海へ乗り出し、女や子供たちは夕暮時に浜辺へ出て船が帰るのを待つ習慣《ならはし》だつたので、マルセリーノは昼間は一人法師《ぼつち》で過さねばならぬことが多かつた。それでも父のアントニオが他所《よそ》の父親に倍して優しい性分だつたので、さほど寂しいとは思はなかつた。実際、アントニオは荒仕事をする漁師には珍しく穏やかな好漢であつた。その父親も、マルセリーノが八歳になつた真夏の或る日、海へ乗り出したまゝ、帰らぬ人となり、マルセリーノは真実一人法師となつてしまつた。大洋の天候が急変して、アントニオの乗つた船は時化のために沈んだのである。アントニオは、まだ三十歳にもなつてゐなかつた。

孤児となつたマルセリーノは伯父の家に引き取られたが、優しかつた父親の兄であるにもかゝはらず、伯父は粗暴な漁師にすぎず、マルセリーノにも寔《まこと》に冷淡であつた。伯父の家には幼い子供が三人もゐたため、マルセリーノはいつも幾つも違はぬ者たちの子守をさせられ、夜ともなれば伯父の家族たちとは別に、漁具などを蔵《しま》ふ潮臭い小屋に一人で寝なければならなかつた。しかし、辛い暮しは一月も経たぬうちに終つた。夏も盛りを過ぎ、やうやく涼しい風が大洋を渡つて来始めた頃、マルセリーノはコインブラの修道士の許に引き取られたのである。

コインブラのサンタ・クルス僧院に奉仕するカルメロ派の修道士ルイース・リベイロは所用あつて首都リスボンへ赴き、その帰途、ナザレに立ち寄つた。ナザレでは、まだアントニオたちの遭難のことが人々の会話から消えてゐなかつた。ルイース修道士は、父親を喪つた漁夫の息子に深い憐れみを抱き、マルセリーノの伯父に孤児の養父となりたき旨を申し入れたのであつた。伯父なる人は喜んでその申し出を受け容れ、八歳のマルセリーノは、ルイース修道士に連れられてコインブラにやつて来たのである。

あれからもう十年の歳月が流れ、マルセリーノは美しい若者に成長した。サンタ・クルス僧院のルイース修道士の居室には、ディエゴといふ名の見習修道僧がゐた。デイエゴはマルセリーノより六歳年長で、ルイース師の僕《しもべ》を勤めながらの修行であつたが、幼いマルセリーノが初めて僧院にやつて来た日から弟のやうに愛《いとほ》しみ、世話をし続けてきた。マルセリーノは、ルイース修道士の勧めにより、十歳の時ビウエーラを習ひ始めた。ルイース修道士は一面厳しい人柄ではあつたものの、ナザレの伯父のやうに冷酷な男ではなかつた。マルセリーノは僧院の中で伸びやかに暮すことが出来た。それでも折に触れてナザレのことどもが思ひ出され、優しかつた父を懐しく憶つては悲哀《かなしみ》に耽るのであつた。そんな時にはいつもディエゴが親身になつて慰めてくれるが、マルセリーノは却つて独りきりになりたかつた。

ルイース修道士はマルセリーノに、修道僧になれと強《し》ひたことは、一度もない。マルセリーノも、優しく接してくれる人は既に誰一人としてゐない所と知りながら、ナザレの海への断ちがたい望郷が心のどこかに残つてゐて、敢《あ》へて修道僧にならうといふ気持に踏みきれない。何の志も目的も持たぬまゝ、十年の歳月が流れ、その間、ビウエーラの弾奏のみが日々の心の糧となつた。

ルイース修道士は、カルメロ派教会の為に、聖餐曲集《ミサ》や聖母頌歌集《カンティーガス・デ・サンタ・マリーア》などを創る仕事に携はり、傍らビウエーラやギターラの為の楽曲をも好んで創作してゐた。マルセリーノが弾く曲は、当初悉くルイース修道士の作品であつた。ルイース師は

『人の世の歌謡と神々の歌謡《トノス・ウマーノス・イ・ディ・ディヴィノス》』と題する歌曲集を、僧院の仕事とは全く別に創り上げたいと念じてゐた。マルセリーノもいつからかビウエーラを弾きつゝ、自ら楽曲をまとめあげるやうになり、ルイース師がそれを聴き閲《けみ》し取捨選択のうへ楽譜となして集に加へるのであつた。マルセリーノの手に成る調べはみな澄明なる悲哀《かなしみ》を帯びて、コインブラやポルトやリスボンなどの都会風の旋律とは分かれるところがあり、修道士もそれも得難いものだと称揚した。

　コインブラは、貧しい漁師の村ナザレとは著しく趣を異にする町である。モンデーグ川を溯つて左岸に展《ひろ》がる街は、ポルトガル開闢《かいびやく》の首都の地であつただけに壮麗な建造物が多く、人々の暮しもナザレとは比較にならない。丘の頂には大学の建物が聳え、首都がリスボンに遷《うつ》された後も、コインブラは学問の都として栄えてゐる。大学の麓にサンタ・クルス僧院の旧《ふる》い塔が眺められるが、このマルセリーノが住む僧院にはポルトガル建国の祖ドン・アフォンソ・エンリッケ王の御墓《みはか》も在る。モンデーグ川をなほ溯れば、右岸はもうシェラ・エシュトレラを主脈とする山岳地帯である。河口のフィグェイラ・ダ・フォシュまでさほど遠くはないものの、やはりコインブラは川と丘の町であり、マルセリーノの念ひは常に水の流れ往く方に注がれてゐた。

　はじめ、マルセリーノは気が向いた時のみ、対岸の丘へ出かけた。それは、ナザレの海や父が懐しくなつて悲しみに襲はれた時であつた。丘の上から水の流れ往く方を凝《じつ》と視つめて刻を過した。川を下れば大洋に往き着けるのであり、マルセリーノは眼に見えぬ海を視るために丘へ登るのであつた。父の眠つてゐる海、ナザレの村に続く海。はじめの時々が二日置きになり、一日置きになり、いつからか毎日この丘に登つて、陽が落ち果てるまでビウエーラを弾き鳴らしつゝ、幻の海を視つめるやうになつてゐた。

エシュトレラの山々は既にすつかり闇につゝまれ、今日も太陽は海の在る彼方に沈んだ。マルセリーノはビウエーラを抱へて立ち上がつた。対岸の家々の窓からは、仄かな燈《ひ》が洩れてゐる。橋の在る方へ道を下りながら、何気なく胸に手を当てたマルセリーノは、いつも胸元にさげてゐる十字架が失くなつてゐることに気がついた。取り立て、立派なものではなかつたが、マルセリーノにとつては唯一の父の形見であり、何物にも代へ難い品である。すぐ丘の頂に引き返し、先程まで坐してゐた岩の上にビウエーラを置いて、辺りを捜してみたが、何処《どこ》にも無い。既に日は暮れそめて視界にも限りがあつたが、マルセリーノは見つけ出すまでは帰る気になれなかつた。橋へ下る道を隈なく捜したものの徒労に終り、またビウエーラを置いた岩の傍に戻つて、いま一度辺りの草むらに眼を遣つた時、背後に人の気配がした。

振り返つたマルセリーノの眼に、二人の異装の若者の姿が映つた。はじめ、マルセリーノは彼らがイスパニア人ではないかと思つた。眼を凝らし闇を払ふやうになほ視つめても、二人の正体は判然としない。彼らは頭《かしら》に白銀《しろがね》の兜を戴いて全身を鎖帷子《かたびら》で鎧ひ、僅かな身体の動きにも、肩や胸、膝や腿の辺りが瞬時光るのであつた。紛れもなく騎士の装束であるが、いまポルトガルに戦闘《たゝかひ》の装束を着けてゐる者は、イスパニア人よりほかにはゐない筈であつた。二十年程前、王位継承の政争でリスボンの宮廷が紛糾を極めた際、ポルトガルはイスパニアのフェリーペ二世の手に陥ちて併合されてしまつた。以来、イスパニアの兵士たちがリスボンをはじめとする主要都市に駐屯するやうになり、マルセリーノもコインブラの街で時々彼らを見かけたことがある。しかし、いまマルセリーノの眼前に佇つてゐる若者は、イスパニア人とは違ふやうであつた。装束も異なるが、二人にはイスパニア人たちが一様に有《も》つてゐる思ひ上がつた不遜な表情が見受けられない。剛毅さうではあるが、それは若樹のやうな健かさに通じてゐる。十字架のことも忘れて棒立ちになつてゐるマルセリーノに向つて一人が口を切つた。

「サンタ・クルス僧院に住まふマルセリーノであらう」

「はい、仰せの通りマルセリーノと申しますが、誰方《どなた》さまでございませうか……」

いま一人の騎士が代つて応へた。

「われらはドン・セバスチャン様に仕へる者だ。主人の命により其方《そなた》を迎へにまゐつた。主人は、其方がビウエーラを奏でるのを聴きたいと御所望である。館へ参上して披露申し上げるがよい。さあ、すみやかにわれらに従《つ》いてまゐれ」

騎士たちがポルトガル人であることは判つたものの、マルセリーノはドン・セバスチャンといふ名を全く聞いたことがなかつたし、左様な人物の館がこのコインブラに在らうとは、まして知る由もなかつた。

「私はドン・セバスチャン様を失礼ながら全く存じ上げません。また、なぜ私のやうな者のことを御存じでいらつしやるのか思ひも及びません。私の拙いビウエーラを聴いて下さるとの仰せは、たいそう嬉しうございますが、斯様《かやう》な時刻に僧院の者たちに無断でまゐりますのも如何《いかゞ》なものかと思はれます。後日、午にでも参上いたすやうなことではいけませんでせうか」

ドン・セバスチャンとはおそらく身分の高い人物であらうと推量したマルセリーノは、無礼に及ばぬやう、恐々《こほ〴〵》と返答した。二人の騎士は、いづれも眉根繁く精悍な面貌であつたが、殊に眼光が鋭かつた。

「主人は今宵を待つてをられた。館もこの丘の奥で遠くはない。時間も長くはとらせぬとの仰せである。帰途は、またわれらが送り届けるゆゑ、心配いたすには及ばぬ。かうしてゐる間にも刻《とき》は過ぎる。さあ、従いてまゐるのだ」
　騎士の言葉には、有無を言はせぬ勁《つよ》さがあつた。なほ躊躇《ためらひ》を捨てぬマルセリーノの両脇に彼らは立ち、腕を奪《と》つたので、マルセリーノも観念して首肯したのであつた。辺りは既に真の闇であつた。騎士たちはマルセリーノを間に挟んで、コインブラの街へ続く橋とは反対の方角へ丘を下り始めた。ビウエーラは騎士の一人が持つた。何処を歩いてゐるのか、マルセリーノには皆目判らない。丘を下り終へて、また上り道にかゝつた時、マルセリーノは遥かに人声を聴いたやうに思つた。そして、自分の名を呼ばれてゐるやうな気もしたが、たいそう遥かな声だつたので、騎士たちの往くまゝに従つた。

*

　ディエゴは声の限りにマルセリーノの名を読んだが返事はなく、マルセリーノの姿は何処にも見当らない。いつもマルセリーノが腰を下ろしてビウエーラを弾いてゐる丘の頂の辺りを暫く捜してみたが、無駄であつた。これまで、マルセリーノの帰りが遅くなるやうなことは一度もなかつたので、ルイース修道士が心配のあまり、ディエゴを捜しに出したのであつた。

「お師匠さま、マルセリーノはあの丘にはをりませんでした。暫く捜し廻つてみたのですが、この十字架が岩の傍に落ちてゐただけでございます」

「こんなことはこれまで無かつたのに、どうしたのであらう。ディエゴ、おまへ、この頃マルセリーノの様子に変つたところが無かつたか、気がつかなかつたかね」

「はい、別にこれと申して思ひ当ることもございません。今日も、いつもと変らぬ様子で出かけて行きましたが……。怪我でもして何処かに倒れてゐるのではないかとも存じまして、丘までの道筋も気をつけて捜してみたのですが。いま一度捜してまゐりませうか」

「まあ、いま暫く待つてみよう。それで帰らぬやうなら、私も一緒に出かけよう。この十字架はナザレの海で亡くなつたあれの父親のたつた一つの形見とかで大切にしてゐた筈だが、どうして落したのやら、気にかゝることだ」

ルイース修道士もディエゴも、この十年来、マルセリーノを我が子同様に、また弟のやうにいとほしんで来た。三人の共同生活は、この僧院の中でも一際潤ひのあるものとなつてゐたが、それはマルセリーノがゐたからに他ならない。当然のことながら、神に仕へる修道士たちは生涯を独り身で過さねばならず、僧院には一人の女もゐない。黒い僧服の男だけの聖域に在つて、自由に振舞ふマルセリーノの存在は花のごときものであつた。まだ若盛りのディエゴなどは、マルセリーノと共に過す刻が、官能といふものに最も親しい時間であり、弟分とはいひながらマルセリーノはディエゴにとつて世の恋人と変るところがなかつた。いとほしみと信頼と音楽とが、ルイース修道士の居室に潤ひを齎《もたら》してゐたのである。

二人は仕事も手につかず、たゞ待つてゐた。待つといふ、異常に長い時間に耐へてゐた。取り敢《あ》へず二時間待つことにしたが、ルイース修道士もディエゴも曾《かつ》て斯様《かやう》に長い二時間を有つたことは無かつた。その酷《むご》い刻も甲斐の無いまゝに過ぎ、二人は顔を見合せて立ち上がつた。何としても捜さねばならぬ――二人には、明日を待たうなどといふ気持は起きなかつた。ディエゴが燭の用意をした。二人が愈々《いよく》出かけようとしたその時、マルセリーノがビウエーラを抱へて帰つて来た。怪我をした様子もなく、常と変らぬ気配に、ともかくもルイース修道士とディエゴは愁眉をひらいた。何を質《たゞ》ねてもマルセリーノは答へず、また弁解もせず、たゞほゝゑみを返すのみであつた。

ルイース修道士は心に懸かることも多々あつたが、マルセリーノを刺激するのは却《かへ》つてよくないだらうと考へて、厳しく質《たゞ》すことを差し控へた。六十歳になる老修道士は啻《たゞ》に温雅な人柄であり、時折見せる厳しさは概《おほむ》ね尋常なる精神に由来してゐた。マルセリーノが無事に戻つたことで老修道士は安堵し、取り立てゝ危惧を覚えはしなかつた。

マルセリーノは、可愛らしい、そしてどちらかと言へば物寂しいところのある若者であつた。彼の、ルイース修道士やディエゴに向ける眼差は、信頼と尊敬と遠慮がちな甘えと……、要するに穏健なものであつた。それが今夜は聊《いさ》か変化を見せてゐる。本人はその変化をほゝゑみの下に抑へようとしてゐる体《てい》であり、老修道士はそのほゝゑみに安堵したのであつたが、若いディエゴは弟分の僅かな変容を見逃さなかつた。

ディエゴは、マルセリーノの眸《め》にいつもと違ふ光が宿つてゐることに気がついた。静かに抑へようとしてはゐるが、その眸は曾て示したことのない熱《ほて》りのやうなものを帯びてゐて、昨日までの愁眸ではない。ディエゴが反射的に抱いたのは妬みに近い感情であり、それは彼には知る由もないマルセリーノの眸の対象に向けられてゐた。ディエゴは、マルセリーノが今夜何者かを視て、魅了されたことを確信した。

ルイース修道士の居室は相応に広く、五つの部屋に分かれてゐる。廻廊に通ずる最も大きな部屋が三人の勤めの場所であり、彼らは此処で主に僧院や教派の為の音楽の仕事に従事する。いま一つは小さな食堂兼炊事場、残る三つの小部屋を三人がそれぞれの個室として使つてゐた。マルセリーノは自室に引きとつたあと、寝台に腰掛けて、ディエゴが拾つてきてくれた父の形見の十字架を掌に玩《もてあそ》びながら、今夜の出来事を想ひ返してゐた。失くした時、あれほど懸命に捜した十字架なのに、いまマルセリーノの心は少しも十字架の上に止まらない。何度も捜し廻つたことが嘘のやうであり、たとへあのまゝ見つけ出せなかつたとしても、どうでもよかつたとさへ思はれるのであつた。マルセリーノの心は、ドン・セバスチャン二世に占領されてゐた。

何処をどう連れて行かれたのか憶えてゐなかつたが、二人の騎士の進むまゝに、マルセリーノはその館まで歩いた。さほど遠い道程《みちのり》でもなく、丘を二つ三つ越えただけである。夜目にもその大きさが知られる数本の樫《かし》の巨木の陰に館の門が在つた。胡桃《くるみ》や橄欖《オリーヴ》の繁る庭を抜けて石造りの壮麗なる館へと入つた。扉の内側に、やはり鎖帷子をまとつた騎士が二人、楯と剣を携へて佇《ま》つてゐた。館の中はサンタ・クルス僧院とは比べやうもなく立派で、廻廊の其処彼処《そこかしこ》に燭が燃えてゐる。騎士たちはマルセリーノを一つの扉口に導き、中に向つて声をかけた。

「ガルシア様、サンタ・クルス僧院のマルセリーノを連れてまゐりました」

重さうな樫造りの扉が軋みながら内側に引かれ、現れたガルシアと呼ばれる人は、鳶《とび》色の髪と灰緑色の眸を有つ、マルセリーノと幾つも齢《とし》の違はぬやうな若者であつた。

「お、、其方《そなた》がマルセリーノか、よくまゐつたな。私はガルシア・デ・シルヴァと申してドン・セバスチャン様の御傍の御用を務めてゐる。王子さまがお待ちかねだ。ビウエーラを持つて、すぐ私と共にまゐるがよいぞ」

ドン・セバスチャンとは王子なのか、なぜ王子がコインブラの、それも街とは対岸のこのやうな寂しい所にゐるのだらうか――マルセリーノは一瞬のうちに様々なことを思ひ繞《めぐ》らせた。ナザレで生まれてコインブラの僧院に育つたマルセリーノは、宮廷の様子など全く知る由もなかつた。それに、今のポルトガルでは宮廷とは名ばかりで、イスパニアによる統治以前のやうな華やかさは無いと聞かされてもゐた。しかし、ガルシアの着てゐる、見たこともない美々しい衣裳は、これまでマルセリーノが想像してゐた宮廷の人々の姿に劣らぬばかりか、むしろ彼の想像を凌ぐものであつた。ガルシアは、しなやかな長軀に、暗緑色と鮮黄色の縦縞のタイツを穿き、やはり濃い緑の地に銀糸の繡《ぬひ》のある胴着をつけ、頸には襞の多い襟飾《えりかざり》を巻き、紫色の裏地をもつ鮮やかな空色のマントを飜《ひるがへ》すのであつた。

ドン・セバスチャンは、館内の最も瑰麗《くわいれい》なる部屋にゐた。八人の騎士が衛るその部屋に足を踏み入れた時、マルセリーノは茫然として眼を疑つた。大理石の床の其処彼処に珍奇な獣《けもの》の皮が敷かれ、正面の玉座に金髪碧眼半裸の若者が坐してゐた。足下には猫のやうな、そして猫よりはるかに大きな獣が二頭 踞《うづくま》つてゐて、その鋭い眼がマルセリーノを睨んでゐる。恐る〳〵見廻すと、四方の隅にも獣はをり、いづれも初めて見る類の不思議な生きものばかりであつたが、それらはおほよそ穏和な眼を有つてゐた。だが、マルセリーノが最も驚いたのは、ドン・セバスチャンその人の風姿である。ガルシアの華麗なる装束から推して、王子たるドン・セバスチャンは更に華麗を極めた衣裳を纏つてゐるであらうと、マルセリーノは想像してゐたのである。ドン・セバスチャンは、純白のタイツを穿いただけの上半身裸の姿で昂然と玉座に坐してゐた。暗褐色の長靴《ちやうくわ》が脛《はぎ》をぴつたりと被ひ、二頭の獣の顎がその足の甲を一つづつ占領してゐたが、マルセリーノには、まさに夢のごとき光景と映るのであつた。

「マルセリーノよ、よく参つたな。私がドン・セバスチャン二世だ。なぜ、そのやうに驚いてゐるのだ。ガルシア、もそつと近くへ連れてまゐれ。

さうか、其方はこの獣を初めて見るのであらう。恐がることはない。これはピューマといふ獣だが、人に襲ひかゝつたりはせぬ。昔、ローマ帝国の皇帝たちが宮殿で飼つてゐたアビシニアの豹に《に》よく肖た獣だが、豹よりも余程おとなしくて可愛いやつだ」

　低い声で唸り、眼光こそ鋭いが、成程よく馴れてゐる様子で、長靴に頰を擦り寄せたりする仕種《しぐさ》は猫と変らない。マルセリーノはガルシアに附添はれて玉座近く進み出た。

「マルセリーノよ、私は其方のビウエーラが聴きたい。其方はコインブラ随一の名手であると聞く。其方は知るまいが、私は毎日其方が奏でる絃《いと》の音を遥かながら聴いてゐる。夕暮時、其方が弾くビウエーラの音が風に乗つてこの館まで届くのだ。微《かす》かな音ながら、まこと名手の弾きざまと感心いたしてをる。久しい前から其方のビウエーラをじつくり聴きたいと、機会を待つてゐたのだ。今宵は思ふ存分聴かせて貰はう。ガルシア、マルセリーノに椅子を遣はせ。

　さうだ、弾き始める前に、私の事を話さねばなるまい。其方は私の事など何も知らんのだからな。不安な心地では、身を入れて弾けぬであらう。ところで其方、齢《とし》は幾つになるのだ……」

　ドン・セバスチャンの声は、よく通つた。彫像の肩、楯なす胸、撓《しな》やかに伸びた四肢、その見事な肢体の上に気高い貌《かほ》がある。碧眼は緑の炎のやうであり、剝き出しの肌は蒼みがかつて見えるほど皓《しろ》かつた。マルセリーノは半ば呪縛に遇つたやうな夢うつゝの体《てい》でドン・セバスチャンの声を聴き、その眸は裸形に釘づけされてゐた。ガルシアに促されて、はじめて自分が答へねばならぬことに気づいた。

「は、はい、十八歳になります。八歳の時に父を亡くしまして、それまで住んでをりましたナザレから、このコインブラにやつてまゐりました」

「ほう、其方はナザレの生まれか……、其方の生まれる少しばかり前のことだが、話くらゐは聴いてをらう。

当時、このポルトガルを治めてゐたのは、ドン・セバスチャン王であつた。アヴィシュ王家の正嫡にしてハプスブルク王家の血をも受け継ぎ、ドン・ジョアン三世の孫にしてカルロス一世の孫でもあつた。ドン・セバスチャン王は三歳にして位に就いた。やがて王は勇気ある若者に成長したが、国土は荒廃を窮め、宮廷の者どもは私利私慾に走つてゐた。この二百年間、海の彼方に次々と新天地が発見され、多くのポルトガル人が旅立つて行つた。アフリカの涯《はて》の喜望峰、東洋の宝庫インド、そして炎《ブラザ》の色に耀く密林の奥に黄金郷《エル・ドラド》が在るといふ遠き国ブラジル。

しかし、其処から齎される金銀財宝は人々の心に悪魔を招《よ》び寄せただけで、この国の未来を念ふ人間がみる〳〵減つてしまつたのだ。若き王はポルトガル再建の為に力を尽したが、従《つ》いて来る者は僅かであつた。それでも意を決した王は、国威を取り戻す為に一万八千の兵士を率いて海を渡り、モロッコへと出征した。王をはじめ従軍の兵士たちは皆よく戦つたが、馴れぬ砂漠の炎暑のせゐでアルカセル・キビールの戦闘で力尽き、ムーア人と彼らを操るイスパニア人のために滅ぼされてしまつた。私慾に耽つてゐた宮廷の腰抜け貴族どもが、孤軍奮闘の王を見殺しにしたのだ。行方知れずとなつた王はまだ二十一歳といふ若さであつた。

ドン・セバスチャン王には一人の王子があり、その忘れ形見の王子こそ、この私なのだ。王の死後、宮廷では醜い王位の争奪が演じられたさうだ。私の母は王妃ではない。当時、王はまだ妃を娶《めと》つてをらず、公には独身であり、宮廷の者もさう信じてゐた。しかし、王には愛する女があり、その人こそ我が母なのだ。母は、モンデーグ河口の町フィグェイラ・ダ・フォシュの領主の娘であつた。コインブラ大学に遊学中、王は母を識り、二人は愛しあつた。王はコインブラに秘密の離宮を造らせ、母と共に住んだ。この館が、その離宮だ。王が十八歳の折に私が生まれ、入れ代るやうに母が亡くなつた。王は、モロッコを平定したあとで、私を嗣子《あとつぎ》として宮廷に布告する所存であつたといふ。王、つまり我が父が崩御の砌《みぎり》、私は三歳になつたばかりで、僅かな侍臣と共にこの館に取り遺された。

私は、ガルシアの父レイムンドに育てられた。リスボンの宮廷では、コインブラの父の離宮のことを全く知らなかつたらしい。もと〳〵父は、人目を避けてこの館を造らせたのだ。私はこの館で僅かな侍臣や騎士たちと秘かに暮して来た。今では家臣たちもガルシアをはじめ殆ど息子の代になつてゐる。彼らばかりではない、このピューマも隅にゐる獣たちもみな二代目だ。これらの獣は、父の家臣たちが炎《ブラザ》の樹の国へ出かけ、黄金郷《エル・ドラド》を探索した時にアマゾンと申す途方もない大河の岸辺で獲へ、遥々と海を渡り持ち帰つてきたものが、子を生《な》したのだ。尤も、番《つがひ》で渡来したものだけがかうして残つたのだが……。右の隅にゐる羊ほどの草食獣は貘《ばく》といふのだ。水中も巧みに泳ぎ、夜になるとよく動くが、本当はいま少し湿つぽい所を好むらしい」

言はれてマルセリーノは、ドン・セバスチャンの指さす一隅に眼を遣つた。其処には、牛とも馬とも、また豚とも羊とも鹿ともつかぬ、小さな眼を持つた鈍重な観を与へる獣が三頭横たはつてゐた。一頭はまだ子供らしい。貘と呼ばれた、その穏和な様子の獣は全身が土色、成獣が仔牛ほどの大きさで、鼻と上唇が奇妙な形に伸びて吻状を成してゐる。また蹄に特徴があつて、前肢は四趾に分かれてゐるのに後肢は三趾であつた。もう一方の隅には、全身が長く黒つぽい毛で被はれた異様に細長い獣がゐた。大蟻喰《おほありくひ》と呼ばれ、実際に長い舌で蟻を喰ふのだと教へられた。細長い身体に沿つて灰白色の幾条《いくすぢ》かの縞が走り、眼から口の先端にかけてが異常に長く、尾も体長の倍はある。尾までの長さは一尋《ひとひろ》余りもあらうかと思はれたが、眠る時はその尾を折り曲げて身体を覆ふといふ。歯が全くなく、時々蛇の舌のやうに伸縮する舌をちら〳〵見せる。この獣は部屋の隅から隅へ際限もなく往つたり来たりして落ち着かない。そのほか、全身が堅い鱗で被はれたアルマジロ、マルセリーノが僧院の墓室で一度だけ見たことのある木乃伊《ミイラ》が動いてゐるのかと見紛ふばかりの三爪《みつつめ》なまけものなどといふ奇獣が蠢《うごめ》いてゐた。

ドン・セバスチャンは一通り獣のことどもを説明して、更に言葉を継いだ。

「父の死後、リスボンの宮廷では、ブラガンサ家のドナ・カタリーナをはじめ王位継承権を主張する者どもが醜い争ひを繰り拡げた。ハプスブルク家のフェリーペ二世も、王位を狙ふ一人であつた。父の伯父に当る、このイスパニア国王は、父を唆してモロッコの砂漠に葬つただけでは足りず、ポルトガルをも手にいれようとしてゐたのだ。そして、それは難なく実現された。王位争奪に血道をあげてゐた宮廷は、イスパニア軍の侵入に為す術《すべ》もなく、瞬くうちに首都は陥落した。

父の死も全くの犬死に終つた。私は長じて、ガルシアの父レイムンドから一部始終を聞いたが、その時は噴き出る怒りを抑へることが出来ぬほどであつた。

私こそ、真《まこと》のポルトガルの王子なのだ。今、リスボンの名ばかりの宮廷でイスパニ

ア の監視の許に漸く位を保つてゐる王族貴族どもは、このポルトガルにとつて、悉く獅子身中の虫、謀叛人である」

王子ドン・セバスチャンの語気は烈しかつた。マルセリーノは、王子の貌から眼を逸らすことが出来なかつた。最初に抱いた恐れが、次第に別の、いま少し官能的で遣瀬ないものに変つてゆくのを識つた。一気に語つたあと、王子の双眸の緑の焔が揺れ、マルセリーノはビウエーラの弾奏を命じられた。

「さあ、私の事はこれでおほよそ知れたであらう。其方のビウエーラが聴きたい。……私の怒りと悲しみを思ひ遣つてくれるなら、せいぜい心を籠めて弾いてくれ……」

マルセリーノは自作の楽曲を次々と弾いた。王子の炎える碧眼は凝《じつ》と奏者を視つめてゐたが、マルセリーノはたゞ無心に絃を抑へ、そして撥ねた。弾きながら次第に不思議な昂揚感に襲はれ、王子の悲痛《かなしみ》と、ナザレや父を念ふ己の悲傷《いたみ》とが渾然と融け合ふやうな心地さへ覚えた。王子もマルセリーノも、幼くして両親を喪つた孤児であることに変りはなかつた。まる一時間余、マルセリーノは弾き続けた。王子もガルシアも、扉を衛る騎士たちも、たゞ黙して聴き入つた。隅々に踞る獣たちも動き廻るのを止め、ピューマさへ低い唸り声を抑へてゐた。

弾奏が果てたのち、王子は玉座を離れ、マルセリーノの坐所へ降り立つた。王子は讃辞を惜しまなかつた。それから、マルセリーノを抱く形で肩に双手《もろて》をかけて、言つた。

「マルセリーノよ、私はこの通り館に籠り、世を忍んで暮してゐる。私の頼みを聞き届けてくれまいか。難しいことではない。今宵のやうに毎晩此処へ参つてビウエーラを弾いてくれるだけでよいのだ。其方が応じてくれるなら、私の味気ない日々の暮しがどれほどか潤ふことであらう。どうだ、承知してくれるか……」

ドン・セバスチャン王子はマルセリーノより少し背が高かつた。仰ぎ見て、マルセリーノは、炎える碧眼に呪縛されたかのごとく肯いた。

「はい、王子さまのお役に立てるのでしたら……、私も嬉しうございます」

「さうか、聞き届けてくれるのか。礼を申すぞ……」

王子はマルセリーノの肩を抱き寄せ、半ば陶然たる風情の奏者の、その薔薇色の頬に唇をつけた。王子の唇は異様に冷たかつたが、マルセリーノは身の内にめくるめくやうな戦慄のごときものが奔《はし》るのを覚えた。それは、曾《かつ》て覚えのない感覚であつた。

ゆつくりと唇を離して、王子は言葉を続けた。

「マルセリーノよ、この館では時折面白いものが見られるのだ。今夜も、それはある。

イスパニア人の処刑だ。私はこれで休むことにするが、ガルシアに見せて貰ふがよい。帰りは騎士たちが送つてくれよう。明日のことはガルシアより伝へさせる。よいな、きつとまゐれよ」

ガルシアに向つて頷いたあと、王子は玉座の背後に垂れる綴織画《タピスリー》の帳《とばり》を分けて奥の部屋に消え、二頭のピューマが従つた。茫として佇んでゐたマルセリーノは、ガルシアに腕を取られて我に帰つた。

イスパニア人の処刑は、中庭《パティイオ》に面した風変りな部屋で行はれた。その大きな部屋は、三方の壁面と天井がすべて玻璃を以て覆はれ、玻璃越しに夜天の星が眺められた。床面の半ばは天然の地《つち》であり、半ばは蒼黝《あをぐろ》い水を湛へる石造りの池であつた。部屋には温気《うんき》が籠り、何とも知れぬ生臭い臭ひが漂つてゐる。地面には見も知らぬ異形の樹木や蔓草が生《お》ひ茂り、やはり見馴れぬ鳥が、あるいは枝に、あるいは草蔭に身を潜めてゐる。

ガルシアの説明によれば、広間の獣たちと同様にみなアマゾンの流域から持ち帰られたものであるといふ。極彩色の羽を有つ鳥たちは、冠羽や嘴が一様に巨大であつた。また広い葉に鮮やかな斑《ふ》や条《すぢ》や円環などを浮かせてゐる草々に混つて、蘭の花が沢山見られたが、色も形もポルトガルの蘭とは比較にならぬほど美しい。すべてのものがマルセリーノを瞠目させたが、愈々《いよいよ》処刑が始まつた時、その驚愕は絶頂に達した。引き出されたイスパニア人は、コインブラに駐屯する若い兵士であつた。兵士は着衣を剝ぎ取られ、わな〳〵と慄へてゐる。池は方形をなしてゐたが、一箇所だけ凸型に石が突き出し、人間一人が横臥できるほどのその石の上に、手足の自由を奪はれて兵士は仰臥させられた。間もなく蒼黝い池の面《おもて》がざわざわと音を立て始め、異様なる生きものが飛沫《しぶき》を上げて躍り出るのを、マルセリーノは見た。飛沫を受けて、篝火《かゞりび》の一つがじゆつと消えた。

それは、途方もなく長く太い蛇であつた。この世に、かゝる巨大な蛇が存在するとは信じられなかつた。兵士は身体が竦んで身動きもならず、たゞ恐怖に四肢をひきつらせるばかりであつた。大蛇は兵士に近づくと、突き出た石を利用して巧みにその長い胴体で兵士を巻き締めた。凄絶な悲鳴が温気を劈《つんざ》いたのも束の間のこと、ぽき〳〵と骨の折れ砕ける音がして、兵士の身体はぐつたりとして動かなくなつた。恐るべき力であつた。そのあと、大蛇は悠揚と兵士を頭から呑み込んでしまつた。人間と同じほどの頭、長さは胴体の半ばが水中に在るので然《しか》と判らぬものの少くとも六尋《ひろ》はありさうだつた。緑柱玉《エメラルド》のやうな眸が爛々と輝き、真赤な長い舌がちら〳〵と閃《ひらめ》く。褐色の地に黒緑色の円環蛇紋を浮かせた鱗をきらめかせて、大蛇はやがて水中に消えた。

ガルシアに身体を支へられて、マルセリーノは漸く立つてゐた。驚異の瞬刻ではあつたが、不思議なことに残酷だとも不快だとも感じなかつた。ガルシアが優しく額の汗を拭いてくれた。

「王子さまは、父君を死に逐《お》ひ遣つたイスパニア人を心底から悪《にく》んでをられるのだ。先程の大蛇はアマゾンに棲むアナコンダといふ水蛇だが、王子さまによく懐いてゐる。仔馬くらゐは楽々と呑み込むが、普段は人を襲つたりはせぬさうだ。

王子さまは、幼い頃からあの大蛇を可愛がつてをられる。蛇といふのは寔に不思議な生きものだ。東洋の国々では水を司る神の化身とされてゐると聞く。あの大蛇も、王子さまのお悲しみがわかるのであらう。われらには決して仇なすことはないが、イスパニア人には先程のやうに猛然と襲ひかゝるのだ。

王子さまは御自身の名を与へてセバスチャンと呼んでをられるが、処刑は決して御覧にならぬ。見ると一層イスパニア人への憎しみが募つて、毎日でも処刑を見ねば腹が癒えぬとおつしやるのだ。其方にもわかると思ふが、いま王子さまのことがリスボンの宮廷やイスパニア人に知れると、お命が危ふくなる。毎日処刑を行ふにはイスパニア人を常に捜さねばならぬ。左様なことを続ければ、忽ち怪しまれてしまふだらう。それゆゑ、この辺りへ迷ひ込んで来る兵士を捕へた時にだけ執行するのだ。

ところで、だいぶ落ち着いたやうだな。其方も王子さまをお労《いたは》しく存じ上げるならば、先刻の処刑、残酷とは思ふまい。また、この事は申すに及ばず、館のことは何人にも口外してはならぬぞ、よいな。もう夜も更けた。あまり引き止めては僧院の者たちが案ずるであらう。騎士たちに橋の畔《たもと》まで送らせよう。明日は、夕刻に今日と同じ場所で待つてをれ。騎士たちが迎へに出る。必ず参れよ」

大蛇の存在は、マルセリーノがドン・セバスチャン王子に抱いた甘美な遺瀬ないやうな憧憬にも似た念ひを、聊《いさ》かも乱しはしなかつた。王子の愛する生きものと思へば、恐いとも気味が悪いとも感じない。ガルシアの念を押すやうな言葉に頷いて応へ、来た時と同じ二人の騎士に伴はれて、マルセリーノは館を辞した。

僅か三時間余の体験がマルセリーノの心の裡《うち》をすつかり変へてゐた。もう父の形見の十字架を掌にしても、ナザレや父の思ひ出が心を占めはしない。王子ドン・セバスチャン二世の姿が眼裏《まなうら》に灼きつき、王子があのアナコンダといふ水蛇と戯れる姿などが生々しく想像されるのであつた。頰に触れた唇と肩を抱いた手の冷やかな感触が蘇る。

「王子さまも、そしてガルシアさまも、何と素敵な方なんだらう。明日も必ず行かう」

十字架を傍らの卓子に抛り投げて、マルセリーノは寝床に潜り込んだ。

＊

翌日、マルセリーノには、夕刻までの時間が普段の何倍も長く感じられた。その歯痒いやうな刻に耐へて、暮れかゝる対岸の丘へと急いだ。いつもの岩に腰をおろして、ビウエーラを弾いた。やがて太陽は河口の彼方へ沈んだが、マルセリーノの眸は昨日のやうに暗くはない。

マルセリーノは待つてゐた。しかし、騎士は一向に姿を見せない。日が落ちてから既に一時間は経つてゐた。王子の館はさほど遠くはない筈だ。捜し当て、行かうかといふ考へが過《よぎ》るが、昨夜の途《みち》すがらは往きも還りも夢のやうにしか思ひ出せない。悶々としてゐるマルセリーノの耳に、そのとき自分の名を呼ばはる声が聴えた。一瞬、騎士の出現かと思つて立ち上がつたが、声は橋の方角より届き、それは耳によく馴れたディエゴの呼声であつた。マルセリーノは、今夜は駄目かと諦めた。帰りが遅いので、またディエゴが捜しに来たのであつた。

明くる日も、またその翌日も、騎士は現れなかつた。四日目の晩もディエゴに連れ戻された。ルイース修道士は「なぜ、夜になるまで丘にゐるのか」と控へ目に質《たゞ》したが、マルセリーノは寂しげなほゝゑみを返すのみで、応へようとはしなかつた。

自室へ引き取つたあとも中々眠りに就《つ》けず、想ひに顕《た》つのはドン・セバスチャン王子の姿ばかりであつた。本当にあんなことがあつたのだらうか、館も王子も大蛇も遠い遥かな幻影であるかのやうな気もした。自分は夢まぼろしを観たのではなかつたか。

胸の上に組んだ指が、無意識のうちに十字架を撫でまはしてゐた。想ひの途切れが十字架の存在をひととき蘇らせ、マルセリーノは改めて手に取つて眺めた。館の騎士が現れたのは、落した十字架を捜してゐる時であつた。ルイース修道士から聞かされてゐた数々の秘蹟や悪魔の逸話が思ひ起された。十字架が騎士の出現を阻むのだらうか、王子は主《しゅ》に背いてゐるのか。マルセリーノの心は様々に揺れ動いたが、僅かな後ろめたさを振り払ふやうに、十字架を胸もとから外した。何としても、またドン・セバスチャン王子に会ひたかつた。

明くる日の夕刻、マルセリーノは十字架をかけずに出かけた。これで騎士が迎へに来なければ、幻を見たのだと諦めるつもりであつた。モンデーグの川面《かはも》の落日の輝り眩《くら》みが次第に鎮まり、闇の支配がものみなすべての頭上に及んだ時、二人の騎士が現れた。丘の周りには乳色の霧が捲き出してゐた。

ドン・セバスチャン王子は二頭のピューマを従へて玉座に坐してゐた。なにゆゑか、玉座の脇の石柱に、ガルシアが両腕を頭上に高く括りつけられてゐる。革紐が手首に食ひ込み、その皓《しろ》い顔や皮膚から艶が失はれてゐる。茫然として佇ち尽すマルセリーノに、王子が優しく語りかけた。

「待つてゐたぞ、マルセリーノ。本当によく来てくれたな。どうやらガルシアの姿に驚いたやうだな。ガルシアは許されぬ過ちを冒したので、罰を受けてゐるのだ。其方《そなた》が四日の間も空しく待たされたのは、ガルシアのせゐだ。ガルシアは其方に十字架のことを注意するのを忘れたのだ。

われらは主《しゅ》に背く者でも悪魔妖怪の眷属でもない。いや、むしろ誰にも劣らぬほど深い信仰を持してゐるつもりだ。しかし、私の心の裡《うち》には鎮めがたい怒りと憎しみとが渦巻いてゐる。この前、話して聞かせた通り、我が父ドン・セバスチャン王はイスパニア人に謀られて無念の死を遂げた。イスパニア人のことを考へると私の怒りは抑へが効かなくなる。酷い処刑を行ふのもそのためだ。そして、それは残念ながら主を裏切ることになる。

主への信仰を貫くか、父の遺志を継ぐためにも怒りと憎しみを持ち続けるか、私は悩んだ。中途半端な姿勢は好まぬ。悩んだすゑに、父のポルトガル再建の志を我が手で立派に達成できる日まで、私は主を忘れることにしたのだ。主も赦《ゆる》して下さらう。さう決意した日、私はこの館から十字架はもとより聖書も聖画も放逐した。今の私は十字架を仰ぐことが出来ないのだ。

其方が四日間も甲斐なく待たされたのは、胸に十字架を飾つてゐたからだ。ガルシアは、この館では十字架が禁忌であることを其方に告げるのを怠つた。私は、其方のビウエーラがもう聴けぬのではあるまいかと、半ば諦めてゐた。幸ひ其方が自ら気づいてくれて、これほど嬉しいことはない。かうして其方がまゐつたからには、ガルシアも許してやらう」

王子は騎士の一人に命じてガルシアの縛めを解かせた。四日四晩半裸で縛められてゐたのであらう、ぐつたりとしてゐる。鞭で打たれもしたらしく、肌の此処彼処《こゝかしこ》に鮮紅色の傷が走つてゐる。

「ガルシア、さぞ疲れたであらう。今宵は退《さが》つて休むがよい。酷いことをしたが、私の気性は其方が一番よく知つてゐる筈だ。許せよ……」

二人の騎士に支へられてガルシアは退出したが、聊かも王子を怨む様子はなく、むしろ陶然たる体《てい》であつた。鞭の創痕は、マルセリーノに王子とガルシアとの隠微な交感を連想させ、マルセリーノは頭の芯が疼《うづ》くやうな妬ましさを覚えた。そんなマルセリーノの耳に、王子の剛《こは》く若々しい声が響いた。

「マルセリーノよ、待たせたな。それではビウエーラを弾いてくれ」

半裸の王子、鎖帷子の騎士、そして奇獣たちが見守る中で、マルセリーノは一時間余りビウエーラを弾奏した。マルセリーノが抱いてゐた幾つかの疑問は、この夜、大方溶け去つた。

弾奏が果てたあと、王子はマルセリーノを玻璃造りの部屋へ伴つた。其処でマルセリーノは、件の大蛇を間近に見ることが出来たが、大蛇は先夜見た時よりもやゝ小ぶりで眸の光も僅かながら弱いやうな気がせぬでもなかつた。たゞあの折は、あまりにも凄絶な光景だつたので、然《しか》と見定めたといふ自信もなく、穏やかな時とはまた容子も違ふのであらうと思はれた。水蛇は池の縁に匍《は》ひ上がり、二人の足下まで寄つて来た。余程馴れてゐるらしく、王子が腰を下ろすと脚に匍ひ寄り、長い舌を出して主人の頰や胸の辺りを嘗《な》めたりもする。それでも半身は水中に没してゐた。

「アマゾンといふのは余程の大河であるらしい。なにしろ川の対岸が見えぬほどだと申すから、モンデーグ川など物の数ではあるまい。両岸は鬱蒼たる密林で、其処には面妖なる獣や虫が棲んでゐるさうだ。嘘か真か知らぬが、人や獣を襲つて瞬く間に食い尽してしまふ魚とか、水中に住む大鼠とか、半魚人とかの話も聴いたことがあるぞ。館の獣や鳥を見ても、どんな所か想像できるであらう。あれは王蛇《ボア》と申してな、密林の下生《したばえ》の中をたいそうな速さで匍ひ廻るさうだ」

王子の指さす一角に、二尋《ひろ》の余はあらうかといふ大蛇が三匹、蜷局《とぐろ》を捲いてゐた。水蛇に比べれば小さいが、それでもポルトガルでは絶対に見られぬ大蛇である。

陶酔の刻は過ぎるのが早かつた。別れ際に王子の抱擁を受けてマルセリーノは、王子の、また自分の息づきの激しさを識つた。

＊

父アントニオの形見の十字架は小函に蔵《しま》はれ、マルセリーノがドン・セバスチャン王子の館に通ふ夜が続いた。たゞ、丘から館への道筋にはいつも濃い霧が捲いてゐて、マルセリーノは道順を全く憶えることが出来なかつた。

ルイース修道士とディエゴは、習慣《ならひ》となつたマルセリーノの遅い帰りを黙つて見守つてゐた。昼間のマルセリーノは普段と少しも変らず、楽曲の作成などは却つて身を入れるやうにさへなつた。ルイース修道士は、誰か愛する相手、たとへば町家の少女とでも逢つてゐるのではないかと推測し、ディエゴもほゞ同様に考へてゐたが、彼にはその恋愛が聊か常軌を逸したもののごとくに思はれて仕方がなかつた。ディエゴにはマルセリーノに対する淡い思慕があつたので、老修道士に比べれば一層心中穏やかならぬ日々である。マルセリーノはオヴァールの若い漁夫のやうなフィニシャ型の美しい貌と肢体を有つてゐる――とディエゴは思つてゐた。彼はオヴァール近在の生まれであつた。

マルセリーノの遅い帰りが習慣となつて二十日ほど経つた頃、ルイース修道士とディエゴは、マルセリーノの顔色が日毎に悪くなつてゆくことに気づいた。それは日を追ふにつれて益々顕著になり、二人は或る日、マルセリーノを問ひ質《たゞ》した。はじめは堅く口を鎖《とざ》して何も答へようとしなかつたマルセリーノも、普段の優しさを措《お》いてなほ質さうとする二人の執拗さに、遂にすべてを打ち明けた。老修道士は仰天し、ディエゴは己の推測が半ば当つてゐたと嘆息した。

「ドン・セバスチャン王の秘密の離宮が、このコインブラに、あるいは在つたかも知れぬ。しかし、あの王に匿された王子があつたとは、到底信じられぬ話だ。十字架の件も、おまへは納得したかも知れぬが、私らには何とも合点の行かぬことだ。戦闘《たゝかひ》に常時立ち会はねばならぬ王家の方々が、処刑をいたすからと申して、十字架を禁忌となし、あまつさへ主《しゅ》を忘れるなどといふことは、全く以て理の通らぬことではないか。マルセリーノよ、おまへは魔性の物に憑かれたのに違ひない。ディエゴよ、おまへはどう思ふかね」

「はい、私もお師匠様の仰有《おっしゃ》ることが正しいと存じます。マルセリーノ、ね、しつかりしておくれ、おまへはきつと悪い夢を見てゐるんだよ。今夜はもう行つちやいけないよ」

「さうだ、ディエゴの言ふ通りだ。だいたい僧院に身を置く者が十字架を外したりするのは間違つてゐる。十字架を厭ふなどと申すことは人間には許されぬ。まして前《さき》の国王の御子ともあらう御方が左様なことをいたされる筈がない。おそらく、魔性の物がおまへのビウエーラの音《ね》に魅かれて現れたのであらう」

「さういへばお師匠様、この四、五年の間に街の若者が幾人か行方知れずになりました。それにイスパニア人の兵士も……。一人として行方の知れた者はないやうでございます。マルセリーノも、そんな目に遇ふところだつたのではありますまいか」

「うむ、さうかも知れぬ。ともかく、もう決して行かぬことだ」

マルセリーノは、二人の言ふことを聴きたくなかつた。ドン・セバスチャン二世は、世を忍ぶポルトガルの正嫡の王子であると信じたかつた。

「ルイース様もディエゴさんも仰有ることが少し酷《ひど》うございます。王子さまが魔性の物だなんて、そんな馬鹿なことはございません。それは、たいへん御立派な方で、ポルトガルの現状をお一人で憂へていらつしやるのです。私のビウエーラをあれほど喜んで聴いて下さる方も、外にはございません。私は何と言はれましても、参りたう存じます。たとへ魔性の物であつたとしても、後悔などいたしませんから、どうか構はないで下さい」

ルイース修道士は、聞き分けようとしないマルセリーノを、曾《かつ》て見せたことのない厳しさで叱つた。

「ならぬ、絶対に出かけてはならぬぞ。おまへがそれほどまでに申すのなら、明日、午のうちに私らと一緒にその館を捜したらよい。おまへは昼の間に出かけたことがない。魔性の物は太陽を避けるといふ。明るいうちに捜し当てれば正体も判る筈だ」

老修道士とディエゴは、どうあつてもマルセリーノを外へ出さぬと言ひ張つた。日が落ち、夜になつて漸くマルセリーノも諦めた。その夜、マルセリーノは一睡も出来ず、夜もすがら王子のことばかり念ひ続けて朝を迎へた。

ルイース修道士とディエゴは、いかにも気のそまぬ風のマルセリーノを強引に連れて僧院を出た。まづ、いつもマルセリーノが腰を下ろす丘の頂に立ち、街へ通ずる橋とは逆の方角へ向つた。丘を二つ三つ越えるといふだけのマルセリーノの記憶を便りに捜し廻つたが、辺りに丘は数知れぬほど散在する。三時間余り尋ね歩いた頃、樫の巨木のことをマルセリーノが思ひ出し、それを目当に漸く捜し出すことが出来た。

やはり、ルイース修道士の言ふ通りであつた。樫の大木が五、六本いつぱいに枝を拡げた蔭に半ば崩れかゝつた門が在つたものの、館には蔦葛《つたかづら》がびつしりと絡みつき、庭は荒放題、まるで人が棲んでゐる気配はない。扉はわけもなく開いたが、もちろん鎖帷子を纏つた若き騎士などはゐなかつた。マルセリーノは信じられぬといふ顔つきで辺りを眺め廻してゐたが、思ひきつたやうに中へ足を踏み入れた。広間には確かに玉座が在りはしたものの、マルセリーノが毎晩見てゐた絢爛たるものではなく、いたく旧《ふる》びてゐた。そして、玉座の傍らに、これはまさしく毎晩見てきた通りのピューマが二頭踞《うずくま》り、四方の隅々には奇獣たちが屯《たむろ》してゐた。

「マルセリーノよ、やはりおまへは魔性の物に見入られてゐたのだ。おそらく此処はドン・セバスチャン王の離宮であつたに違ひない。この奇妙な獣《けもの》たちも、王が飼ひ馴らしたものが取り残されて子を生《な》したのであらう。おまへの聴いた事のすべてが嘘だつたといふ訣《わけ》ではない。

ドン・セバスチャン王は、寔に御立派で、然《しか》も頗《すこぶ》る美しい方であつた。実を申せば、私は二十数年前に、コインブラ遊学中の王を幾度《いくたび》かお見かけいたしたことがある。王はいつも御自分に劣らず美しい若者、さうだ、おまへのやうな若者を連れてをられた。王に御子息がある筈はないと、昨日私が言つたのは、むかし王を瞥見した折の直観が蘇つたからだ。それもこれも含めて、王は潔癖な方だつたのであらう。いづれにしても俗世と縁を切つた私には、まあ何を申すのもためらはれるやうなことだ。

しかし、ドン・セバスチャン王がモロッコで戦死なされたと聞いた時には、私もポルトガルの前途を想つて悲嘆にくれたものだ。あれほどの方の跡を継ぐ者が宮廷には一人も見当らなかつたからだ。

それほどの方ならば、魔性にも変じられよう。御無念のあまり、魂魄《こんぱく》がこの世にとゞまつたものに相違あるまい。魂は海を渡つてコインブラに舞戻り、この異形の生きものに乗り移つたのだ。おまへの言ふガルシアとは、きつと一緒に戦死したシルヴァ家の嫡男であらう。シルヴァ一族はモンデーグ川の河口フィグェイラ・ダ・フォシュを本領とする豪族であつたが、嫡男がドン・セバスチャン王の友情に与《あづ》かつて異例の取立を図つて貰つたのだ。その嫡男の名を忘れてゐたが、ガルシアに間違ひなからう。

マルセリーノよ、よく見るがよい。おまへが恋ひ慕うた王の忘れ形見の王子とは、王の無念の霊が憑いた、この生きものだつたのだよ」

三人は、玻璃造りの部屋の池の縁に立つてゐた。蒼黝い水面から二匹の大蛇が半身を顕し、凝《じつ》とマルセリーノを仰ぎ見てゐる。大きい方の眸には緑色の焔が揺れ、いま一匹の眸は灰色がかつた緑色、それは紛れもなくあの王子と寵臣の眸であつた。マルセリーノの身体はわな〳〵と慄《ふる》へ出した。二匹の大蛇は、その長い胴体を互《かた》みに絡み合せ、静かにマルセリーノを視つめてゐる。池の周りには、王蛇《ボア》が十数匹、鎖帷子を髣髴《はうふつ》とさせる蛇紋を纏うて二匹の大蛇を衛るかのごとく蜷局《とぐろ》を捲いてゐた。

異様な、しかし何処か沈痛なる光景であつた。マルセリーノはその場に崩折《くづを》れてしまひ、長いこと動かうとしなかつた。王子ドン・セバスチャン二世と過した夜々の事が念ひの裡《うち》を駈けめぐり、王子の唇の冷たさ、抱擁を受けた時の互ひの息づき、ガルシアの肌に走つた鮮紅の傷痕、その刻々の集積が潮《うしほ》のやうに嵐のやうに身体の中を吹き荒れる。

ルイース修道士が心して持参してきたビウエーラを、そつとマルセリーノの膝に置いた。マルセリーノは、王子の為に創つた自作の中から、王子が最も褒めてくれた『碧眼の王子のための物語歌《ロマンセ》』を弾いた。獣の館に夕闇が迫り、マルセリーノが最後の絃を撥ねた時、ピューマが咆哮した。

明くる日、老修道士とディエゴは、『ナザレの若者を送る歌曲《カンシオン》』を創り、しめやかに合奏し、唱和した。その朝、マルセリーノの命数は尽きてゐたのであつた。

＊ビウエーラについての補註

十六世紀に欧洲一帯に於てリュートの音楽が盛行した時、イベリア半島では例外的にビウエーラ＝vihuelaと呼ばれる弦楽器が愛好された。その後、殆ど忘れ去られ、楽器そのものが伝存してゐないといふ。申さば、幻の楽器であるが、ギターラやリュートに近いものと推定されてゐる。一般的なもので六本の複絃をもち、今日のギターラよりはだいぶ大型であるが、共鳴箱の厚みは一〇糎以下だといふ。西班牙《スペイン》にはビウエーラの為に作られた物語歌《ロマンセ》や変奏曲《ティフェレンシアス》などの楽譜集が数多く残されてゐる。リュートを用ひて演奏するほかはなかつたが、今世紀後半、古楽復活の潮流に乗り、楽器の復元が果され、演奏家も現れるやうになつた。十六世紀歴代のスペイン宮廷より庇護を受けたためか、曲想は至極典雅なものである。

（『悪霊の館』所収）

掌篇 滅紫篇

公家武家共ニ大ニ侈《オゴ》リ、都鄙辺境ノ人民迄、花麗《クワレイ》ヲ好ミ……、然《シカ》レドモ只天下ハ破レバ破レヨ、世間ハ滅ババ滅ビヨ、人ハトモアレ、我身サヘ富貴《フツキ》ナラバ、他ヨリ一段瑩羹《エイカウヤウ》様ニ振舞ハント成行《ナリユキ》ケリ。
『応仁記』

管領畠山の家督争ひに細川と山名が首を突つ込み、将軍家の後嗣《あとつぎ》を繞《めぐ》る東山殿義政公と御台所《み》の不和が絡んで、都大路を軍馬が踏み倒したが、もう誰《たれ》もそれに驚かぬほど大乱は長く続いてゐる。人々は「思へば露の身よ、いつまでの夕べなるらむ」と口《くち》遊《ずさ》み、昨日は猿楽、今日は曲舞《くせまひ》と遊惰に耽る。大和観世座の少人、月若と星若は将軍家や東山殿の寵愛殊のほか深く、その女人も及ばぬ都雅なる姿が、この頃では都中の衆目を惹《ひ》いてゐた。

燕子花《かきつばた》大納言も、一夕、東山殿の許で催された猿楽を見て、月若と星若の美しさにいたく搏《う》たれたが、大納言の息女、射干《ひあふぎ》と鳶尾《いちはつ》は、その時から夢うつゝとなつてしまつた。桔梗や紅葉の文様を織り出した眩いばかりの能衣裳に身を包んで舞台を妖しく行き交ふ喝食《かつしき》の面影は、日を重ねるにつれて愈々《いよく》姉妹の肉に喰ひ入るやうであつた。桜、海棠《かいだう》、馬酔木《あしび》、牡丹、山吹と花は咲き過ぎ、霖雨《ながあめ》が近くなつた頃、姉妹は父の大納言に二人の少人の生身を所望した。

燕子花大納言の一の姫は著莪《しやが》の方《かた》と称ばれて、管領細川政元の愛妾である。大納言は従三位にすぎぬものの、当代随一の武将の庇護あつて代々将軍家御台所が立つ日野家と並ぶ富裕なる堂上家に成り上がつた。洛北は二條の外れ、東山殿に近い辺りに粋を凝らした邸《やしき》を造営して、連日のやうに、和歌、連歌、猿楽と遊興の宴を催してゐる。霖雨の季節になると、八橋《やつはし》を廻《めぐ》らせた池水《ちすゐ》を花菖蒲が見事に彩り、豪奢な菖蒲《あやめ》の宴を催すならはしから燕子花大納言と称《よ》ばれる。殊に姉妹の菖蒲狂ひは凄じく、競つて諸方から優れた株を集めさせ、八橋の池水は年ごとに繚乱の度を極めた。

将軍家義尚公は、文武の道で他に並ぶ者の無い眉目《みめ》優れた貴公子であつたが、東山殿や母君富子殿と不和を生じ、昨秋から近江守護六角討伐のために近江は鈎《まがり》ノ里に出陣してゐた。大納言は、義尚公の不在を幸ひと東山殿へ赴き、二人の少人の下賜を願ひ出た。義政公は世に聞えた唐物《からもの》狂ひ、大納言が持参した珍奇なる献上品を見て、一も二も無くその願ひを容《い》れたのである。折もよし、菖蒲の宴の日を定めて、月若と星若は、射干と鳶尾の姉妹に見《まみ》えることとなつた。

姉妹の花菖蒲は例年にもまして繚乱と池水を彩つてゐた。宴の当日、その花がびらびらと咲き乱れて最も見事な景観を見せる辺りに、水衣《みづごろも》を纏うた月若と星若の屍体が浮んだ。「菖蒲の花は盛りより蕾をこそ愛づべけれ」と嘗《かつ》て言はれた義尚公も後を追ふやうに、翌年の弥生、鈎ノ里にて廿五歳、蕾のまゝ果てた。以来、姉妹の菖蒲狂ひは更に嵩じたが、霖雨の季《とき》以外は廃人のごとき日々を送つたといふ。

（単行本未収録）

聖家族 I

桃花

桃の花母よと思へば父現はれ　永田耕衣

花札の引きすぎか、流觴《ながれさかづき》と言へば菊花、「月見て一杯、花見て一杯」などと気負ひ立つところから、少し譲つて桜花に即《つ》くものと思ひ込んでゐたが、古く「曲水流觴《ごくすゐりうしやう》」と言つて桃花に即くのださうである。藤原定家の、

桃の花ながるゝ色をしるべとて浪にしたがふ春の盃

といふ歌は、その有識故実を踏まへて上巳《じやうし》の節句を詠んだものと識つたのは、つい最近である。定家の歌、たとへば、

夕暮は何《いづ》れの雲の名残とて花たちばなに風の吹くらむ
狩ごろもたちうき花の蔭にきて行末くらす春の旅びと
松山と契りし人はつれなくて袖越す浪にのこる月かげ

等々を私はけつかう愛誦してゐたが、桃の花の一首をかの『拾遺愚草』の葎《むぐら》の中に見いだして以来、どうも定家に好感が持てなくなつてしまつた。それには或る卑近な理由があるのだが、ともかく一つ嫌ひになつてしまふと、以前に愛誦したものにまで及ぶから怖ろしい。彼の歌には、爽かさと懐しさが欠如してゐる。従つて調べは緩慢で重苦しい。美しいといふ点では、あるいは比類が無いかも知れぬが、どうにも立体感が薄いやうだ。父の俊成の重い調べは、まこと幽《かそ》けく玄《くら》く、そこに一種荘重なる懐しさを覚えるのに、定家の歌には絵具の匂ひがつきまとふ。

更に厭だと思ふゆゑよしは、右の如き特質を成す因、美意識と言つてもいゝが、それが何やら女性の生理に通ずる感覚で統《す》べられてゐるやうな気がしてならぬからだ。私は、何も和歌が男性的生理に支配されねばならぬなどと申すつもりは毛頭ない。歌に雌雄の別は不要であり、かゝる生臭さを払拭したところへ達して初めて〈あはれ〉

は人を搏《う》つ。現実には定家の主人筋、歌の世界では歳下の好敵手であつた九條家の貴公子後京極摂政良経の歌は、定家の歌よりも嫋々《でうでう》とうたひあげてゐながら、遥かに爽かであり懐しい。この事は男女の別なく、在原業平や和泉式部、式子内親王などといふ人達の歌の在りやうにも通じてゐる。完璧主義者であつたに相違ない定家は、意識を配りすぎて呼吸を苦しくしてしまつたのではあるまいか。その絵画的空間はべつたりと塗りこめられて風の流れが滞り、立体感を喪つたのだ。桃花流觴の一首はその雛形みたいな歌で、色彩感といひ、韻律の息ざしといひ、粋を求めて野暮に到つたかのやうな趣がある。それをしも魅力と言ふならば、年増女の手練手管のごときが思ひ合され、この歌が私を定家嫌ひにさせた卑近な理由も、実はそこに根ざしてゐた。

私はずいぶん以前から桃の花を見ると母を思ひ起す条件反射ともいふべきものを背負ひ込んでゐて、それははつきりと不快なる事態に属してゐた。定家の桃の歌に遇つた時も、たがはず不快感を覚えたのだが、件《くだん》の一首には、あまりにも母の面影に酷似する趣がありすぎたのである。

濃い藍青の地に銀糸で繍《ぬ》ひ取つた流水紋が腰から裾に弧をなして流れ、肩から背と胸にかけては濃淡大小とりまぜての桃花の染抜、盃こそ無かつたが、まこと落花流水の絵柄、悪く琳派風の意匠を凝らした贅沢な和服を纏つて、私の母は、上巳の節句つまり雛祭のたびに嬌声をあげた。

彼女は貴顕崩れの気位ばかり高い旧家に生まれ、晩く結婚したが、生来派手なことが好きで、それは結婚後も少しも改まらなかつたらしい。歳に似合はぬやうな、また聊《いさゝ》か時代錯誤の気味もある大仰な衣裳を誂《あつら》へて、特に用事もないのにちやら〳〵と外出したが、小学生の頃は授業参観があるたびに、母の場所柄も弁へぬ派手すぎる服装に、私は恥しい思ひをさせられた。

そして、雛祭こそが、そんな彼女の最大の年中行事なのであつた。実家より携へてきた名人何某作の年代物の雛道具があつて、その七段飾りの美々しい雛を、彼女は最上の部屋に古式ゆたかに飾りつける。私と同年代の近所の女の子が数人呼び集められ、何とも姦《かしま》しい桃の宴が繰りひろげられる。それは私が廿歳《はたち》になる頃まで続けられたが、父は母のその種の道楽には与《くみ》しなかつたので、私一人が水蜜桃のごとき女の子の群に囲まれて遣りきれぬ思ひの一日を過さねばならなかつた。いつも漂つてゐる白粉の匂ひに加へて、その日は成長期の女子の体臭が家中に立ち罩《こ》め、若づくりの母が白酒に酔つては、意外と老醜をさらけだした声で哄笑する。興が乗つて来ると、彼女はきまつて、

雛祭る都はづれや桃の月

といふ発句《ほつく》を持ち出して、女の子たちに小賢しい講釈を聴かせにかゝる。私は久しい間、この句が蕪村の作であることを知らずにゐたが、彼女もまた作者などはどうでもよかつたらしい。父と違つて、元々母は文学などは天から解さなかつたし、和歌といへば、深窓のお姫さままである九條武子以外は意に止めず、それも「がんぢすがはのまさごより、あまたおはするほとけたち、……」云々といふ例の讚仏歌を愛誦する程度でしかなく、蕪村の句は桃と雛ゆゑの例外的な記憶であり、おそらく彼女が配偶者から受けた唯一の教育であつたに違ひない。

母の桃色遊戯（私は彼女の雛の節句の狂態をさう呼ぶことにしてゐる）は二十年もの長きに及んだが、結局は傍若無人の自慰であつて、女の子は誕生しなかつたのである。それはかりか私が男子であることには一向に配慮がなく、端午の節句が運《めぐ》つてきても鯉幟はおろか武者人形の一つも飾つてはくれなかつた。もちろん彼女は重陽《ちようやう》の節句などは知る由もない。

定家嫌ひも根ざすところは如何《いか》にも他愛がないが、個人の好みなどと申すものは徹頭徹尾非論理的で不条理なものなのだと思ふ。理由などは、あとから幾らでもつけることが出来る。梅は鉄幹と称してその幹までも賞翫し、桜木は独特の木香《きが》が褒められることもあるし、また小牌子《こけし》や版木の材料にもなるといふ。ところが桃の木といへば、夥しい膠状《にかは》の脂《やに》を噴き出すばかり、果実は妄《みだ》りに柔弱で甘く、それさへも母の生理に通じる。ともかく桃と聞けば母の実像より他に顕《た》つて来ないのであり、私は必然的に父の幻像を追ひ求めるやうになつた。

黒鶇

北に他郷の黒つぐみ、ふるさとは父《ペール》　加藤郁乎

こゝに一枚の写真がある。相当古いものだから、少しは黄ばんでゐるが、大切に蔵《しま》つておいたので、殆ど傷んではゐない。被写体は若い男一人。むろん白黒写真《モノクローム》だけれど、髪の毛が黒くないことはすぐ判る。眉目も日本人離れしてゐる。そして、何よりも目を惹くのは、男の装束である。写真の美青年は黒いタイツで長身をぴつたりと被つてをり、彼は私の父である。その装束から推して、舞踊手か曲馬団《サーカス》の芸人にしか見えないが、父はそのどちらでもなかつた。なかつた――と過去形で記すのは、父が既に死者だからである。彼は私が七歳の折に二十七歳で世を去り、私は今、彼の死んだ

年齢《とし》に達してゐる。舞踊手にしても曲馬団の芸人にしても、どちらかといへば異形の部類に属する人生だと思ふが、父は更に異形の、まるで物語に登場するやうな男であつた。

彼は、露西亜《ロシア》革命の折に西比利亜《シベリア》からアラスカ半島に渡つて北米へ逃れ更に日本へと流れてきた白系露西亜の亡命貴族と横浜の売笑婦との間に生まれた混血児であつた。件の露西亜貴族つまり私の祖父は幼い父を残して、また何処《いづこ》へともなく去り、娼婦の祖母も父が十三歳の時に死んだ。孤児となつた父は、カフェの給仕などをして暮したらしいが、尋常なら優性に遺伝する筈もない白人種たる北方貴族の祖父の血を奇跡的に受け継いで、その頃には金髪碧眼の美少年に育つてゐた。港町で娼婦をしてゐたくらゐだから、あるいは祖母にも白人種の血が混つてゐたのかも知れない。

その後の父は、この種の孤児によくある話の例に洩れず、非行に走つた。横浜の元町界隈を根城にする不良グループに加はつて、暴行・恐喝・窃盗・不純性交遊と一通りの非行を重ね、〈ハマのフョードル〉などといふ綽名《あだな》で呼ばれたが、その美貌のせゐで、女たちはもとより男からも追ひ廻されたといふ。左腕の得体の知れぬ黒い鳥の刺青《ほりもの》はそのころ入れたものであらう。そんな父の非行生活も廿歳《はたち》くらゐまでで終つた。十九歳の時、十歳も年長の没落華族の娘と結婚して、すぐに私が生まれた。それからの父は、表向きは亡命露西亜貴族の二世を気取り、優雅な亡命生活を送つてゐるかのごとくに装つたが、実は更に胡乱《うろん》な人間になつてゐた。

件《くだん》の写真はさうなつてからのもので、たぶん廿四、五歳の頃に写したのだと思ふ。ほかでもない、父は盗賊となつてゐたのだつた。あの恰好で夜陰を掠めて屋根から屋根へ飛び移り、塀の上を猫のやうに走り廻る姿は、西洋のロマンチストが書いた悪漢小説《ピカレスク》の主人公を髣髴《はうふつ》とさせるが、そんな手合は近頃では銀幕《スクリーン》にしか現れない。

これも因縁話めくけれども、生後間もない父を置き去りにして国外に去つた祖父への憎悪が為さしめたのか、彼は専ら富裕な在日外国人の邸宅を狙ひ、彼らの間では〈ブラック・スラッシャー〉と呼ばれて恐れられてゐた。その名の由来は、笞刑執行人のやうにダンディで美しく、尾長鮫のやうに残酷無類、そして黒鶫《くろつぐみ》のやうに敏捷であつたからだ。彼の狙ふものは西洋人がことさら大切にする高価な宝石類に限られた。首尾よく盗み出した金剛石《ダイヤモンド》や紅玉《ルビー》、青玉《サファイア》や黄玉《トパーズ》、猫目石《キャッツアイ》の類は故買人の手に渡り処分されたのだらう。わが家には、母が実家から持参した翡翠玉《ひすいだま》くらゐしか残つてゐない。

父は、午前中は自室に閉ぢ籠つてゐることが多かつた。睡眠をとつてゐたのだらうと思ふが、起きてゐる間は私とよく遊んでくれた。特に私は、彼と一緒に入浴するのが好きだつた。私とは比べものにならぬほど皮膚が皓《しろ》く、湯に濡れた金髪がとても艶《なま》めかしく、私は彼の裸形にうつとりと見蕩《みと》れてしまふ。周知のやうに、幼児や少年は異性よりも年長の同性の美しさに敏感なものである。刺青《ほりもの》の黒鳥の名が中々覚えられなくて、入浴のたびに質《たゞ》ねるのだが、彼は「知つてるくせに聞くのか」といふ顔つきでほゝゑみながらも、根気よく「ク、ロ、ツ、グ、ミ」と唇を尖らせ、一音づつ区切つて教へてくれた。しかし、その鳥を実際に見たことがない私は、またすぐに忘れてしまふのだつた。湯槽《ゆぶね》に漬かつてゐる間、暫し私をおとなしく沐浴させるために、彼は唄を歌つて時間を稼いだ。『小雨降る径』とか『モンテカルロの一夜』とか『貴方にソムブレロを』とか独逸《ドイツ》や仏蘭西《フランス》の唄が殆どで、日本の流行歌でも『誕生日の午後』とか『マロニエの木蔭』『夢去りぬ』などといふ西洋風の節づけが施された唄しか歌はない。よく徹るバリトン。いづれにしても、世の常の親が子供に歌つて聞かせるやうな唄は全く無かつた。そのお蔭で、いま私は半世紀以上も前のタンゴやシャンソンに現《うつゝ》を抜かしてゐる次第である。

父と私との共有時間は少なくなかつたけれど、至極とりとめのないものであつた。なにしろ私は小学校へ入る前だつたのだし、彼としても相手の仕様がなかつたに違ひない。母を避けて、二人で納戸に小半日も籠つてみたり、北米合衆国の劇画本、ターザンやバットマン、グリーンランタンやフラッシュ・ゴードンなどを一緒に読むといふより眺めたり、そんな切れ切れの記憶が鮮やかに復《かへ》つてくる。父は知らず、私にとつては黄金の刻であつた。父は犯罪者であることを私には匿さなかつたが、母は知つてゐたのだらうか。彼らには、常の睦じい夫婦のやうなところが極度に少かつたのである。

或る晩、父は、出かけたま、帰らなかつた。翌日の新聞に、「怪盗ブラック・スラッシャーらしき男が警察に追ひつめられて逃亡に窮した揚句、覚悟の放火自殺を遂げた」云々といふ記事が載つた。焼死体は半ば炭化してゐて身許確認は不可能とも報じられた。その屍体が果して父であつたかどうかは定かではない。あるいは海外へ高飛びしてしまつたのかも知れない。ひよつとすると何もかも知り尽してゐたのだらうか、母は近親者たちに、父の不在を巧みに取り繕つてしまつた。

「異人の血は争へないものとみえまして、やつぱり外国へ行つてしまつたんでございますのよ。きつともう帰つてきやしませんよ」

彼女は、それ以上詳しいことは喋らず、驚くべき迫真性を以て遺棄された悲劇の人妻を演じ果《おほ》せた。父を喪つた私は、独りの時間を彼の思ひ出に浸《ひた》ることに費やした。彼が生前に与へてくれたブラック・スラッシャー姿の写真を飽かず眺めながら。この二十年間、母と暮しながら、私の人生は死者たる父と共にあり、父こそ私の終《つひ》の故郷である。

しかし、私は全く羅甸語《ラテン》を解さないし、私の父も現実には死んでゐない。人に紹介するのも憚られるやうな醜い肥満体を晒して生きてゐる。俳句馬鹿で落雁狂《らくがんぐるひ》の彼は、五十路《いそぢ》を越えて愈々《いよいよ》生臭く、私の最大の憎悪の対象と申してもよい。私は、美しい父が欲しかつた。欲すれば欲するほど、実在の父が忌まはしく感じられる。いつからか、私はかく在らまほしき父の肖像と人生を己の裡《うち》に描き始めてゐた。若い男の肖像写真を沢山蒐め、その中の一枚を選んで我が父の肖像と定めた。独逸《ドイツ》の高名な古典映画《Das Kabinett des Dr. Caligari》、邦題『カリガリ博士』に登場する眠り男ツェザーレのスチール写真、つまり俳優コンラート・ファイトの肖像がそれである。様々な修正が施された上で、彼は永遠に老いることのないやうに廿七歳で死に、私は夜毎に父の物語を繰り返し織り続ける。

血の絆はあるにしても人格までが繋がつてゐる訣《わけ》ではなし、私が頭の機関《からくり》の中で如何《い》やうに父の首を箝《す》げ替へようと、誰が傷つくこともない。時々私は、〈美しかりし父〉の話を、人を選んでまことしやかに語ることがある。逆に、実在の父の真実を縷々《るる》と綴つたものを虚構だと断つて差し出したとしても、人々は多分、「さうか」と肯くものである。

落雁

うそ寒く落雁食《くら》ふ父と知るや　石田波郷

来客の誰も彼もが、最近は手土産に長生殿や二人静《ににんしづか》を持参するやうになつたが、そのたびに父は客が帰るのを待つて包装《つゝみ》を解き、あの執拗に甘い干菓子を五つ六つぺろりと食べてしまふ。食べながら、「この頃は着色に本紅を使はぬから昔みたいに惚れぼれする淡紅色が出てゐないし、大量生産で味も落ちた」などと罵詈《ばり》雑言《ざふごん》を吐き散らす。そのくせ、家人が誰も欲しがらないのをいゝことに、片端から食べ尽してしまふ。夕餉《ゆふげ》が済んだあとなど、あれやこれや飽食するほど食べ散らしておきながら、落雁の入る胃袋は別にあるらしく、煎茶一杯で四つ五つを改めて平らげるのが常だが、唇の端に飯粒やら菓子の粉やらを付着させたまゝ、眼を宙に据ゑての放心の様子といつたら、妄りがはしき事この上もない。そんな姿を見てゐると、彼が、曾《かつ》て前衛俳句運動の旗手と謳《うた》はれ、今や押しも押されもせぬ現代俳句界の大立者《おほだてもの》と言はれる人であるとは、とても信じがたい。

世間では、落雁を無二の好物とする優雅な天才俳人くらゐに見てゐるのだらうが、私から見れば、滑稽な妄執の持続者にすぎない。やれ落雁だ、麨《むぎこがし》だと口走るのは、森八や諸江屋《もろえや》や両口屋の手合が誇示する格式張つた由緒に振り廻されてゐるだけのこと、着色料が本物の紅花か合成物かの区別も、実際にはつかぬに違ひない。彼は甘味の強い菓子類ならば、オフィスレディのやうに本当はシュークリームから茹小豆《ゆであづき》まで悉く大好きなのである。勿論、酒精《アルコール》の類は一滴も口にしない。度を過ぎた糖分の摂りすぎと徹底した運動忌避が祟つたのであらう、三十路《みそぢ》を越えた頃から贅肉がつきはじめ、二十年後の現在では八十瓩《キロ》を優に越える肥満体を持て余してゐる。その上、声は妙に癇に触る老いたるボーイ・ソプラノ、歩き方がひどく異様で強度の乱視、生来の小心者ときては、父親でゐられるのが迷惑なくらゐだ。

彼が凄じい覚悟で俳句に打ち込み、今日の名声を獲ち得たのは、肉体上の劣等意識を逆手に取つたからである。美醜の別に敏感な彼は、何よりも確実さうなその目に見《まみ》える他者の肉体の優位性を、俳句といふ一種の形而上学に縋りつく事によつて克服しようと努めてきたのだ。かゝる事態に立ち到つた時、欠陥の所有者は屢々《しばしば》逆の効力を発揮するものだ。過剰とも思へる父の自信は、その小心によつて支へられてゐる。彼の作品には小心の才能に特有な完璧主義志向の反映が見受けられる。また懈《たゆ》まざる刻苦精励の甲斐も手伝つて、西洋象徴詩風の方法を盛り込む事に成功し、相当に特異なる俳句を打ち樹《た》てるに到つたのである。たゞ惜しむべきは、殆ど渾沌が認められぬことだ。絢爛たるイマジスムも比類なき超現実性も絶妙の句法も、渾沌に欠けると聊か大袈裟なものに見えてくる。いや、元々が針小棒大の徒であるのかも知れず、そこから逆に絢爛たるイマジスムに到達したのだと考へられぬでもない。たとへば切出刀《きりだし》で指の先端をほんの少し傷つけたとする。オキシフルで消毒してマアキュロを塗る程度なら尋常でもあらうが、彼ならさしづめ軟膏を塗布して仰々しく絆創膏を巻きつけ、更に抗生物質くらゐは嚥《の》みかねない。それほどに大仰な人間なのだ。

閑話休題、客観的に見て、父の俳句には幾許《いくばく》かの秀作があり、短い雑文の類にも目配りの行き届いた読ませるものが無い訣《わけ》ではないが、纏《まと》まつた散文となると、世評の如何《いかん》にかゝはらず、私は否定的にならざるを得ない。彼は与謝蕪村を聖典視してをり、その読み手としても一流で聞えてゐるのだが、小説『与謝蕪村』も評釈『蕪村百句』も果敢《はか》ないものだ。学者たちの研究論文に比べれば、ずいぶんと面白く読めるけれど、学究者の論文と称するものはお世辞にも文学とは申せぬ代物が過半を占めてゐるから比較にはならない。蕪村を扱つた小説は、三人称で書かれてゐるにもかゝはらず、文脈に一人称の思ひ入れが濃厚に滲み出てゐて、一筋に貫《ぬ》けて往く爽やかさが絶無だし、評釈の方も深いと見せて存外浅い衒学《ペダントリー》の繰り返しが多く、述べる所は尠《すくな》いやうだ。

父の散文には書割《かきわり》のやうな構成があるだけで述志が無く、文字通りの美文と申すほかはないだらう。

藤原定家の曲水流觴、桃の一首にあり〳〵と母の面影を看《み》て取つた時、私の連想は速やかに父の句文の上に及んだ。蕪村は絵具の匂ひを曳いてゐる点では誰よりも定家に通じてゐる。たゞ、蕪村の俳諧の一部には漂泊の体を現してゐるものがあり、定家と蕪村と父を並べてみると、蕪村を通り越して定家と父との間に、より通ずる所が多いことに気づいたのであつた。父もまた女性的生理に色濃く統《す》べられた美学偏重の徒であり、母が現《うつ》に体現して見せた忌むべき自慰行為の形而上学的実践者にほかならない。

悪いことに、彼は老境に踏み入つて愈々《いよ〳〵》創作意欲旺盛と見え、呆れるほど大量の落雁類と消化剤整腸薬の箱やら壜やらを文机《ふづくえ》の上に置き並べ、憑かれたやうに書いては啖《くら》ひ、吟じては嚥《の》むといふ毎日、その凄絶にして滑稽かつ憐れむべき真実の姿を、熱烈なる彼の読者および亜流俳人諸君に、一度お目にかけたいものだと思ふ。

この現《うつ》そ身の栄を負ふ忌まはしい両親に対して、私の取りうる憂さ晴らしの手段はと言へば、差しあたつては、彼らを虚構の柩の内に封じこめるべく、幻影の美しい父の肖像をまことしやかに人々に喋り廻るくらゐのこと。あとは、折々に父の目を盗んで、あの忌むべき落雁や麨を処分してしまふことだ。

（単行本未収録）

聖家族 II

血

滞る血のかなしさを硝子に頒つ　林田紀音夫

誰が名づけたのかは知らない、それを〈阿蘭陀の涙《オランダ》〉と呼ぶ。硝子棒の一端を強い瓦斯《ガス》の炎に当て、熔けた硝子の雫を、水を張つた器に受ける。雫は瞬間に固まり、零《こぼ》れる涙の形を残す。涙の頭《かしら》、つまり球状を成す部分は金槌で叩いても容易に割れないけれど、円錐形を成す尻尾の方はペンチで軽く摘《つま》んでも儚く砕け散つてしまふ。こんな、何の役にも立たない硝子の粒を、私は作つては砕き、残り少い時間を潰してゐるのだ。無用のゆゑに愈々《いよいよ》美しい涙の幾粒かを、仄《ほの》白い掌に遊ばせて、叔母は呟いたことがある。

「阿蘭陀の、と態々《わざわざ》断るのは、あの国が西班牙《スペイン》や独逸《ドイツ》に踏み躙《にじ》られた事を踏まへてゐるのかしら、……こんな推量はちよつと穿《うが》ち過ぎだわね。もつと他愛の無い由来なんでせうし、その方がいゝわね。でも、本当に美しい、宝石よりもずつといゝわ。歌の精、和歌短歌の結晶とでもいふものがあるとしたら、きつとこんな無用の涙の一粒に違ひない……」

この、瀕死の金糸雀《カナリア》のやうな羞《やさ》しさを漂はせる叔母は、私のたつた一人の血族で、彼女と暮し始めてから半年ほどになる。私の血族は、なべて若くして世を去つてゐる。母は私を生むと直に廿歳《はたち》で亡くなり、この春に父も三十六歳で逝き、私はいま十六歳。一人法師《ぼつち》となつた私は、既に長いこと独居を続けてゐる叔母の家に移つたのだ。母の妹にして父の従妹《いとこ》である彼女は、私の承諾を得た上で、弁護士と相談し、父の家を手離して金銭に換へた。職業を持たない叔母と高校生の私、私たちには収入といふものが全く無いけれど、二人の行末を想へば、どれほど贅沢に暮しても、今あるだけの貯へで充分足りるだらう。

緑に埋められた庭を従へる古い家、郊外の静かな住居《すまひ》と口数の少い老婢とが、二人のさみしい日々を秘やかに匿《かくま》つてくれる。叔母とは殆ど口をきかない。言葉に頼らなくても、互ひの胸の裡《うち》は痛いほどよく解るのだ。

〈阿蘭陀の涙〉に歌の結晶を念《おも》ふ叔母は、歌人である。彼女の書棚には、葛原妙子・

斎藤史《ふみ》・森岡貞香・山中智恵子、……あるいは和泉式部・式子内親王・二條院讃岐・永福門院、……などといふ優しい名前を持つた女人の歌集が並んでゐる。それらの歌書を私が自由に手に取ることを、叔母は許してゐるけれど、家中の書物の頁をすべて繰つても、彼女の歌は一首も見当らないのだ。

うたびとは蹌踉たりし　さうらうとしづけきをゆるせしぞ　むかし

叔母の日常の立居を適《まさ》に髣髴《はうふつ》とさせる歌ではあるが、これは葛原妙子といふ女人の『原牛《げんぎう》』と題する歌集の中に見出《みい》だしたものだ。どうやら叔母には歌を媒《なかだ》ちとする友もゐないやうだし、果して歌を詠むのかどうか、本当のところは分からないのだ。ともかく叔母の歌といふものをついぞ読んだことがなく、また私には歌のよしあしも分からないのだが、たとへば『草炎』といふ歌集にこんな歌がある。

まこと我が心滅びてゆくなれば吾が血の色に昏るゝたそがれ

「我が心」と置き「吾が血」と重ねる、この暗い予感に覆はれた不思議な歌を幾度も

読み返し、同じ人の『魚愁』と題された歌集に見える、

身に帯びし不幸のひとつ絶えまなき予覚に双手乾くときなし

といふ歌を念《おも》ふ時、私は一種の感慨を覚える。無論、この歌の作者である安永蕗子といふ人が叔母である筈はないだらう。しかし、私は「たえまなきよかくにもろてかわくときなし」と下の三句を低くひく、口遊《くちずさ》んでは、若《も》し叔母に歌の実作があるとすれば、かういふ歌でなければならぬと思ふ。叔母のみの事ではない、実際には葛原妙子の変幻自在にして限りなく美しい歌に魅せられてゐる私が、仮に歌といふものを詠むとしたら、やはり「わがちのいろにくる、」と吐き、「絶えまなき予覚」を歌はずにはゐられないだらうと思ふ。「不幸」であるかどうかは別としても、叔母も私も、湧きてやまぬ己が予感に常に戦《をの》き、かくも淡《うす》い血を生きてゐるのだから。私の家系は、叔母か私を最後の一人として遠からず絶えるに違ひない。多少事情は異なるだらうが、あのアッシャー家のやうに。

私の身体は異常に血の気が淡い。少し激しく動かうものなら必ず眩暈《めまひ》を覚えるし、寒気にも暑気にも人々の何倍も敏感に反応する。これは、私の家系が、予言者の家・

呪術師の家としての矜持と才能を衛《まも》るために重ねて来た血族婚のせゐだ。系図を辿ればば平安朝はおろか飛鳥・藤原の世までも遡り得るといふ怖ろしい家に、然《しか》もその誇るべき才能が何の役にも立たぬ末期《まつご》の時代に、私は生まれ落ちたのだつた。僅か十六歳だといふのに、私には何十年も何百年も生きて来たかのやうな、鬱陶しくも得体の知れぬ記憶がある。もとより叔母も同じことだ。

私は、いや私たちは、活き活きとしたものなべてを厭ふ。躍動し、満ち溢れようとする生命の栄えには耐へがたい圧迫を感じる。叔母は、私たちの家系と同じくらゐに古い詩の形式、今となつては柩の形にしか見えない和歌《やまとうた》を愛し、私が飽きず作り出す〈阿蘭陀の涙〉を美しいものだと言ふ。私はと言へば、冷たく硬いもの、たとへば硝子の類を愛好する。ヴェネチアやボヘミアや北欧の贅を凝らした器物から、切子《きりこ》硝子の断面、窓を塞ぐ磨《すり》硝子、酒や薬の空壜、天然硝子と称される黒曜石、月の岩石と信じられてゐる淡緑青色半透明のテクタイトまで。そして、乾いてくすんだもの、色なら橄欖《オリーヴ》色や烏賊墨《セピア》色、布地なら天鵞絨《ビロード》・別珍の類、花は乾燥花《ドライフラワー》に惹かれる。私の部屋の天井からは、麦穂やら結実した射干《ぬばたま》、貝殻草や紅花などを夫々《それぞ》束ねたものが逆しまに吊り下げられ、机上の暗緑色のシャンパンの空壜には立ち枯れの風情をとゞめる薔薇が数本、無造作に挿してある。シリカゲルなどを用ひて作る完璧な乾燥花よりも、時間をたつぷりかけて半自然的に作るこのくすんだ花の方が、私の気質に合ふ。真紅の薔薇は暗褐色と変じてしまふけれど、沈んだ血の色は処々に残る。触れ、ばかさこそと懐しい音を立て、私を安らぎの境へ誘ふ。

硝子の破片と枯れた花々に飾られた、この薄暗い部屋に籠つて、私は、既に滅び去つたものへと想ひを馳せるのだ。それは、具体的には、遠い昔に崩壊した欧羅巴《ヨーロッパ》の或る帝国の版図を色鉛筆や色インクを用ひて克明に描く事であり、ホーフマンスタールの詩篇を完璧な髭文字で書き写す事であり、また後鳥羽院の歌合や藤原良経の家集を『三十六人家集』の流麗なる手蹟に肖《に》せて書写し和本に仕立てる事だつた。外の何処《どこ》に、こんな異様な事ばかりして日を過す、十六歳の少年がゐるだらうか。

叔母の血も私の血も、日々の天候次第で身体中のあちこちに滞り、人を愛する事も叶はず、ましてその人の肉体に執着を抱き、互《かた》みに血を頒《わか》つ事などは思ひもよらない。考へてみれば、私が血を頒たれたこと自体、父母の血の淡《うす》さを想へば、奇跡に近いのだ。私は生まれてこのかた、いかなる美少女の現《うつ》そ身にも、また幻像にも惑はされたり脅されたりした事が無い。これから先も、さういふ事はないだらう。

たゞ、終末の予感が強まるにつれて、ほんの微かだけれど、血の騒ぎを自覚するやうになつた。もう一年を経るこの自覚が、果してエロスにかゝはるものなのか、それは分からない。薄い皮膚と愁眸を有《も》つた存在感の稀薄な少年、つまり、内面はともかく目に見える姿が私に肖《に》かよつた印象を有つ同性を、私は求め出したのだ。仮にそんな少年が現れたとして、別に何をしようといふのでもない、残り少い時間を共に過したいと思ふだけ。細い桟が縦横に走る窓の磨硝子から弱い光が差し込むだけの、仄暗い西洋風の古びた部屋の中。緞子張《どんすばり》のこれも古い長椅子、壁に綴織画《タピスリー》などが懸かつてゐてもいゝ。二人は、胸元を紐で締める緑色の天鵞絨の胴着を着て、並んで坐る。黙したま、あまり動きもしない。独逸か伊太利《イタリア》あたりの何世紀も続いた旧《ふる》い家、その末裔の兄弟のやうに。そんな私の妄想の相手に適《ふさ》はしい少年が、ほかならぬ隣の家に棲んでゐる。

絆

よその兄弟絆血と濃き小鶏頭　中村草田男

針槐《いぬあかしあ》の木蔭を少しばかり歩いたせゐか、教室の自分の席に戻る途中、軽い眩暈《めまひ》を覚え、思はず傍らの机に右手をついてしまつた。さうしてほんの少時《しばらく》の間、身に馴《ふる》れた、あの漣《さゞなみ》のやうな神経の顫《ふる》へが通り過ぎるのを耐へねばならなかつた。その机は私の席の一つ右後ろにあつて人が坐つてゐたから、私の右手は突然彼の眼の前に突き出され、上半身が彼の頭上に傾く恰好になつた。彼は驚いた様子で振り仰いだ、いや振り仰ぎ、私の顔を見てから驚いたのだ。それから、ばつが悪さうに笑つたやうに思ふ。よほど前に午後の学課の始業ベルは鳴つてをり、そのとき教師が入つて来た。私は自分の席に着き、眩暈は去つてゐた。転入してまだ三日目、元々たやすくは人に馴染まぬ私ではあるが、新しい同級生の誰とも言葉を交してゐない。視線が合つただけの事とはいへ、何らかの形でか、はりを持つたのは、彼が初めてだつた。眩暈に襲はれてゐたのにもか、はらず、彼の印象は強く眼裏《まなうら》に焼きつけられた。

出席がとられ、授業が始まる。穏やかな禿頭《とくとう》初老の教師が微積分を説明する。数学としては、もう抽象の域に入つてゐるので、私は全く聴かない。予覚能力に恵まれた私には聴かなくても解るのであり、試験の時も困らないのだ。数学に限らず、物理でも国語でも、また歴史でも英語でも、抽象を解し暗記を恃む学問なら、私は聴耳を立てなくても済む。成績も、実技に全く参加しない体育を除けば、完全無比といふに近い。

授業中に私は独りの物思ひに耽る。微かな血の騒ぎを自覚してからといふもの、それは常に私ともう一人の少年の事に占められた。午《ひる》さがりの仄暗い部屋で、または夕暮の薄燈りの中で、二人は静かに坐つて、時には顔を見合せたり、本を披《ひら》いたりもする。それだけの光景を、飽きることなく繰り返し思ひ描くのだけれど、その日は、相手の少年の顔がどうしても彼の顔と重なつてしまひ、聊《いさゝ》か私を慌てさせた。夢の中で、また予感の幻に於て、見えるものが必ずしも自分の望む光景と一致しなくて、何度訂正を試みてもそれが出来ないといふ事がよくあるけれど、その感じによく似てゐる。

彼は、美しいと言つてよい少年ではあつた。緩く波うつほどに癖のあるやゝ長めの髪に縁どられた卵形の顔は瑞々しく、眉も濃い。丹念に彫られた鼻梁や口許、くつきりとした眼には翳りが無い。四肢もすこやかに伸びて、全体の印象は、楚々とした風情や少年特有の透き通つた美しさからは遠く、既に少年を超えた肉感を放つてゐるのだ。皮革や鎖が似合ひさうな、そんな妖しさも具へてゐる。つまり、目に見える彼の印象は、私が思ひ描く相手の少年とはむしろ対蹠的な、生気の強すぎるものだつた。

翌日の朝、登校の折、隣家の前に差しかゝると、前日の午後の物思ひを乱した彼が門の脇の潜扉《くゞりど》から出て来るのにゆきあたつた。二人は顔を見合せて同じやうに驚き、すぐどちらからともなく曖昧にほゝゑみかけた。彼は少し照れくささうに、「やあ」と言ひ、「隣に越して来たとは知らなかつた」と続けた。共に歩き出したものの、暫くは言葉が続かない。それでも私よりは彼の方が愛想よく、ぽつり〳〵と喋り出す。

「昨日《きのふ》ね、君が僕の机の上に手をついたらう。僕は兄さんかと思つたんだ。振り向いてみたら違ふ人なんだもの、驚いちやつてさ」

喋り方は打切坊《ぶつきらぼう》だけれど、低いよく徹る声である。私の手は、彼の兄の手と瓜二つなのだといふ。

「男で、そんな白い、綺麗な手なんて珍しいだらう、うちの兄貴くらゐかと思つてたもんだから、……三年生なんだ。でも、顔は君と肖《に》てないなあ」

一つ違ひで同じ高校に通つてゐるといふのに、なぜ一緒に登校しないのか、訝しく思つたけれど、尋ねはしなかつた。「今夜、遊びに来ないか」と誘つてくれた。

「クラブの練習があるから、帰りが少し遅くなるんだ。さうだなあ、八時頃がいゝけど。兄さんも紹介するよ」

彼はレスリング部に籍を置いてゐた。最初の印象から彼に肉感的なものを嗅ぎ取つたのは、間違つてゐなかつた。同じスポーツでも、野球や蹴球《サッカー》などの球技には白日晴天といつた如何《いか》にも開放的なところがあるのに比べて、レスリングや体操には密室的なひめやかな肉の喘ぎがつきまとふ。剣道・柔道など日本独特の武道には、それを抑制する規則礼儀の類が介在するから、似てゐるやうでまた異なる。レスリングと聞いて私が連想したのは、肉と肉との擦《こす》れあひ縺《もつ》れあひが醸し出す甘い温気《うんき》や腋の匂ひだつた。少しばかりたぢろぎを覚えたものの、彼の兄に対する関心が勝《まさ》つて、私は誘ひを受け容れた。かうして隣家の兄弟と友達になつたのだ。

彼の家は、私たちの家よりも少し大きく、庭の広さは同じくらゐ、花の目立つ植物が沢山植ゑられてゐる。彼と、彼の兄と姉とが棲んでゐる。彼の父は外交官で、夫人を伴ひ、今は大使として中米の小さな国に駐在してゐる。おそらく無血革命で初中終《しよつちゆう》政権が交代してゐる暑い国だらう。彼が幼少の頃は、家族揃つて赴任駐在した由で、リスボンとかカイロとかの印象が強く残つてゐるといふ。彼の姉が高校を了《を》へてからは、両親のみが赴任するやうになり、姉弟の世話は家政婦に頼んでゐる。彼が発散するセクシュアルな肉感を除けば、彼の家も家族も、さして私を苛立《いらだ》たせることはない。

とくに私から好意を寄せた訣《わけ》でもなかつたのに、二人は親友のやうになつた。彼は、私の乾燥花《ドライフラワー》や〈阿蘭陀の涙〉に興味を示し、ハプスブルク家の版図を精密に描いた画帳や和本作りを面白がつた。スポーツ、それもレスリングなどを好む少年の何処《どこ》にそんな嗜好が隠されてゐるのか、私は意外に思ひ、最初はその外観の印象とのずれに戸惑つたほどだ。ひどく広量であり、人を包み込むといふか、悪くすると君臨支配しさうな気配がちらつく。ずいぶんと多方面の事に関心を頒ちながら、かゝはり方は受動的かつ鳥瞰的であり、たとへば私の和本作りを熱心に見物はしても、自分ではやらうとはしない。彼が自ら励むのは、やはりレスリングだけなのだ。

　隣家の庭には、いつも花が咲き乱れてゐる。私が越して来た頃は、君子蘭や鬱金香《チューリップ》が咲き誇つてゐた。躑躅《つゝじ》・芍薬・唐菖蒲《グラジオラス》・罌粟《けし》・天竺牡丹《ダリア》・鬼百合・立葵・夾竹桃・壇特《カンナ》・紅蜀葵……と咲き移り、今は鶏頭や曼珠沙華が花盛りで、雁来紅《かまつか》の葉も鮮やかに色づいてゐる。これらの花々は明らかに一個の好みによつて選ばれたものであり、我が家の庭に叔母が培《そだ》てゝゐる草木類、連翹《れんげう》・蠟梅・苧環《をだまき》・鉄線・茴香《ういきやう》・常夏《とこなつ》・姫沙参《ひめしやじん》・吾亦紅《われもかう》・白式部……といつた果敢《はか》なげな趣味とは見事に対立する、どちらかと言へば濃艶至極、居直り気味の悪趣味とも言へる好尚だ。この好尚の主《ぬし》は、ほかでもない彼なのだけれど、世話をするのは彼の兄であり、彼は全く手を汚さず、兄が甲斐々々しく花壇の手入れをしてゐるのを尻目に、縄跳やら鉄亜鈴《アレイ》やらで身体の鍛練に精を出すか、さもなくばオートバイなど乗り廻して遊んでゐるのだ。

　彼の姉とは滅多に顔を合せることもないが、兄弟とはよく一緒になる。彼の兄も醜くはないけれど、彼とは呆れるほど肖てゐない。彼みたいに生気は強くなくて、内向的な寡黙な少年だ。さら〳〵した柔かさうな長い髪、女人に紛ふほどの繊《ほそ》い手と血の気の少い皮膚、いつも俯いてゐる。その兄に対して、彼は弟のやうな態度を少しも示さない。むしろ、庇護者のやうでもあり、また暴君めいた振舞さへ見せる。兄は兄で、弟の態度に憤慨するどころか、嬉々として従ふ風でもあり、世の常の兄弟とはずいぶん違つた、異様な絆が看《み》て取れる。二人が一緒に登校しない理由なども、これで納得できる。

あれは、まだ叔母の家へ移つて間もない頃だつたが、私は見てはならぬやうな光景を垣間見たことがある。その日も私は彼の家を訪ねてゐて、彼の部屋で一方的な彼のお喋りを聞いてゐた。そこへ、彼の兄が入つてきた。

「あ、兄さん、これ洗つといてよ。よく洗ふんだぜ。それから、明日《あした》着るもの、出しといてくれよ」

彼はレスリングの練習着を兄に洗はせてゐるのだ。彼が横柄な態度で差し出す汚れた衣類を、彼の兄は大切さうに胸に抱へて、またいそ〳〵と出て行つた。私は、それとない感じに聞えるやうに意識して、尋ねてみた。

「いつも、お兄さんに洗つて貰ふの」

「うん、さうだよ。兄貴はあんなことが好きなのさ。をかしいけどね」

その折、彼は、オートバイを乗り廻す時の衣装、黒い長袖のTシャツに脚をぴつたりと被ふレザーパンツを穿き、金属の鋲が沢山打つてある幅広のベルトを締めてゐたが、牧童《カウボーイ》が使ふやうな太いベルトは、私にいたく異様なる想像を強《し》ひた。彼は、このベルトを手にして兄を擲つたりするのではないか、擲たれる人も厭がりはしないのだらう、といふやうな。

彼の兄を最初に見た時、私は例の物思ひの中で想定してゐた少年に出遇つたやうな気がした。つまり、彼の兄は、少くとも外見は私によく肖てゐるのだ。手だけではない、身体つきも血の気の少さ加減も、こんなに肖かよつてゐるのに、どうして彼は「顔は肖てない」などと思ふのだらうか。私は、彼の兄と親しくしたいと望み、そのために彼と友達になつたのだと言つてもいゝ。三人は暇さへあれば一緒に過し、映画なども誘ひあつて屢々見に出かけた。けれど、彼の兄と二人きりになれる機会は、殆ど得られなかつた。彼は我が家にもよく来るけれど、彼の兄はごくたまに彼に従《つ》いてくるだけだし、彼の家では常に彼が傍にゐた。

私は、自分の妄想がたやすく実現するとは思つてゐない。常に顕《た》つ予感も大方灰色である。しかし、この血の騒ぎを鎮めてくれさうな相手が、現実に存在するのだ。永い未来への絆を求める訣ではなし、彼の兄が時折私の部屋を訪れて暫しの時間と共に過してくれたつていゝではないか。露《あら》はな意思表示など、私がする筈もない。それでも何度か、ごく控へ目に親しみを深めたいといふ気持を示してみたのだけれど、彼の兄は気づいてくれない。むしろ気づきたくないやうな反応を示した、と言つた方がい丶。弟との間に醸される、あの隠微な逆しまの感覚に酔つてゐるに違ひないのだと思ふ。私は蛇の生殺し。この頃では彼の家に遊びに行つても、彼の兄は全く顔を出さない。

淡《うす》い血が濁りがちとなり、眩暈も頻繁に襲ふやうになつてきた。午後の一刻《ひとゝき》など、彼の部屋に遊びに行くと、厭でも花壇が眼路《めぢ》を占める。今を盛りの雁来紅や鶏頭の妄りがはしい華やぎに、私の血は愈々滞る。

星

扨《さ》て星の一つが隕《お》ちて兄おとと　火渡周平

いつもよりは心なしか蒼ざめた顔をしてゐたけれど、叔母は泣いてはゐなかつた。彼との約束の時間が近づいたので、私は家を出た。門の傍ら、咲き始めた二本の金木犀の香りが聊《いさゝ》か強すぎる。「夏の名残の……」とはもう賞められぬほど末弱りの薔薇も目障りだ。鬱金《うこん》色の秋の陽射が裕《ゆた》かに零《ふ》りそゝぐのに、寒い。

昨夜、私は血の停滞が甚しくて気分がよくなかつたのだけれど、遊びに来てくれた彼と晩《おそ》くまで一緒に過した。「明日、三人で映画に行かないか」と彼に誘はれて、私は彼の兄に二週間あまりも逢つてゐなかつたので、体調を無視して承知した。レスリング部の練習は日曜日も休まない。「クラブにちよつと顔だけ出して、そこから直行するから」と彼が言ふので、映画館の近くの珈琲店《コーヒー》で三人が待ち合せることになつた。「僕が君の兄さんを誘つて行かうか」といふ、それだけのことが到頭言ひ出せず、彼が帰つたあと、いつになく次々と予感に襲はれて、中々寝つかれなかつた。悪夢の残り滓《かす》、今朝、目覚めた時の心地の悪さは、曾《かつ》て覚えのないものだつた。

どこまでが予感の描く幻で、どこからが夢だつたのか、果して本当に睡つたのかどうかも分からない——叔母の部屋は隅々が妙に暗く、机上の仄かな燈火《あかり》をうけて、彼女は筆を操つてゐた。流麗な筆跡が青色を帯びた料紙の上を小気味よく奔り、「於《お》もふ古《こ》とさ志《し》てそ連《れ》とはなきも乃《の》を阿《あ》きの遊《ゆ》ふべを……」と訓《よ》めた。待賢門院ノ堀河、上西門院ノ兵衛、殷富門院ノ大輔、待宵《まつよひ》ノ小侍従、式子内親王、二條院ノ讃岐、宜秋門院ノ丹後、俊成卿ノ女《むすめ》、後鳥羽院ノ宮内《くない》卿、建礼門院ノ右京大夫《うきやうのだいぶ》、……王朝末期乱世の女人の歌の抄書《ぬきがき》。叔母は歌を撰び書写し、和本二綴に仕立てようといふのだ。その製本と上巻の筆写を手伝ふ約束してゐたのを思ひ出し、私の手には既に書写を了へた料紙の束が握られてゐた。筆を休めることなく叔母は「やはり私より早かつたわね」と言つた――瞠《みひら》くと、意外にも、覗き込むやうにして私を見てゐる叔母の姿があつた。「やはり私より早かつたわ……」と呟き、彼女は老婢を呼んだ。

この辺りには木犀を植ゑてゐる家が多い。幾つもの屋敷塀に挟まれた道には、その香りが籠つてゐた。映画館が在る郊外電車の駅前の小さな盛り場までの道程《みちのり》は変化に乏しく、今朝の寝覚の悪さも残つてゐたせゐで、私はずうつと木犀の甘い匂ひに苦しめられた。珈琲店には、彼も彼の兄もまだ来てゐなかつた。時計も持たずに出てきたので、早すぎたのか遅れたのか分からない。往来が硝子越しに見える席、ファン・アリアガの『弦楽四重奏曲第一番ニ短調』が流れ、客は少かつた。西班牙《スペイン》国立放送弦楽四重奏団の演奏だらうか、モーツァルトに酷似した昂奮、確か十六歳の時に作曲したのだ。ファン＝クリソストモ＝ハコポ＝アントニオ・デ・アリアガ……、もつと長い名前なのだけれど、思ひ出せない。廿歳《はたち》を目前にして肺結核か何かで死んでしまつたことなど、とりとめもない記憶を辿つてゐるところへ、彼が入つて来た。

彼は私に気づかず、隣のボックスに背中を見せて坐つてしまつた。彼の兄は、まだ来ない。トリオはスケルツォ風のメヌエットに移つてゐた。微かに西班牙舞曲風のエキゾティシズムの味はひが感じられ、血はやはり水よりも濃いのかと思はせる。私の好きな提琴《ヴァイオリン》の音色が冴える。その時、彼に電話がかゝつてゐるといふ呼び出しがあつた。電話は近くにあつた。応答の声が初めは殆ど聞えなかつたのだけれど、途中から急に烈しくなり、命令の調子で終つた。

「とにかく、すぐ来て詳しく説明してくれよ」

険しい、困惑を湛へた表情で、彼は席に戻り、また背中を見せて坐つてしまつた。私には、彼の兄からかゝつてきたのだと判つてゐた。それから、かなりの時間が過ぎたやうに私も思ひ、彼もさう感じたのだらうけれど、実際には十分と経つてはゐなかつただらう。弦楽四重奏は静かなコーダに差しかゝつてゐる。彼の兄が駈け込んできた。まつすぐに弟の席に近づき、向ひに坐らうとして、私を見た。それまでの緊張して強張《こはば》つた表情がみる〳〵うちに変り、その場に茫然と立ちつくして口もきけない。大きく瞠いたその瞳には、私の姿がくつきりと刻まれて、星のやうに永く残るだらう。一言も喋らず、たゞ驚き、立ちつくしてゐる兄を見て、彼は当然訝しく思つてゐる。

「どうしたんだよォ」と荒々しく問ひ質《たゞ》されて、はじめて、彼の兄は怖ろしげに私を指し、そして、漸く言つた。

「こゝにゐるなんて、信じられない。確かに死んでゐたんだ。君の叔母さんも、はつきりさう言つた……」

彼には見えないかも知れないけれど、彼の兄には見えるのだ。もう心残りは無い。穏やかにほゝゑまなければ……。私の姿は、早や足もとから少しづつ消え始めてゐた。

（単行本未収録）

聖家族 Ⅲ

百日紅

百日紅何年後は老婆たち　三橋鷹女

〜姉は血を吐く、妹は火を吐く……。宝玉《たま》を吐く筈の可愛いトミノは残念ながらゐなくて、姉妹の狭間に生きる私は、男である。宝玉を吐くことも、可愛いと持囃《もてはや》されることも、一向に構はないけれど、驚と羊の従者《おとも》だけで地獄の七谿《なたに》七山を巡るなどといふ趣向には、あまり気乗りがしない。

両親が亡くなつてからといふもの、可愛いと持囃されたやうな記憶は、私には無い。もとより宝玉など吐く筈もなく、まだ三十路《みそぢ》前だといふのに、私はトミノが巡つたくらゐの地獄の責苦を受けてゐる。驚とは少しばかり風情が異なるけれど、地獄巡りにも似た息苦しい日々のせめてもの伴侶にと愛しんでゐた金糸雀《カナリア》も、今はゐない。私の金糸雀は、山吹色の羽毛豊かな美しい雄鳥で、朝早くからよく囀つた。それが煩《うるさ》いと言つて、腺病質で癇癪持ちの姉が、鉄火箸《かなひばし》で突き殺してしまつたのだ。金糸雀だけではない、その前に飼つてゐた雉鳩も、鸚鵡《あうむ》も、十姉妹《じふしまつ》も、それぞれに、臭いとか、人語の真似方の品が悪いとか、妄《みだ》りに殖えすぎるとかの理由で、悉く残酷な方法で殺されてゐる。私以外は女ばかり、四人の女に囲まれて私は虐げられ、孤立し、鳥を飼つてきた。鳥は、女のやうに厚かましくはない。

発明狂の父が祖父譲りの資産を費《つか》ひ果し、棟割長屋の煎餅布団の上で、その優雅にすぎる四肢を痙攣させ、失意のうちに四十歳になるやならずやで死んだ時、私は小学校の六年生だつた。魚を三枚におろす手動式の器具、自動爪切器、綴りを打つと即座に語釈が出てくるタイプライター式英和辞典、……等々、父が情熱を傾けた発明のおほよそは実用化不可能、稀に可能であつても特許料を稼ぐことなど到底無理といふものばかりで、死の床の枕頭《まくらもと》には木製エンジンなるものの設計プランを書き込んだ藁半紙の図面が拡げられ、憐れをとゞめた。

父に劣らぬ家柄に生まれた母も、その恵まれた出自ゆゑに、貧窮の暮しに耐へられなかつたのだらう、父の死後、幾許《いくばく》も経ずに世を去つた。今はもう亡き人だから、美しい面差《おもざし》のみが蘇つてくる。金糸雀のやうに優しく悲しい眸《め》を有《も》つ人だつた。衣装や貴金属装身具の類から箪笥《たんす》や琴まで、彼女の嫁入道具は悉く換金され、父の発明資金と化して雲散霧消。少い遺品の中に褪せた烏賊墨《セピア》色のブロマイドが一枚、映画『黙示録の四騎士』は牧童フリオに扮したルドルフ・ヴァレンチノがほゝゑんでゐた。

母が死んで、取り残された姉弟三人、もとより自活の術《すべ》もなく、亡父の姉たち、つまり伯母たちの家に私たちは引き取られた。母にも二人の未婚の姉がゐたけれど、こちらは半ば資産を蕩尽して零落といふに近い暮しぶりだつた。私たちを引き取つた伯母たちは宏壮な屋敷に棲み、たいそう贅沢な、と言つても老女の浪費などは高の知れたものだらうが、ともかく貧乏に喘いでゐた私たちには奢侈と映る暮しぶりだつた。

その家は、私たちの祖父の家であり、父の実家であり、そこにはまだ執事といふ名目の使用人が残つてゐた。父は、結婚当初にはその家に棲み、未婚の姉二人は小姑にすぎなかつた。しかし、発明狂の父に家長の務めが果せる筈もなく、唯々金を湯水のごとく使ふばかり。そこで、彼女たちは遺産の分配を提案し、相応の金を与へて弟夫婦を家から追ひ出してしまつたらしい。そのことで、私が伯母たちを恨んでゐるといふやうなことはない。彼女たちは、己の権利を護るといふ、言はゞ当然のことを実行したまでだ。甲斐性なしの弟が一文無しで亡くなつたあと、その遺児を三人も引き取つて育てた訣《わけ》だし、私の立場からすれば感謝しこそすれ、怨みを抱いたりしたら罰があたるだらう。

たゞ、好悪を持ち出せば、話は別だ。傲慢でお天気屋で鈍感で、おまけに口うるさい。姉と妹、陰と陽、どちらも煮ても焼いても喰へない老女なのだ。そのくせ、一人づつになると何も決められないやうなところがあり、私の姉妹と呆れるほどよく似てゐる。いつたいに、姉妹は兄弟よりも陰湿でありながら、決して破綻には到らない生ぬるい連帯感、相互扶助の絆が強いやうだ。彼女たちは初中終《しよつちゆう》諍ひを起すけれど、それは断りなしに化粧水を使つたといふ類のきはめて日常的な些事《さじ》にすぎないので、ひとたび縺《もつ》れ出したら普段爽やかな兄弟同士の方が修復不能であるに違ひない。伯母の家に移つて間もなく、私の姉妹は、同病相識《あひし》るの伝で忽ち伯母たちの機嫌を取り結び、老若二組の姉妹は即ち同病相扶《あひたす》ける間柄となつた。一人、人との接触に万事不器用な私は片隅に逐《お》ひ遣られて邪魔者扱ひ、馬鹿呼ばはりは常のこと、女たちの興が乗れば嬲《なぶ》り者にもされかねない。

姉や妹にとつては、破れ畳の一間きりに親子五人、したいことも出来なかつた貧乏暮しに比べれば、夢のやうな生活なのだらう。だが、私は違ふ。死んだ私の母が、私の思つてゐるやうな優しい女であつたかどうか、真実《ほんたう》のところは判りはしないけれど、父に対しても私に対しても嵩《かさ》にかゝつた傲慢な振舞に及んだといふ記憶はない。男は傷つきやすいものだといふことを、彼女は識つてゐたと思ふ。この家に来るまで、私は息苦しい思ひを味はつたことは滅多になかつたのだ。

私のすることなすことに一々難癖をつける神経質で陰険な姉、自分が太宰治やサガンを読むからといつて、どうして私がナボコフや三島由紀夫を読むことを非難するのだらう。一言でも反論すれば、「お前に文学が解るものですか、……お前はお父さまの狂気の質《たち》を受け継いでゐる。三島由紀夫ですつて、お、厭だ」とくる。そのくせ、私が出版事情などに詳しいことを知つてゐて、自分の読みたい本の探索を否応《いやおう》なしに命じたりするのだ。

声楽を習つてゐる妹は陽性のヒステリー、音盤《レコード》を聴く段になると取り澄まして取敢へずは歌劇《オペラ》の詠唱《アリア》に欧羅巴《ヨーロッパ》の歌曲、しかし本音は男性アイドル歌手が大好きなのだ。上流のお嬢様を気取つてはゐるものの、その実はいゝ齢《とし》のミーハーといふことになる。私が古いタンゴやシャンソンでも聴かうものなら、「やめてよ、そんな陰気くさいもの、……めそ〳〵してたお母様を思ひ出すぢやないの。兄さんは、そんなにあの貧乏暮しが懐しいの、男のくせに厭らしいつたらありやしない」と、それこそ厭らしいアルトで謼《わめ》き散らす。下手な歌の発表会を聴きにゆかぬやうなことがあれば、情《じやう》が薄いと罵られる。歯向つたところで、口が達者な上に、姉妹が一致協力するから、到底勝目はない。二人のどちらかが粗相をしでかしたやうな時も、巧妙に取り繕つて、伯母たちの前ではすべて私の仕業となり、私は愈々《いよ〳〵》魯鈍な男、厄介者めいてゆく。女たちを避けて小鳥を飼ひ、愛情を零《ふ》りそゝいでも、すぐ姉に殺されてしまふ。もう十五年もそんな日が続き、この夏もまた庭の真央《まなか》に立つ樹齢を経た百日紅《さるすべり》の花が、地獄の焔みたいに禍々《まが〳〵》しく華やいで見える。姉が三十、妹が廿四、おそらく彼女たちも独身を通すに違ひない。我が姉妹よ、せめて速やかに老いよ、醜く老いよ、あの伯母たちのやうに。さう願はぬ日とてないが、彼女たちが老ければ、当然この私も老いてゆく。私は我慢の限界にさしかゝつてゐる。

寒夜

寒夜肉声琴三味線の老姉妹　西東三鬼

〽夫《そ》れ五行子《ごぎやうし》にありといふ、かの紹興《せうこう》の十四年、楽平県なる陽泉の、昔をこゝに湖の、水気《すゐき》盛んに浩々と、澄めるは昇る天津空、雨も頻《しき》りに古御所に、解語の花の立ち姿……。

傾城如月《けいせいきさらぎ》実は平将門の息女滝夜叉姫が常磐津《ときはづ》連中の浄瑠璃にのつて、花道のスッポンから迫《せ》り上がる。「恋は曲者世の人の、迷ひの淵瀬きのどくの、山より落つる流れの身……、忍ぶ涙の春雨を、傘に凌いできたりける」で左手に紗の傘、振分下げ髪に十本の笄《かうがい》、衣裳は白緞子地に破簾《やれみす》と木の葉の吹寄せの繍《ぬひ》文様の裲襠《うちかけ》、青地に花車文様の前結びの帯、ゆらりと立姿も妖しく、春雨のそぼふる風情。黒衣《くろご》二人の左右から差し出す面燈火《つらあかり》が今時の歌舞伎では珍しくなつた本物の蠟燭の焔、極めつきの成駒屋六代目の滝夜叉を照らし出す。「将門」こと御存じ「忍夜恋曲者《しのびよるこひはくせもの》」。壮時《をざかり》に比べれば聊《いさ》か肥えてしまつたが、暫くぶりで歌右衛門と組む光圀《みつくに》役の幸四郎も、この類の役にはけつかう塡《は》まるし、近頃稀な浄瑠璃所作事の絶品で、私は柄にもなく昂奮してしまつた。しかし、こんな事は最近では本当に珍しいのであり、私の芝居見物は大方慰みの薄いものに終つてゐる。半ばは芝居そのものの羸弱《るいじやく》によるとしても、あとの半分は、あの伯母たちのせゐだ。たとへば、昨年十一月、歌舞伎座の顔見世がさうだつた。

〽この鉢巻は過ぎし頃、由縁《ゆかり》の筋の紫の、初元結《はつもとゆひ》の巻きぞめや、初冠《うひかうぶり》ぞ若松の、松のはけさき透《す》き額《びたひ》、堤八丁風そよぐ、くさに音せぬ塗り鼻緒、一つ印籠ひとつ前、二重廻りの雲の帯、富士と筑波の山あひに、袖なりゆかし君ゆかし……。

そのかみの大江戸の粋に酔ひ痴れるところだが、出語りは残念ながら河東節《かとうぶし》ではなく清元、大向うからの声も「成田屋」ではなく「音羽屋」、当然外題《げだい》も「助六由縁江《すけろくゆかりのえ》戸桜《どざくら》」ではない。しかし、黒羽二重着流しの左褄を取り、紫縮緬の鉢巻、下駄を履き蛇《じや》の目を差しての出端《では》の瀟洒な衣裳に変りはないので、伯母たちは目を輝かせ、ひたすら花道の音羽屋七代目を見つめてゐる。おそらく彼女たちの胸は高鳴り、血はひよつとすると逆流してゐるかも知れない。このまゝ卒中でも起して倒れてくれたらいゝのに。

「ねえ、あなた、綺麗ぢやないこと。さすが梅幸の息子よねえ」

「さうねえ、口跡《こうせき》もよく徹るし、立役《たちやく》もけつかういけますわよ。それに、お姉さま、簾内《みすうち》が清元でせう、お品のいゝこと」

冗談ぢやない、品のいゝ助六なんて、香辛料抜きの料理みたいなものだ。伯母たちの会話、特に芝居見物の時のそれは鼻持ちならない。彼女たちは、歌舞伎のいかゞはしさも妖しさも全く理解してゐない。最上席に陣取つて周囲を睥睨する体《てい》を装ひながら、想ひは白塗りの役者の肉体に執着する。黒羽二重の股間にちらつく助六の赤い下帯に視線は吸ひ寄せられてゐるに違ひないのに、そんなことは噯気《おくび》にも出さない。

私はと言へば、揚巻の生酔《なまゑひ》の出、あの成駒屋の当代随一の立女形《たておやま》ぶりを堪能したあとでもあり、ふたなりめいた新菊五郎の助六などには魅かれない。菊五郎は確かに美しいには違ひないけれど、役者に不可欠の〈花〉が無いのだ。同じ歌右衛門の揚巻で見た、海老蔵の襲名披露の時の助六の方がまだしもよかつた。口跡が悪いとか動きが生々しいとか言はれてゐるけれど、何と言つても海老蔵は成田屋の正嫡だし、正々堂々いざ出語りの河東節、男振が違ふ。水際立つた容貌、紛れもない役者絵の顔つき。「毛抜」は粂寺弾正の衆道《しゆだう》の戯れでも、「四谷怪談」の伊右衛門の色悪ぶりでも、それほど捨てたものではなかつた。彼と共演する時、玉三郎が奮起するも諾《うべ》なるかな。若女形の音羽屋が「助六」を演るのが、どだい筋違ひなのだ。

元を質《たゞ》せば、姉と妹の勝手な振舞が私を一応の歌舞伎通にしたのだつた。伯母たちは、その青春時代から六十歳を越える今日まで、あるいは一度くらゐは恋愛沙汰があつたかも知れないが、ほゞ味気ない独身女のすぎゆきだつたと思ふ。鉛を連想させるその灰色の時間を紛らはすために、琴三味線、茶華道、俳諧の類を手すさびとして習ひ、芝居や舞踊の会などには頻繁に出向いた。二人きりでは外出しない。方向音痴の上に自ら切符や車の手配をすることなど恥と心得てゐる彼女たちには、そのための従者《おとも》が必要だつた。姉も妹も、その役目を私に押しつけたのだ。私は中学生の頃から伯母たちの芝居見物のお供に駆り出され、今や一端《いつぱし》の芝居通といふ次第である。

外連《けれん》に暗闘《だんまり》、倒錯に祝祭、荒唐無稽にリアリズム抜きのリアリティー、視覚を釘づけにする大胆不敵なる色彩と意匠、聴覚を挑発する淫蕩な三味線音楽、……私はすつかり歌舞伎に魅せられたが、伯母たちにとつては歌舞伎も新派も、TVタレントや歌手の出る芝居もさして違ひは無いらしく、その趣味の悪さに苛々《いらいら》させられることは初中終《しよつちゆう》だ。悪いことには、彼女たちも己を芝居通だと信じ込んでゐて、私が「我童に歌右衛門に紀伊国屋の訥升《とつしよう》、延若に孝夫に海老蔵がいゝ」などと口を滑らせれば、二人がかりで攻撃してくる。

「お前のやうな子供に、まして長屋育ちの青二才に何がわかりませう。甥だからつて、生意気なこと言ふと承知しませんよ。お前のお母さまなんて、高がヴァレンチノなんぞといふ紅毛役者に憧れて、それあみつともないもんでござんしたわよ」

決まつて母の悪口が一くさり挿まれる。そのたびに私は鬱屈した念ひを紛らはすべく、膝の上にプログラムなど広げて見入るふりをするのだけれど、プログラムの解説文などといふものは役者に迎合しきつてゐるから、真剣に読む訣ではない。その上、歌舞伎座のプログラムは、開巻一頁目に、俳壇の大家火野春菊子先生自筆の月並俳句が麗々しく刷られてゐて、笑止といふか鼻白む。「菊の香や大顔見世となりにけり」なんていふ句なら、私にも作れさうだ。《あしかび》なる俳句結社に所属して句作にも勤《いそ》しんでゐる伯母たちの口にかゝると、この一句も又と無い秀逸となつて昇天する。春菊だか秋桜だか知らないけれど、この程度の駄句を並べて「文学でございます」と居直られてはたまつたものではない。

私は歌も俳句もやらないが、近代社会になつてからといふもの、伝統云々を標榜する芸能芸術の類の過半が、その旗幟《きし》冠に凭《もた》れかゝり、退嬰の体《てい》に在るやうに思へてならない。さうは言つても、真贋を言へる人が沢山ゐよう筈もなく、底の浅い手妻擬《もど》きの芸が横行すればこそ追従者も輩出する訣《わけ》で、繁栄も齎《もたら》されるのだらう。芝居・音曲・俳諧……と現《うつゝ》を抜かす伯母たちは、さしづめ繁栄の裾野の担ひ手といふことになるが、考へやうによつては被害者とも言へる。春菊子先生の句を舌に転ばせて、私ばかりが怏々《あうく》として楽しまない。

古劇「助六」は、正確に上演すれば三時間近くもかゝるさうだが、この頃は前後を端折るのが通例になつてゐる。従つて、水入りは演《や》らないことが多く、この時も紙衣《かみこ》姿の助六が、五節句は七夕の豪華な裲襠《うちかけ》を纏つた揚巻を中に挟んで髭の意休と渡り合ふと、もう幕である。成駒屋も相手が菊五郎と地味な羽左衛門のせゐで、いま一つ冴えが見られない。厭味たつぷりの伯母たちのお供といふだけでも鬱陶しいのに、舞台が冴えぬとあつて、この日は散々だつた。

「助六」を見たあとも、やれ珍しい荻江《をぎえ》を演る、やれ芳村の発表会だ、やれ生田《いくた》の某先生の会も……といふ具合で、生田流の箏曲、山田流の三絃はもとより、地唄舞や長唄など各種の舞踊・音曲の公演、新派や東宝歌舞伎まで、平均すれば週に一度くらゐの割で伯母《おば》たちに従ふ見物が続いたが、これといつて心誘かれるほどのものには出遇はなかつた。そんな訣だから、年が改まつて、この正月公演で見た「将門」の見事な舞台が一入《ひとしほ》胸に迫つたのだ。かゝる舞台の時くらゐ、せめて一人で出かけて心ゆくばかり堪能したいものだと思ふ。「将門」一幕は、いたく私の心を揺さぶり、こゝ数年来の己が不甲斐なさを責める契機《きつかけ》とさへなつた。

私を苛む女たち、むろん私は彼女たちを心の中では蔑み憎んでゐる。しかし、現実には彼女たちの言ふがまゝに動いてきたことは否めない。大学を了へたあと、何処《どこ》へも勤めぬ代りに、折悪しく亡くなつた執事の老人の役割を当てられてしまひ、もう六年も女たちに仕へる恰好をしてきたのだつた。縁者でありながら使用人の立場に甘んじてゐなければならないなんて。この先も、ずつと形勢は変りさうもない。もう沢山だ、脱け出さう。私は、最も手つとり早い方法、さう、殺人を計画した。

月も星も氷る冬の夜は、琴・三味線の音色が冴えるが、絃《いと》も脆くなる。伯母たちは夜毎に復習《さら》ひ、私に楽器の出し入れを命ずる。私は密かに、琴柱《ことぢ》に細工を施した。琴柱は刺股《さすまた》に形がよく似てゐる。念入りに仕組んだことだから、露顕することはない。琴詳しい事は口外無用だ。あの瞬間、琴線の断《き》れる音が自室で首尾を待つ私の耳にも届いた。この家に来て、初めて覚える快感、老女は二人とも無事他界した。

鹹湖

影はただ白き鹹湖の候鳥《わたどり》　富澤赤黄男

〽ほしいものがあるなら、僕に出来ることがあるなら、そんな時は訪ねてきて下さい――日本語だとかうなるけれど、これぢや歌へない。"If there's anything that you want. If there's anything I do. Just call on me, And I'll send it along with love……"やはり、かうでなければ。ビートルズが解散してから何年経つたらうか。音盤《レコード》は今も沢山出てゐて、沢山売れるのださうだ。この家の財産は速やかに私たちの物となりおほせ、妹は誰に遠慮することもない。暇さへあれば音盤をかけてゐる。例の歌曲や詠唱《アリア》が流れることは絶えてなくなり、ひねもすロックの類が屋敷中に鳴り響いてゐる。こうるさい老姉妹はゐなくなつたけれど、その伯母たちの排除を果した当人たる私の立場は相変らずで、女たちに顎で使はれることに変りはない。私の栄光はまだ〲遠いのだ。

〽鞭で叩くはトミノの姉か、鞭の朱総《しゆぶさ》が気にかゝる……。まづは姉から片づけたい。

彼女の神経質は、呼吸系統の虚弱からきてゐる。惨殺された鳥たちの復讐も兼ねて、眼には眼を。私は鳥の抜羽を無慮数百本、大切に保存してゐた。これを、細かく鋏で切り刻み、毎日少しづつ姉の部屋に吹き散らす。気管も肺も次第に弱つてゆくだらう。さうして、床に就くやうになつた頃、彼女がこの世でもつとも忌み嫌ふ生きものを贈つてあげよう。蜥蜴・赤棟蛇《やまかゞし》・縞蛇・宮守《やもり》……、私だつて爬虫類など好きではない。〽啼けよ鶯、林の雨に、妹恋しと声かぎり……。どうしてあんな妹が恋しいものか。私の金糸雀《カナリア》が姉に殺された時だつて、顔色一つ変へるでもなく、むしろ面白がつてゐたのだ。万事派手好みの彼女には、あの齢《とし》経た百日紅《さるすべり》の花の邪悪な焔の色がよく似合ふ。いづれは私一人きりで棲む屋敷だから、少しくらゐ燃やしたつて構ふものか。そのの方が、改造する時にも手間が省けて好都合といふものだ。劣悪なアルト歌手の思ひ出に、焼跡には緋色の鸚鵡《あうむ》など繋ぐのも一興。火祭の夜は《A hard day's night》の音盤をかけてあげよう。

すべては私の思惑通りに進み、姉は血を吐き、妹は火を吸つた。これだけ続けて死者が出れば、警察も調べてみたくならうといふもの、だが、私だつてそれくらゐの事は計算に入れてゐる。十五年間も女たちに苛《いぢ》め抜かれたお蔭で、私は相応の奸智を身につけることが出来た。僅かの間に親族を悉く失つてしまつた不幸な青年を装ふのも、さして難しい事ではない。不審な点は髪一筋ほども発見されず、すべてが事故死と病死であつたと断定された。暫くの間、慎み深く過せば、あとは悠々自適。女たちが使つてゐた家具調度は、涙の種になるからと称して売り払つてしまふ。これからは、好きな時に好きな芝居を見に行ける。シャンソンもタンゴも誰《たれ》憚らず聴くことが出来る。ザ・カスティリアンズの『ラ・クンパルシータ』、古い古いSP盤を聴かう。ヴァレンチノを想ひ、優しかつた母を淡くさみしく偲ぶのだ。

広い庭には禽小舎《とりごや》を、大小あはせて十舎くらゐは造らう。雉鳩・鶉《うづら》・夜鷹・高麗《かうらい》雉《きじ》・錦鶏《きんけい》・銀鶏・矮鶏《ちやぼ》・尾長鶏・玉鶏・七面鳥・鵞鳥・家鴨《あひる》・十姉妹《じふしまつ》・文鳥・胡錦《こきん》鳥《てう》・紅雀・錦華鳥・金腹《きんぱら》・鶯・目白・山雀《やまがら》・四十雀《しじふから》・蒿雀《あおじ》・野路子《のぢこ》・頬白・鶺鴒《せきれい》・駒鳥・雲雀《ひばり》・連雀《れんじやく》・鷓鴣《しやこ》・瑠璃鳥・九官鳥・鸚哥《いんこ》・鸚鵡・百舌《もず》・鳶《とび》・梟・鴉……珍鳥、奇鳥、雑鳥、野鳥、水禽、家禽、猛禽——飼育が許されるものなら何でも飼ひたい。もちろん金糸雀も飼ふ。女は絶対飼はぬつもりだ。そして、鳥の中の禽、孔雀は是非とも飼ひたいと思ふ。あの百日紅の老木が立つ辺りを孔雀小舎にしよう。老木の上半分を伐り払ひ、周りに金網を張り屋根蓋を載せる。孔雀は地上に巣を営むけれど、寝るのは樹の上の由だから。

妹の四十九日が済んだあとに始めて貰つた屋敷の手入れと禽小舎設置の工事は順調

に捗り、半月足らずで完了した。工事中、槌音や電動鋸の顫音《せんおん》を心地よく聞きながら、私は日々鳥類図鑑を眺めて過した。需《もと》め集める鳥のリストが出来ると、今度は毎日のやうに小鳥屋や鳥獣輸入業者の許を巡り歩いたので、禽小舎は日を逐《お》つて充実してゆく。今日は、愈々《いよいよ》待望の真孔雀と白孔雀が夫々《それぞれ》一番《ひとつがひ》づつ搬ばれて来る筈だ。緑金紫金《りよくこんしこん》の胸の羽毛、そしてうちひらく綾なる翅《つばさ》の扇、想つただけでも胸が躍り、朝から落着かない。ゆつくりと時間をかけて禽小舎を廻り、飲み水や餌の補給を済ませておく。

正午が過ぎ、案内を乞ふ呼鈴が鳴つた。

然《しか》もお尻は丸出しです——アポリネールの《Le Paon》、ほゝゑましい孔雀の詩など口遊《くちずさ》みながら、私はいそ〳〵と門まで出向く。なんてい〻天気だらう、初夏の陽射がいつぱいに零りそゝぐ。鋼鉄製の格子の門扉の外、佇んでゐる二人の人影。それは、孔雀を届けに来た使者ではなかつた。傍らに古びた大革鞄《トランク》が四箇、不吉な予感。死んだ母の二人の姉、あの零落した伯母たちが醜貌を強張《こはゞ》らせ、愛想笑ひを泛かべて私を見てゐる。

（単行本未収録）

聖家族 Ⅳ――ナボコフ・マニアのために

黄麦や悪魔背骨にとどこほり　西東三鬼

悪魔

一面の麦畑、丈の低い葡萄畑、檸檬《レモン》の花も咲く果樹林、蜜蜂の唸り、うろつきまはる家禽《にはとり》、刈り取られた亜麻の束、乳酸の匂ひ、金属製の頸飾りや腕環をじやらつかせる浅黒い肌の女たち、……瞼を閉ぢて、その気になりさへすれば、記憶の風景は幾らでも甦つてくるけれど、そこに棲んでゐた時、「そこが他の世界に比べてどんな所なのか」といふことを知つてゐた訣《わけ》ではない。熟麦《うれむぎ》や忍冬《にんどう》や羊の群や老イブラヒムの点在する風景は、刃物で裁ち切られたやうに、或る日を以て突然途絶え、あとは幌馬車と船と海と、より深い屈辱の記憶に繋がつてしまふ。〈そこ〉について私が知つてゐたのは、カラーズといふその土地の名前だけにすぎない。

今、こゝに、ロシア、いやソヴィエト連邦共和国の地図を拡げ、遅ればせながら身につけた世間並の知識を以て眺めれば、私の生まれ故郷が何処《どこ》に在るのか、世界地図上の他の場所と比べてどんな所なのか、そして、記憶の中の風景に点在する一つ一つの事物がそこに在つたゆゑよしも、おほよそ納得される。

そこ、カラーズは、正しくはカラーズ・バザールといふらしい。ロシアを出てからキリル文字といふものを知つた私には、ウクライナ訛のロシア語はどうにか喋れても、キリル文字の混つたスラヴ語は読めないので、英語表記を正しく読んだにすぎない〈カラーズ・バザール〉が、本当に正しいのかどうかは疑はしい。私たちが覚えてゐるのは、ともかく〈カラーズ〉だけである。クリミヤ半島の南側、黒海に面したその町は、ロシアで一番暖かい所だといふ。

クリミヤも含めて、ウクライナ、モルドヴァ、カフカズなどといふ黒海沿岸の地方は、ロシアで最も沃《ゆた》かな土地であり、西洋でも東洋でもない、強《し》ひて言へば、トルコやペルシャの色彩を帯びてゐるともいふ。なにしろ私は、モスクワやペテルスブルクは勿論のこと、キエフさへも見てゐないのだから、ロシアで一番云々《うんぬん》といふやうな比較には実感が湧いてこない。たゞ、その後、西洋を転々としたから、あの土地が西洋ではないことはよく分かる。私たちの祖父である老イブラヒム、もつと複雑な名前だつたやうにも思ふが、彼の名前からして、西洋風ロシア人ではない。おそらく回教徒だつたのだらうと思ふ。

彼は、ひどく乱暴で醜く、然《しか》もたいそう老齢だつたけれど、彼のやうな老人は、あの辺りでは珍しくなかつた。ものの本によれば、ウクライナから中央アジアのキルギスあたりまで、つまり回教徒の多い地方には、今でも百歳を優に越える老人が沢山ゐるのださうである。祖父の娘たちの浅黒い肌も、その衣裳や装飾品の類も、西洋人から見れば野蛮なものであつた、……こんな風に、現在持ち合せてゐる知識を試すやうに、記憶の中の風景を手繰り寄せて解きほぐしてみても、裂目が旧に復する訣でもない。あの頃の私にとつて、世界とは、たゞカラーズの町外れ、丘の上の祖父の農場と、ごく限られたその周囲の風景だけだつたのだから。

私たちは、生まれ落ちたその瞬間から、理不尽な運命に支配されてゐた。倫理も欲望も、義務も権利も、すべてが習俗と無意識の裡《うち》に行はれたあの土地ではなく、もつと別の土地、たとへば西洋の、文化の高いとされるやうな所に生まれたとしても、約《つゞ》まるところ、その運命からは逃れられなかつただらう。統計などといふ現実的な物差を持ち出せば、あゝいふ土地に、私たちのやうな運命を負ふ者が多く生まれ易いといふことになるかも知れない。

私たちは父親を知らない。祖父も、その周囲の連中も、誰一人として知る者は無かつたやうだ。幼い私の耳にも聞えてきた噂では、ハンガリーの行商人だとか、ドイツの鳥獣採集業者かその一行に加はつてゐた剝製師だとか、実に様々だつたが、結局どれも真実めいてゐながら、同様に眉唾ものであつた。祖父は、私の母親を、つまり彼の末娘を、「東方の野茨《ばら》にして老イブラヒムの掌中の珠だ」と私たちに言つたものだが、言ひぐさほどに慈しんだとは思へない。おそらく彼女は、果樹林かライ麦畑で得体の知れぬ男に犯されたに違ひない。私たちを生むとすぐに亡くなつたのださうだが、多分、それは、恐怖を覚えたせゐである。母が死んだにもかゝはらず、祖父は、無事だつた私たちを睨《ね》め廻して、いとも満足げな表情を隠さなかつた。さう言ひ切れる、それだけの仕打を、のちに私は彼から受けてゐる。

どこから眺めてみても、もはや物慾を心棒にして動いてゐるとしか思へなかつた老祖父は、そこにゐるだけで金を呼び寄せる私たちが健康でありさへすればいゝ、といふ風だつたけれど、彼の娘たちは奪ひ合ふやうにして私たちの世話に没頭した。伯母たちにとつては、半ばは不憫と思ふ心根から、あと半分は旺盛な好奇心からの熱中で、いづれも無知な女に特有の行為であつたらう。三歳か四歳になつた頃、日当りのよい折々、漆喰で固められた白い壁の前に敷かれた筵の上に、私たちは足を投げ出して坐り、屡々《しばしば》、与へられた棗《なつめ》や干杏子《ほしあんず》を齧つてゐた。或る時は忍冬の花の甘い匂ひが漂ひ、また無花果《いちじく》が実り、ライ麦が熟れ、羊の啼声が聞え、糸杉の梢が揺れ、そして、その彼方に杳《はる》かに遠く、いつも海が見えた。伯母たちの使ふ薔薇油の匂ひが近づき、私たちは羊の炙肉《あぶりにく》にかぶりつく。さうした午《ひる》の一刻《ひととき》を、幼い私たちは純粋に愛したのだらうが、祖父の濁声《だみごゑ》が間近に聞えてきたら、もう平穏な時間は終りだつた。農夫や羊飼や兵士や黒布を被つた女や……要するに愚鈍な老若男女が、祖父の背後《うしろ》にぞろ〳〵と付き従つて、私たちを見物しに来るのだつた。

ほんの幼子《をさなご》の頃、その不自由さは、きはめて茫とした微かなものだつたやうに思ふが、互ひに補足の作用を働かせてゐたかも知れない。私が、はつきりと私たちの異様さに気づいたのは、幾人もゐた伯母たちの中でも目立つて体格のいゝ、聊《いさ》かの凶暴性をも具へた、料理番をしてゐる親切な女が、憐憫《わめ》からか発作からか、巨《おほ》きな肉切庖丁を振りかざして、私たちを切り離してやると喚き暴れ出した時であつた。

私たちは臍から突き出た〈肉と軟骨〉で繋がつてゐた。祖父は、それを撫で摩《さす》つては「金《きん》の懸橋《かけはし》だ」と言つて、卑しい笑ひを浮かべた。私たちの容姿、よその男の子に比べてもそれは醜くなかつた、いや、遥かに美しい。それゆゑに、人々は「悪魔の申し子だ」と聞えよがしに言ひ募り、私はハンガリーやドイツといふ所は悪魔の国かとさへ、一時は思つたものである。

来る日も来る日も白壁の前に坐り、私たちは好奇の視線に曝され、祖父は嬉しげに紙幣や銅貨を数へた。見物人は、やがて会話や遊戯の実演を要求するやうになり、演《や》らなければ祖父か伯父たちに殴られた。つまり、私たちは観るに値する珍しい〈怪物〉であり、一際麦の穣りが見事だつたあの季《とき》、十二歳の晩い春まで、私にとつては、これが唯一世界といふものだつた。

聖者

麦秋や埃にまじる聖者かな　松瀬青々

チャンとエン
Chang & Eng
一八一一年五月タイ生まれ、中国系のタイ人。成人身長一五七糎。前方結合の対称性二重身体。走泳可能。一八二九年、見世物としてアメリカ合衆国へ渡る。その後ヨーロッパを巡り、合衆国市民権を獲得する。一八四三年、或る姉妹と同時に結婚する。一八七四年一月十七日、ノースカロライナ州に没する。死亡時刻は異なる。

百科事典の類に、大抵こんな具合に記載され、シャムといふ国について調べたい人や、偶然その頁を開いた人達の殆《ほとん》どの興味を惹くに違ひないと思はれる、この双生怪物が、最も早く世界中に知られた私たちの同類であつた。俗にシャム双生児、正しくはダブル・モンスターと呼ばれ、更に詳しく言へば、そのうちの duplicitas《結合してゐる二重体》であり、更に結合属の中の duplicitas symmetros《対称性二重体》、また更に対称類に見られる数多《あまた》の結合例の中の thoracopagus《胸結合体》といふものの一種であるらしい。祖父が「金の懸橋」と呼んだ、私たちを結びつけてゐる絆は、宿命的に抱擁の姿勢を互ひに課すこととなつたが、たいそう強靭にまた柔軟に出来てゐたお蔭で、睡眠の折を別にすれば、三歳くらゐの時から並列の姿勢をとることが出来た。この連結帯は、専門的には臍奇生横隔膜剣状双生帯《オンパログス・ディアパグモ＝クズボデュモス》と呼ばれるものに近いのださうである。

今、私たちは、世間の人達が私たちを異形として眺めるのと同じやうに、少くとも観念といふものの上では〈怪物〉の姿を捉へることが出来るけれども、若しカラーズの農場にあのまゝ棲み経てゐたならば、今のやうに私たちの異状なる存在を外側から知ることは不可能だつたらう。おそらくは、忍冬や花蘇枋《はなずはう》や無花果樹などに囲まれたあの庭をよた〳〵と歩き廻つて幾許《いくばく》かの芸を披露しては汚れた紙幣や銅貨を集め、一族のために卑屈な奉仕をさせられてゐたに違ひない。さうでなければ、きつとソヴィエト連邦政府に拉致されて、医学研究の対象か何かにされてゐただらうと思ふ。その二重に呪はれた宿命から私たちを救ひ上げてくれたのは、伯父の一人であつた。しかし、さう言へるのは今だからであつて、その当時は、彼を救ひ主だなどとは聊かも思ひはしなかつた。

私にかけられた二重の呪ひのうち、内側の呪ひは容易《たやす》く排除できるものではないが、外側のそれからは誰か手を貸してくれる人がゐれば、抜け出すことが出来た。老イブラヒムの周囲には、私たちを覆ふ宿命の理不尽さを理解するほど増《まし》な人間は一人も見当らなかつたし、私自身その頃は何も識つてはゐなかつたのだ。その人、見知らぬ男は、麦の熟れる季節に突然やつて来た。彼は、老イブラヒムの六番目か七番目の息子であつた。彼の、私たちを見る目つきは、他の連中と変らなかつた。それどころか、或る折々には、祖父よりもなほ邪悪《よこしま》な表情を見せたのである。まだ見物人が押しかけて来ない午《ひる》の一刻《ひとゝき》に、何かの弾みで神経の共通の脈動が乱れて一方に傾き、摩擦が生じて平穏が破れるやうな折、ふつと私だけの触覚が瞬間的に働くことがあり、振り返つて背後を見遣ると、無花果樹の蔭などから私たちを窺つてゐる邪悪な視線に遇ふのだつた。そんなあと、彼は、きまつて〈怪物〉のことで父親と言ひ争つた。暫く何処《どこ》かへ出かけて姿を見せなかつたこともある。

私たちは十一歳になつてをり、私は農場の外の世界に興味を持つやうになつてゐた。多分、〈怪物〉の逃亡を禦《ふせ》ぐ目的で作り直したのだと思はれる、大人の上背よりも高い農場の柵の傍まで、私たちは肩を組んでバランスを取りながらよた〳〵と歩いて行き、飽かず私は隙間から外を眺めた。見えるものは、麦畑と果樹林と糸杉と遥かに広がる海。季節の移ろひにつれて決まりきつた変化を見せるだけの葡萄畑や麦畑は、もう意識にとゞまらないほど親しいものになつてゐたけれど、何としても不思議に思はれたのは、常に不変の遠い海の眺めだつた。肩を組んで歩きながら、私たちは殆ど喋ることなく、私は海の間近まで行きたいと念ずるやうになつた。祖父も伯母たちも多くの伯父たちも、私の思慕などに気づく筈はなかつたが、執拗に〈怪物〉を見張り続けるあの祖父譲りの鷲鼻を有《も》つた伯父だけは、それを嗅ぎ取つたらしい。老イブラヒムの盗人同然の金儲けは、終りに近づいてゐた。

日は運《めぐ》り再《ま》たの麦秋、あまりの穣りのよさに、祖父はいたく満足の体《てい》で、私たちにもそれほど辛く当らなかつた。その朝、いつものやうに柵に沿つてその内側を不器用に歩いてゐた時、忍冬の蔓が絡みあつて大きな繁みを成してゐる蔭に、柵の破れを見つけた。私は、私たちのあの反撥から痙攣が起り始めるのも構はず、柵の外に出ようとした。その時、逃亡の意思が起つてゐたのかどうか、今になつては判らない。柵は、私たちをどうにか通すくらゐに破れてゐた。私は夢中で走つた。走りながら、何時《いつ》か私たちに復《かへ》つてゐたやうに思ふ。丘の斜面で草を食《は》んでゐた、琥珀色の優しい眸《めも》を有つ仔山羊《こやぎ》が槲《かしは》の林の辺りまでついてきたけれど、私たちは構はず、たゞ不器用に走るだけであつた。驚いて飛び立つ鶫《つぐみ》たち。海は一向に近くならなかつたばかりか、そのうち糸杉の陰に隠れてしまひ、また痙攣が奔《はし》る。漸く糸杉の樹下の街道まで辿り着き、そこに二頭立の小さな見すぼらしい幌馬車とあの伯父の姿を見いだしても、疲れ果てた私たちにはどうすることも出来なかつた。彼は〈怪物〉を馬車に押し込み、「顔を出したら殴るぞ」と言つて威した。馬車は、丘の上の白壁の家には向はず、熟れきつた麦畑の中を縫ふやうに、埃をまきあげて、街道を未知の世界へ向つて走り出し、彼は結果的に私の救ひ主となつた。

賜物

麦穂なす第一ヴァイオリンの遅れ

加藤郁乎

あの丘の上の家の外へ初めて出た朝から二十年の歳月が経ち、今宵、窓の外には雪が降り、明日《あす》、私は一人になる。アメリカへ来てから十年、そのうちの殆どは不自由の身であつたし、その前の十年間のヨーロッパでの日々は更に悲惨なものだつた。映画のフィルムを繰返し廻すやうに、記憶を自らに語ること、これが私には長い間の習慣となつてゐる。つい三年ほど前まで、それは麦の禾《のぎ》を身体中に押しつけられるやうな傷みを伴つてゐたけれど、自由になつた今は、却つてこの一刻《ひとゝき》がいとほしい。

カラーズの家を出て直《ぢき》に、見たいと念じてゐた海を私は見ることが出来たが、その海は丘の上の家よりも遥かに理不尽な場所に繋がつてゐた。麦畑と果樹や糸杉や槲《かしは》の林を縫つて走るだけの幌馬車の旅、それはけつかう長い時間のやうに思へたけれど、その旅が終つて、私たちは大きな船に乗せられた。バルカンや地中海沿岸やドナウ川上流向けの船が出るオデッサといふ港町だつたらうと思ふ。そこで〈怪物〉は回教徒からユダヤ人の興行師に引き渡された。あの誘拐犯の伯父は、きつと沢山の金貨を手に入れたに違ひなく、老イブラヒムの農場へ戻ることは無かつたらう。

隻眼の痩せたユダヤ人は、〈怪物〉を檻に入れて甲板の上に置いた。船の上でも彼は商売をしたのである。私たちは一日海を見て、次の日から川を溯つた。あの大河はドナウ川だつたのであり、三日おきくらゐに下船して物見高い視線に曝された場所は、ガラーツィとかベオグラードとかブダペストとかいふ沿岸の都市だつたのだらう。ユダヤ人はウィーンで船旅を切り上げ、列車でプラハへ行つた。その間も抜け目なく稼いだことは言ふまでもない。なにしろ、〈怪物〉は何処でも多くの人達の興味を惹《ひ》きつけるのだから。私たちは、その結果、殆どの時間を半裸で過さねばならなかつた。ドレスデン、ベルリン、ハンブルク、ハノーヴァー、ケルン、アムステルダム、ロッテルダム、アントワープ、ブリュッセル、パリ、ディジョン、リヨン、マルセイユ、ジェノヴァ、ミラノ、ローマ、フィレンツェ、ヴェネチア、トリエステ、ミュンヘン、……大きな都市は列車で、小さな村や町は馬車で廻つた。ユダヤ人は、進歩的で博愛主義者を自認する連中の多い大都会は巧妙に避け、古臭い因習のはびこる小さな町や村を、より多く巡つた。広場に掛けられる急拵へのテント紛ひの小屋、喋る言葉が変るだけで見物人の質は何処でも同じだつた。ドイツの百姓たち、オランダの水夫たち、フランスの貧しい女たち、イタリアの商人たち、……すべて老イブラヒムの農場へ押しかけてきた連中と少しも変るところがなく、金を払つて〈怪物〉を見ることなど、彼らには聊かも理不尽ではないのだ。

私たちだけでも客は充分に集めたけれど、ユダヤ人は大抵数人の仲間と一緒になつて見世物小屋を掛けてゐた。魚鱗か鎖帷子《かたびら》を纏つてゐるやうに見える硬い皮膚に被はれた青年、全身に長く濃い体毛が密生してゐる少女、一角獣《ユニコーン》のやうな角を生やしてゐる少年、背中に乳房のある女、身体を動かすことが出来ぬほど肥つた男。一応自由に歩き廻る権利が保証されてゐる侏儒《こびと》でさへ、みな不条理な運命、呪はれた生を背負ひ、どうすることも出来なかつた。下半身は一体なのに腰から二体に分かれた、私たちよりも更に気の毒な青年にも遇つたことがある。

興行師たちは、旅廻りの都合で手持ちの畸形者を交換しあふ事が屢々《しばしば》あつた。私たちの抱へ主も、ヨーロッパを巡つてゐる間に三人ほど代つた。三人目の若いユダヤ人は、私たちにヴァイオリンを与へ、ハンガリー辺りのジプシーを雇ひ、その弾奏を教授させようとした。もちろん楽器も教師もお粗末なものだつたけれど、私は興味を抱いた。私がその気になれば、大方の場合、私たちの神経は一人の人間であるのと同じやうに統《す》べられたので、ユダヤ人の狙ひはともかくも当り、直に私たちはチャルダッシュ紛ひの怪しげな演奏を披露し始めたのだつた。ヴァイオリンを弾くダブル・モンスター、抱へ主は思惑以上に収入を殖やし、ジプシーの老人は早々にお払ひ箱となつた。

二度目のハンブルク、あの時も雪が降つてゐた。若いユダヤ人の興行師は妻を娶《めと》つて商売替へをするために、〈怪物〉をアメリカへ渡るハンガリーの曲馬団《サーカス》に売却した。ハンガリー人の扱ひは、ユダヤ人たちよりは増《まし》だつた。長い船旅の間、私たちは英語の読み書きを教へて貰つた。アメリカでも、あちこちと巡り歩く生活だつたけれど、服を脱がされるやうなことは無かつたし、曲馬団だから、たゞ単に〈怪物〉として曝されるといふことも減つてきてゐた。「ダブル・モンスター云々」は相変らず付いて廻つたが、さういふ珍しい畸形がヴァイオリンを演奏するといふのが、私たちが人前に登場する時の紹介の辞《ことば》となつたのだつた。言葉を知り、文字に親しむにつけ、私は、私たちである事を厭ふやうになつていつた。時として突然に襲ひかゝつてくる、あの痙攣や血の傾きから解放された私といふものを、折々に夢想し始めてゐたのである。

三年前、漸く私たちは永かつた理不尽な暮しから、ほゞ逃れることが出来た。高名なヴァイオリニストが私たちを引き取つてくれたのだ。彼は、偶然、曲馬団《サーカス》を見にきて、そこで私たちのヴァイオリンの演奏ぶりを目《ま》のあたりにして興味を覚えたのだといふ。彼は、アメリカ合衆国に少なくない亡命ロシア人である。曾《かつ》て考へられなかつた新しい生活が始まつた。彼は、私たちに改めてヴァイオリンの奏法を習得させたいと言ひ、私たちは肯いた。安らかな日々が訪れ、二つのヴァイオリンから怪しげな曲弾きの癖が徐々に拭ひとられていつたけれど、私は常に私たちであり、〈金の懸橋〉が消失した訣ではなかつた。

ヴァイオリニストの客間には、或る宵々、人々が集まり、サロンが開かれた。参集者はすべて故国を捨てたロシア人である。彼らは、流石《さすが》に金を払つて〈怪物〉を見物する連中とは違つてゐたものの、そこに居合せなければならぬ私たちは、やはり尋常の人間にはなれなかつた。サロンの一員に、ロシア語の教師をして生計を立てゝゐる亡命貴族がゐた。確か〈すべてのものの王〉といふ意、ウラジーミルなる名前で、売れない小説を書いてゐる。私たちの記憶に異常なまでに関心を示し、屢々質問責めに及ぶのだが、決して厭はしい人といふ訣でもない。ずいぶん穿つた事まで質《たゞ》ねるのに、不思議と私の感情を害することがなかつた。私たちを「たいそう美しい」と言つた。おそらく、彼はダブル・モンスターの物語を書き、それは懐しさを湛へるであらうけれど、またモデルに対する容赦や遠慮といふものも排除されるだらうと思ふ。彼のお蔭で、私の記憶は随分と整理された。これまで遇つた人物のうちで、最も不思議で解りにくかつたのも彼である。この作家にくらべたら、ヴァイオリニストの了見などは判り易いもので、すぐに察しがついた。彼は、私たちを楽壇に出したいのであつた。それも、繋がつたまゝの姿で。

私は拒み、私が私たちを代表した。私はウラジーミルにも加担を頼み、ヴァイオリニストの望みを挫《くじ》かうと力《つと》め、それは時間こそかゝつたが、成功した。私たちは専門医の診断を受け、博士は私の望みを承諾してくれた。厳かに、然《しか》も愉悦の表情を抑へ切れずに。

博士は昨日《きのふ》、半ば蕩然たる様子で、半ば有り得ないのだといふ表情で、かう言つた。

「君たちは、遺伝学的には同一個体なのだから、たとへどちらが生き残つたとしても、同じ事なのだよ」

*

彼の手記は、いや、いま一人の私が書いた記憶は、こゝで終つてゐる。私たちは十日前に分断の手術を受け、私は一人になつてしまつた。私たちは、二人にはなれなかつた。老イブラヒムの言つた通り、私たちを繋ぐ絆は〈金の懸橋〉だつたのである。彼（今はもう彼と呼ぶより仕方がない）がこの手記を書いてゐた時、私はいつもそれを見てゐたけれど、何もしなかつた。私は、彼が私たちの在りさまを厭ふやうには、血の傾きから解放された私などを夢想することはなかつた。幼い頃、睡りから覚めて眼前間近に互ひの眸や唇を見いだしても、彼が顔を背けたやうには、私はその状態を厭はしいとは思はなかつた。むしろ、抱き合つて眠る時の羞《やさ》しさが好もしかつた。私は、いつも彼に従つてゐた。逃亡の時も、ヴァイオリンを弾き始めた時も。能力は絆に保証されてゐたから、従ふことに苦痛を覚えたことは、殆ど無い。私は、私たちが私たちでなくなる事は、望まなかつた。到頭《たうとう》彼がそれを言ひ出した時、私はとても寂しかつた。それでも、私が一言の異論も差し挟まなかつたのは、唯々彼のことが好きだつたからである。遅れてしまつた私は、コンサート・マスターにでも成り果てるのだらうか。今年の雪は、まだ降りやまない。

（単行本未収録）

蘭の祝福

うちひらいた孔雀の尾羽を形どる籐椅子に凭れて、身動《じろ》きもせずに彼は眠つてゐる。春は浅く外は肌寒いのに、三十度近い温気《うんき》に堪へかねて、私は上半身の着衣を脱いだ。十米《メートル》にも及ぶ椰子《やし》や護謨樹《ごむのき》が枝葉を拡げて天を衝くばかりに林立し、処々の緑の裂目に僅かながら硝子張の屋根を透かして空が仰がれるものの、木蔭は欝蒼として仄《ほの》暗い。腐植土を三米あまり堆積させた地面には、紅木《べにのき》・匂蕃茉莉《にほひばんまつり》・姫芭蕉・吐根《とこん》・釣浮草《フクシア》などの低木類、珊瑚花《さんごばな》・錦葉木《きんえふぼく》・錦芋《にしきいも》・網目草《あみめぐさ》・角実牡丹《つのみのぼたん》・虎百合擬《とらゆりもどき》・星万年青《ほしおもと》・蓬莱羊歯《アジアンタム》・鳳梨《アナナス》などの草本類また羊歯類が所狭しと生ひ繁り、更に、天鵞絨葛《びろーどかづら》・管葛《パイプかづら》・筏葛《ブーゲンビレア》・時計草・鳳莱蕉《モンステラ》などの蔓草がわら〳〵と這ひ廻り灌木や喬木にも纏《まつ》はりついてゐる。

こゝに繁茂する熱帯亜米利加《アメリカ》産の燈台草《とうだいぐさ》科・葛鬱金《くずうこん》科・爵牀《きつねのまご》科・里芋科などの草

木は観葉植物として珍重され、丹精に成る鉢物の一つ一つを見れば、それぞれに趣も観ぜられようが、かうまで繁茂に任せては、いつそ息が詰まりさうで、さながら〈緑陰地獄〉とでもいふほかはない。この巨大な温室は、アマゾン川流域の熱帯雨林をミニアチュールとして再現したものである。観葉植物を培《そだ》てるのが目的ではなく、此処《こゝ》彼処《かしこ》に作り物めく華麗な花を咲かせてゐる熱帯中南米産の蘭を、自然の裡《うち》に栽培するために人工の限りを尽してゐるのだ。

探偵ネロ・ウルフは助手のアーチーに「蘭は、退屈で、金がかゝつて、寄生的で、我儘で、私の妾だ」と語り、大富豪のスターンウッド将軍は八月のセントルイスよりも蒸暑い温室の中で探偵フィリップ・マーロウに「蘭はお好きかな」と尋ね「厭らしいものだ。膚ざはりが人間そつくりで売笑婦のやうに厭な甘い匂ひをさせる」と言つたさうだが、私に言はせれば陳腐きはまる感想だ。ネロ・ウルフと老スターンウッド将軍の蘭への関はり方には幾分かの相違は見られるけれど、淫してゐる事に変りはなく、比べて私には左様な情熱は薄い。この大温室は殆ど私の創意に基づくのだが、それは方便の類であつて、執着の持主は今この傍らに眠る男である。

私は、彼の蘭に対する執着に付け入つたまでだ。スターンウッド将軍の言種《いひぐさ》には反するけれど、熱帯産の所謂《いはゆる》洋蘭には殆ど香りが無い。鉢植を漫然と並べただけのブルジョワ趣味の洋蘭温室には香りが無いと言ってよいが、この熱帯雨林のミニアチュールには、鼻をつく異臭が立ち罩《こ》めてゐる。

＊

彼と初めて会つたのは、二年ほど前の春、或る野生蘭の展示会場だつた。その頃の私は、三年の余も一緒に暮してゐたパトロンを失つて、といふより、その財を吸ひ尽して、浮浪者もどきの無為の日々を送つてゐた。街角で偶《ふ》と見かけた国内産野生蘭展示即売会のポスターに、無聊の気散じにもならうかと思ひ、覗いてみたのだつた。多分無いだらうが、鍾馗蘭《しやうきらん》の一株でもあれば掘出物だと考へつゝ、会場のF私設植物園に歩を運んだ。布袋蘭《ほていらん》や深山鶉《みやまうづら》などの愛すべき小株はあつたけれど、流石《さすが》に鍾馗蘭などは見当らず、さて帰らうかと出口に向つて歩み出した時、蝦根《えびね》ばかり展示してゐる一角が目に止まつた。

日本に自生する蘭科植物の大半が夏から初秋にかけて花をつけるので、移植時とはいへ春に催される野生蘭の展示会などはいたく寂しいものだが、折から花の盛りを迎へて蝦根《えびね》の展示場所だけは華やいでゐた。野生蘭の中では榧蘭《かやらん》や連鷺草《つれさぎさう》に並ぶ大型種で夙《つと》に人気高い園芸植物として栽培されてゐるだけあつて殆どの種類が出揃ひ、穂状の花が美しさを競つてゐた。

一渡り眺め廻すうちに、一人の青年の挙措が妙に気にかゝり、それとなく様子を窺つてゐると、どことなく臆した風で落ち着きが無い。衣類などは極く上等なのに、きちんと着こなしてゐない、正確に言へば着こなすことが出来ないといつた感じで、顔の表情から察するに情緒不安定と見受けられた。その青年は、咲き極まつた黄《き》蝦根の一株に魅せられたらしく、札入《さついれ》を手に今にもそれを購《あがな》ひさうな様子だつた。

黄蝦根は、紫褐色や淡緑色の花をつける地《ぢ》蝦根に比べると、花穂が大きく色も鮮やかな黄色で、目を惹《ひ》き易いが、葉に品位がなく、殊に彼が手を出さうとしてゐる一株は、花が立派な割には手入れ不足による根茎と葉の衰弱が認められた。多分気まぐれを起したのだらう、私は青年に話しかけ、その一株の購入をやめさせた。同じくらゐの値段で、ずつと質のよい匂《にほひ》蝦根の株が目についたからだ。蝦根は全国的に林中の日陰に自生するが、匂蝦根は伊豆七島にのみ分布し、芳香を発して花穂も大きい。花茎が延びきつたばかりで開花には未だ間があつたけれど、根も葉も健かな一株を指して、こちらの方がずつと掘出物だと説明してやると、最初は警戒心を隠さなかつたものの、次第に打ち解け、私の話に一々頷き、結局勧められた未開花の匂蝦根を購つた。

彼は、その場を立ち去らうとする私を呼び止め、いかにも恥しげに消え入りさうな声で「もし、よろしかつたら、私の家にお立ち寄り下さいませんか」と言つた。過度にしばたゝかれる長い睫毛、アルトと紛ふばかりに繊《ほそ》く甲高い声音《こわね》、皓《しろ》く細い指、崩れた姿勢……、彼はまるで或る種の倒錯者のやうだつた。何の当ても予定も無かつた私は、金廻りのよさゝうな男だと踏んで、その言葉に従ひ、鉢を抱へた彼と一緒に展示会場を後にしたのだつた。

仮に名前を蘭平君とでもしておかう。彼は蘭に尋常ならざる執着を抱いてゐるやうだつた。他の大方の事どもには至極鷹揚であり、館とも御屋敷とも申すべき宏壮な邸宅に独りで棲んでゐた。彼はその執着に見合ふだけの蘭に関する知識を持たず、サンルームに並ぶ鉢も、数の多さとは裏腹に見るべきものは殆ど無くて、シンビジュームはすがれ、カトレアの花も甚だ貧しかつた。お誂へ向きの相手だと私は独り言《ご》ち、蘭平君は、最早、蛇に見込まれた蛙も同然だつた。

私は、これと狙ひをつけた相手を逃したことがない。適度に秘密めかせた処を保ちながら、私といふ人間への興味を募らせ、同時に相手の快感を擽《くすぐ》り続ける……、その手練手管は我が事ながら厭らしいほどで、然《しか》もそれを弄することが快楽に繋がるのだ。蘭平君は何らの不審も抱かなかつた。専門的とは申しかねる程度の知識を振り廻して、私は楽々と彼の信頼と関心を掌中に収め、難なくこの館に棲み込んでしまつた。

彼の境遇は、私にとつて好都合きはまりないものだつた。一生遊び暮しても到底費《つか》ひきれぬほどの資産を持ち、口煩《うるさ》い係累などもゐないやうだし、曾《かつ》ての我がパトロンの誰よりも恰好なる人物であり、三十歳を目前にした私には最後の獲物かも知れぬと思はれた。勝手放題、意に適《かな》ふ模様替を施すに際して、この宏壮な館を一巡してみたが、感心したものと言へば、建物そのものと埃を被つた年代物の調度類と一枚の写真だけだつた。

その写真は、蘭平君の書斎の壁に今も懸かつてゐる。金属製のアンティーク風フレームに収められたキャビネ判の白黒写真《モノクローム》で、十五歳くらゐの美しい少年の半身肖像である。彼を繞《めぐ》つて恰《あたか》も天然の縁 飾《オーナメント》のやうに熱帯蘭が咲き乱れ、少年の繊細にして雅致ある貌《かほ》だちとや、眩しさうな表情には、天使とはこんなものかと想はせる処があつた。私の脳裏に咄嗟に〈蘭の祝福〉といふ題が浮かんだ。背後に大型の熱帯産羊歯などもも写つてゐることから推して、どうやら半ば自然の体《てい》を移した熱帯蘭の温室で撮影したものらしい。この写真こそ、蘭平君の蘭に対する執着の源であり核であつたのだが、その時の私は、たゞ実に美しい写真だと感心するばかりで、迂闊にもその重要さを見抜くことが出来なかつた。実のところ、ごく最近まで、彼の執着の正体を忖《はか》りかねてゐたのだつた。

私は久し振りに料理の腕を揮ひ、予想通り蘭平君の味覚は鈍かつたが、私たちの同棲はうまくゆきさうだつた。私は、まづサンルームの蘭の手入れに取りかゝつた。熱帯産の洋蘭が過半を占め、駿河蘭や一茎九華《いつけいきうくわ》などの東洋蘭も少し混つてゐた。殆どの株が弱つてゐたけれども、手入れをすれば華麗な花をつけさうな種類が多いやうに見えた。私には極く一部の野生蘭に対する深い関心があるばかりで、洋蘭を栽培した経験などは全く無かつたが、専門書を読み漁つただけの俄仕込の知識を以て、移植・施肥・灌水を進め、更には採光なども調整したので、サンルームは短時日のうちに見違へるほど整備された。彼は神妙な面持ちで私の為す事を眺めてゐたが、差出口は挟まなかつた。

快適な夏が過ぎ、秋も半ばといふ頃、手入れの効果が現れ始め、オンシジューム、カトレア、ビフレナリアなどの幾株かは見事に開花した。しかし、蘭平君は、「冬が来る前に暖房設備を改善しなければ」などといふ御機嫌取りの私の相談にもさしたる反応を示さず、折角の花を前にしても、さして嬉しげな風も見せなかつた。それのみか、私と暮し始めた頃の興奮も薄れた様子で、また何やら煩悶の種を抱へてゐるやうにも見えた。この時、蘭平君の執着がたゞ単に洋蘭を賞翫する体《てい》のものではなく、もつと複雑なものだといふことに、漸く私は気づいたのだつた。薄手の玻璃細工のごとき彼の魂を傷つけぬやう配慮しつゝ、私は執拗に、彼の煩悶の原因を探らうとした。

「蘭が好きなだけです」

最初は取りつく島も無かつたけれど、労を重ねた甲斐はあつた。その晩も私たちは、彼の書斎で対座してゐた。蘭平君は、突然口を真一文字に引き結び、目を固く瞑《つむ》つて立ち上がつた。袖机の抽出《ひきだし》の鍵を開けてB6判ほどの膨らんだ封筒を取り出し、無言で差し出した。封筒の中身はすべて裸体写真で、被写体の男や女の周りには例外なく蘭の花があしらはれてゐた。私は壁に懸かる〈蘭の祝福〉と想ひ合せて、彼の執着の正体を八分通り了解した。写真は彼が自ら撮つたものといふが、モデルも技術も見られた代物ではなかつた。百枚はあつたが、モデルはほんの数人にすぎないやうだ。唇の端を歪ませた不良めく青年や、どう見ても二流どころの水商売の女、といつた類の男女が、蘭の花を口に咥へたり胸に絡ませたりしてゐる図は、言ひやうもなく薄汚く、もとより蘭平君も不満であつた。

「蘭の精がゐるんです。僕はどうしても撮りたい」

壁に懸けられた額の中の美少年はまさしく〈蘭の精〉であり、彼の執着は、その再現にあつた訣《わけ》だ。私は彼の肩を抱き寄せて、精々優しく言つたものだ。

「よろしい、僕に任せておけばいゝ」

己が所業に後ろめたさを覚えてゐたらしい蘭平君は、決して美しいとは申しかねるモデルに法外な謝礼を払つてゐた。私は、彼の言ふ半分の金額で、ずつと見栄えのする被写体を捜してやり、写真の技術も教へてあげた。輝くばかりに皓《しろ》い膚を持つ混血の美少女や金髪を物憂げに掻きあげるチュートン系の美少年などが足繁くサンルームに出入りし、写真の数は増えていつたが、彼を満足させるものは容易に出来なかつた。モデルに配する蘭が鉢植であつたり切花であつたりするせゐで、画面がどうしても趣味的人為的に流れてしまふのだ。蘭平君が求めてゐるのは〈蘭と戯れる女〉や〈蘭に埋もれた少年〉ではなく、飽くまでも〈蘭の精〉なのだ。サンルームに限界を覚えた私は、自然を採り入れた熱帯蘭温室の造営を彼に勧めた。半年余を費やしてアマゾン川流域の熱帯雨林のミニアチュールを内包した完全な設備を持つ大温室が完成、金にあかせて買ひ集めたカトレア、ミルトニア、カタセウム、ジゴペタラム、シプリペジム……等々の中南米産の蘭とその交配種が小密林を華麗に彩つた。

彼と私は再び〈蘭の精〉を捉へるべく、写真に没頭した。よほどの出来ばえと思へるものが何枚か仕上がつたにもかゝはらず、蘭平君は満足するに至らなかつた。この法則の無いゲームに打つ手を失つた私は、振出に戻つて、蘭平君の書斎に飾られた〈蘭の祝福〉を視つめるほかはなかつた。矯《た》めつ眇《すが》めつ眺めてゐるうちに、少年の眩しさうな表情と同じものを誰かの上に感じたやうに思つた。

この美少年に齢《とし》を加へてゆくとどうなるか、私は次第に残酷な気分になつてゐた。もしやと思ひ、「フレームから写真を取り出して裏返してみると、そこには「X年Y月Z日・A植物園にて」といふ書込があり、更に被写体の年齢も名前も知れた。往きて還らぬ黄金の刻――蘭平君の病は決して癒されることはない。この遊戯は、もうこれでお終ひだ。すべての疑問が氷解し、私には一片の同情すら残らなかつた。

＊

「さあ、今度こそ本当の蘭の精を写すんだよ。裸になつて温室で待つてゐなさい」

彼を葬るのに仰々しい凶器も薬物も要らなかつた。私は温室の扉に外から錠を下ろして放置し、彼はひたすら復活の刻を待ちながら籐椅子に凭れて昇天した。この館は私のものになつた。心行くまで棲み荒らせばよい。洋蘭などより寄生植物の方が遥かに私の性《しやう》に合つてゐる。宿木《やどりぎ》だの根無葛《ねなしかづら》だのといふ、他の生命体に縋りつく類には飽き果てた。これからは屍にのみ寄生する腐生蘭を培てるのだ。鬼矢柄《おにのやがら》や土通草《つちあけび》、そして鍾馗蘭。蘭平君の屍骸は、私の愛人たちを嘸《さぞ》や肥らせることであらう。


（『世紀末少年誌』所収）

術競べ

西指庵は、東求堂の背後、艮《うしとら》の方に立つ裏山の中腹に在り、更に上ると超然亭と名づけられた四阿《あづまや》が在つて、四方を鳥瞰することが出来た。宴に招かれた人々は、みな西指庵に止《とゞ》まつてゐたが、一人、山頂の四阿へ近づく影がある。

「道人様、坐《ま》しまするか」

「おう、蛾眉丸か、ようまゐつた喃《なう》」

「人目を盗んでまゐりましたるほどに、長くは居られませぬ」

「うむ、では、手短かに申せ」

「はッ、管領には某《それがし》をいたく気に入りたる様子なれども、身の周りにて召し使はる、のみ、夜伽などは未《いま》だ命じられませぬ。某が参つて間もなく、蜘手とおぼしき女、管領の館にまゐりました。政元を誑かさんと企みたる様子なれど、政元には身を厳しく律するゆゑ、手強《てごは》く撥ねつけましてござりまする。

　されど、その女、某には屹度《きつと》目をつけたる気配にて、蜂の小次郎とか申す手下を見張りに残してをりまする。折々、蟻の小太郎とか申す者、密かに参り、蜂と何やら談合の様子、某、襖の絵柄に隠れて聞耳を立て居りましたるところ、近々某を虜にせんとの謀事《はかりごと》。また、それ以前に将軍に幻戯《めくらまし》をかけて脅かす企てであり、恐らく、早や其処《そこ》ら辺りに潜みをるものと察せられまする」

「左様か、相分かつた。して、ほかに何か気づきしことは」

「公方が寵愛の結城七郎と申す者、芥子《けし》の香りが頻《しき》りに顕《た》ちますれば、何物かに憑かれてをる様子、恐らくは蜘手が手の変化《へんげ》かと思はれまするが……」

「うむ、屹度見届けてくれよう」

　と受けて、唐獅子道人は傍らの胡蝶丸を見返り、

「さればさ、蜘手が幻術を見せたるときは、これ、胡蝶丸よ、其方も出《い》で、術競べに及ぶべし。幸ひ蛾眉が居るによつて、胡蝶と蛾眉と心を合せて変幻を見せなば、蜘手どもが戸惑ふは必定ぢや。身共は、左様さ、このたびは隠れてゐようよ」

　と言ふと、また蛾眉丸に対《む》かひ、

「さて、蛾眉丸よ、管領はじめ周りの者どもに気づかれぬやう、心いたせよ。時が経

たば怪しまれよう、早や戻るがよいぞ」と命じた。

西指庵の月待山《つきまちやま》を臨む間《ま》には、法体《ほったい》の東山殿と若き将軍家を真央《まなか》に、東山殿には伊勢守貞宗が、義尚には結城七郎がひしと付き従ひ、彼らを取り囲むやうに、飛鳥井大納言入道栄雅、飛鳥井中納言入道宗世、侍従中納言実隆、二階堂山城ノ判官政行、大館弾正ノ少弼《せうひつ》尚氏、宗高法師など、和歌に堪能な公家や武家が侍《はべ》り、管領の細川政元をはじめ、日野蔵人政資、蔭凉軒主の亀泉集証など、他の公家、禅僧、武者どもはやゝ退《さ》がつて居流れてゐた。

「今日は霞が一段と見事ぢや。喃、栄雅殿、近頃、関白が近江八景なるものを定めた由ながら、余も東山八景を撰んでみたいものよ」

「それは一段と興の深きこと、是非、お撰みなされませ」

「鹿《しゝ》ケ谷の紅葉など申すは、直に浮むよ。月待山には月が合ふに違ひないが、如何にも無能。かと申して、月待山の霞にては文字が噛み合はぬ。うゝむ、ゆる〳〵と考へ、そのうちに喃。桜には遅れ、杜若《かきつばた》には早すぎ、時鳥《ほとゝぎす》も未だ鳴かぬが、幸ひに我が丹精の牡丹が盛りゆゑ、今日は、即興にて牡丹を詠んではどうぢや。喃、義尚」

「はゝア、御意なれば牡丹を題と致しまする。霞も見事ゆゑ、これも採り上ぐるがよろしうございませう。ときに大納言殿、牡丹の詠と申すも余り聞かぬが、古歌にも多くはあるまい喃」

「左様でございまするな、法性寺《ほつしやうじ》入道殿の御作に、
咲きしより散り果つるまで見しほどに花の下にて廿日《はつか》経にけり
これは詞花集に採られて居ります る。余程の秀歌かと」

「おゝ、存じてをる。白氏文集に本歌があらう。やはり牡丹は唐土の花よ喃」

「御意。おゝ、何やら庭の池水《ちすゐ》が動くやうな」

大納言入道の挙げた声に、みな一斉に眼下の池水を見ると、不思議や頻りと水気《すゐき》が立ち昇る様子。

「龍でも昇りまするかな」と柄にも無いことを口にしたのは、日野蔵人政資。

「宛《さなが》ら仙境の趣」と、これは佞弁《ねいべん》に長けた伊勢守貞宗。

「や、虹が顕つワ」

二階堂判官の言葉に、今度は皆々空を仰ぐ。たゞ結城七郎一人のみ、俯いて眼を閉ぢ、何やら念じてゐる趣であつたが、誰も気がつかない。水気は愈々《いよ〳〵》盛んに立ち、虹の色が鮮やかになりまさつた。その時、虹を渡るがごとき麗しい女の姿。

「おゝ、上臈が虹の橋を渡るワ」

「いや、あれは天人ぢや」

蜘蛛の巣に木の葉の吹寄せといふ珍しい文様の打掛の小袖を纏ひ、緋色の裳《も》を曳き、ゆら〳〵と立つ異形の女。

「お、、今度は牡丹が揺れるぞ」

「お、、蕾《つぼみ》がみな開いてゆくぞ」

「開いた牡丹から、あれ、あのやうに、あまたの蝶が」

庵の前に叢《むら》がる数十株の牡丹、その数百の蕾が一斉に花瓣を拡げ始め、内より何千何万、すなはち数知れぬ黄と白の胡蝶が溢れ出《い》で、乱れ舞ひ、みる〳〵空を覆つてゆく。山荘の空は、まるで金銀の砂子《すなご》を一面に刷《は》いたやう。早や虹は見えぬ。

「幻戯《めくらまし》にござりまする」

と叫ぶ声に、腑に落ちる思ひして実隆が声の方《かた》を見返ると、宗高法師が身を伏せて戦《をの》、いてゐた。

「やッ、空の模様が、また変ずるやうな」

「お、、蜘蛛の網が落ちて来る。大きなものぢや」

この地を被ひ尽さんばかりの巨大な蜘蛛の巣が、無慮数万《すまん》の蝶の群を捕へんとするかのごとく落下して来る。

「一網打尽とは、このことよ」

「蝶が、吸はる、やうにみな懸かるワ」

「いや、違うた、蝶は消ゆるぞ」

「いや、吸はるゝと見えて、蝶は一つになつて居るのよ」

霞も雲も陽光も掻き消すばかり、大空に拡がつてゐた胡蝶の群が、巨大な蜘蛛の囲《ゐ》に逐《お》はれて蝟集し始め、つひには巨大な二匹の蝶と化した。金と銀の巨蝶は翅を煽《あふ》つて蜘蛛の糸を切り始める。と、見るうちに、蜘蛛の囲の真央《まなか》に現れたる禍々《まがまが》しい大蜘蛛の影。縄にも紛ふ太い糸を吐いて蝶を絡め取らんとする勢ひに、二匹の巨蝶は勁《つよ》い羽搏きを以て応ずる。

白き糸が瀑布《たき》のやうに落ち、金銀の鱗粉が雪と紛ふばかりに降りそゝぎ、何《いづ》れが勝つとも判じ難い。

衆人等しく喧《かまびす》しく立ち騒ぎ、あるいは呆然と仰ぎ見る中で、物に動じぬ風を持してゐる者もあつた。

管領政元は空を仰ぎつゝも少しも騒がず、陀羅尼のごときを誦してゐる。政元の背後に控へてゐる筈の蛾眉丸はと申せば、姿はあるが、影のやうに幽かである。

結城七郎は、相変らず眼を閉ぢて動かうとしない。

「父上、何と面妖な。こりや何者かが幻戯《めくらまし》を仕掛けてをるのに相違ござりませぬ。詮議いたしませうぞ。これ、誰《たれ》か、弓をもて、鳴弦蟇目《めいげんひきめ》の法など致す者は居らぬか」

「これ、公方よ、騒がずともよいワ」

「我らの眼前にて、かゝる振舞、父上には、なにゆゑ構ふなと仰せあるか」

「何事も夢まぼろしと思ひ知る身には憂ひも喜びもなし」

「何と」

「天地玄黄、宇宙洪荒、日月盈昃《じつげつえいしよく》、……幻術と見れば全て是空《これくう》、心を空《くう》となさば、たゞ吹き過ぎる風と変らぬワ、大事ない」

「されど、あれあのやうに、あやかしが空を覆うて……。こりや、政元、其方、飯綱《いづな》の法とやらに長けてをるさうな。かゝる折なれば、法力など示すがよからうぞ」

「いや、東山殿の仰せの通り、騒がずば直に消えませう。

　月影に長き刀の白《しら》はどり夜や飯綱《いひづな》の法《のり》の行ひ
　左様、白鳥《しらとり》の羽も白刃《しらは》に見ゆることがござりまする」

「うむ、父上も政元もどうしたことぢや。これ七郎よ、其方は無事か。お、、眼《まなこ》を閉ぢて、如何《いかゞ》いたした」

　将軍が縁に立ち、太刀を抜き放つて翳《かざ》した時、瑰麗《くわいれい》なる獣《けもの》の姿が一瞬虚空を過《よぎ》り、ものを断つがごとき雄々しい声が何処《いづこ》からともなく凛々と響いた。

「幻術師二人向ひてある時は春秋《はるあき》もなし天地《あめつち》もなし」

忽ちのうちに、大蜘蛛も巨蝶も等しく消え失せ、虹や水気の影も見られぬ。

文明十八年卯月某日、早や傾き初《そ》めた陽に、靉靆《あいたい》たる霞が棚びいて、東山の夕景には常と変るところも無かつた。

＊篇中の和歌に就いての補注
「幻術師二人向ひてある時は春秋もなし天地もなし」は、与謝野晶子の歌集『太陽と薔薇』に見える一首を借用した。

（「胡蝶丸変化」より、単行本未収録）

青い箱と銀色のお化け――架空迷走報復舌闘・大正文士同窓会

生誕百年

乱歩　お久し振りでございます。今日は御目にかゝれて何よりと存じます。こちらも広いもんですから、遠くに御姿をお見かけしましても、中々御挨拶も出来ません。

谷崎　それあ、お互ひさまですよ。江戸川君、生誕百年ださうだねえ、向うぢやいろいろと盛んなやうぢやないか。

乱歩　何分、私は通俗物の作家ですから、お恥しいやうなことで……。お二人の時も何かありましたらう。名だたる文豪でいらしたのですから。

佐藤　僕の時は何もありません。君はあつたのだらう。

谷崎　いや、ありやしないさ。江戸川君は何年生まれかね。

乱歩　二十七年です。

谷崎　ぢや、佐藤より若いんですな。午年ですか？

乱歩　（苦笑しながら）えゝ、さうです。佐藤さん、干支《えと》は？

佐藤　辰です。谷崎は戌です。

乱歩　は、あ、干支も体を表すと申すべきでせうか。それぞれ、納得させられるやうな気がしますよ。

谷崎　此方《こつち》へ来たのは君が一等先だつたな。僕は新聞に談話を取られたよ。

佐藤　うむ、手厳しいことを言つたのだらう。

声　そや、麒麟が駄馬になつたと言うたんや。

谷崎　今のは誰が言つたんだ？（周りを見廻す）

佐藤・乱歩（気味悪さうに見廻す）

谷崎　いつたい、こゝは池の畔の亭《ちん》なんだらうが、妙な場所だね。池だか沼だか知らんが、どうも何だか人工めいてゐやしないか？　辺りの建物も、支那風だつたり羅馬《ローマ》風だつたり、馬鹿にごちや〳〵してるぢやないか。彼方《あつち》の方には寝殿造みたやうなものもあるし……。向う岸の建物は、あれあ書割《かきわり》かも知れない。

声　岡村君のユートピアや。パノラマ島、パノラマ島！

谷崎　また変な声がする。江戸川君、これあ君の御趣向なのかね？

乱歩　いゝえ、私は知りませんよ。なにしろ、お二人に会はせてくれるといふんで、それで今日こゝへ参つたやうな訣《わけ》ですから。

谷崎　えッ、君の招待ぢやないんですか？　僕はてつきり……。
佐藤　ぢや、誰が呼んだのかね。江戸川さんの生誕百年で、谷崎も来るのだから是非とあつたので、招待状の差出人など、よく確かめもしなかつたが……。編集者も居らんやうだし、『霊界公論』の座談会ぢやあないのだらうか。
谷崎　君は仕事だと思つたのかい？
佐藤　あゝ、さうだ。その薄暗い隅の所に大きな箱があるぢやないか。そこいらから声がしたやうに思ふが……。
乱歩　えゝ、大きな青い箱がありますね。（近寄つて）これは木箱ですが、外からは開きませんよ。不思議な造作だ。まあ、娑婆とは違つて妙なことも多々ありませうが、折角の機会ですから、お話を伺ひませう。

猟奇耽異の説

谷崎　あんたは晩年、出版社の社長兼編集長みたいなこともしてましたねえ。
佐藤　さう〳〵、僕もあなたの雑誌の対談に呼ばれたことがある。
乱歩　えゝ、『宝石』の座談会に城昌幸君と御一緒にお出でいたゞきました。あの時は、大きな樽の中にお住みになりたいといふ御話が大変面白くて……、あれは実行なさらなかつたですね。谷崎さんにもお願ひする心づもりでしたが、実現しませんでした。

戦後間もない頃、昭和二十四年でしたか、京都の御宅へお邪魔したことがあります。谷崎さんとは初対面だつたのですが、御馳走に与《あづ》かりました。あの時、確か〈猟奇小説〉といふ言葉を使はれて「筋があるから書いてみたい」と仰有つたので、暫く経つた頃、熱海の旅館をお訪ねしましたが、電話で『宝石』の関係者を同行してゐると申し上げたために、此方《こつち》の意図を見透かされてしまひました。「あんたは知り合ひだからいゝが、お連れの方はお断りする」と仰有るので、仕方なく原稿依頼は諦め、私だけお邪魔して世間話をして帰りましたよ。あの猟奇小説といふのは、結局お書きにならなかつたのですか？

谷崎　そんなこともあつたなあ。記憶にない訣ぢやない。書いてないでせう。

乱歩　『鍵』の後にお書きになつた「残虐記」といふ、あの連載十回くらゐで中絶なさつた作品ぢやあないんですか？

谷崎　（素気なく）いや、あれは違ふと思ふ。どうも、あの頃は高血圧に悩まされてたから、記憶がさだかぢやないな。

乱歩　猟奇小説と仰有つたのは、具体的にはどんな……。
谷崎　あ、世間でいふ所謂《いはゆる》猟奇的なことを筋に仕込んだものだらう。
乱歩　エロ・グロですか？〈猟奇〉といふ言葉は、もと〳〵は佐藤さんがお作りになつたものですね。佐藤さんは、決してエロ・グロの意味で使はれた訣ぢやなかつたんですが……。
佐藤　え、、自分が作りました。curiosity hunting の訳語として造語したのに、いつの間にか新聞や雑誌で「まれにみる猟奇事件」といつたやうな厭な使ひ方をするやうになつた。さういふ用法を予期しなかつたものだから、腹立たしくなります。
谷崎　へえーッ、あれや君の造語だつたのかい。知らなかつた。
乱歩　大正十三年頃でしたかね。『新青年』が文壇諸家の探偵小説論を特集した時に佐藤さんも寄稿なさつて「探偵小説小論」といふものをお書きになつた。一種の定義のやうなもので、私などえらく感心してしまひ、その後度々引用させていたゞいてゐるのですが、その中で、探偵小説は豊富なロマンティシズムといふ樹木の一枝で猟奇耽異（キュリオシティハンティング）の果実だ……といふ風に使はれたんです。佐藤さんとしては、芸術用語あるいは文学用語として作られたのに残念なことです。昭和の初め頃、探偵作家が集まつた時、〈探偵小説〉に代る名称として、佐藤さんの造語を拝借して〈猟奇小説〉としてはどうかといふ案も出てゐたのですが、定着を見ないうちに、エロ・グロと同義に使はれ出してしまつて……。我々探偵作家にも大いに責任があります。名称の方は、結局その後〈推理小説〉に移行しました。

ポオに夢中

谷崎　江戸川君は探偵物専門作家としては第一号だらう。契機《きつかけ》は何だつたんだい。

乱歩　谷崎さんや佐藤さんの作品を読んだからですよ。まあ、黒岩涙香の飜案物は小学生の時分から読んでました。でも、田舎者ですから、中学校を卒業する頃になつてもドイルの名さへ知りませんでしたよ。英語の探偵小説やポオを読むやうになつたのは、上京して働きながら早稲田に通ひ始めてからです。日本の小説は、丁度自然主義の全盛時代でしたから全く興味を持てなかつた。私は子供の時分から架空幻想一筋でしてね、鏡花とか広津柳浪とかは読んでました。ところが、明治の末から大正にかけて、反自然主義を標榜するやうな作家が現れてきたでせう。あれは大正三年頃でしたらう、仕事をしくじつて温泉巡りをしてをつたのですが、伊東温泉にゐた時です、谷崎さんが新聞に連載なさつてをられた「金色の死」といふ小説を偶然読みまして、あゝ日本にもこんな素晴しい作家がゐたのかと狂喜しました。

谷崎　あんなものを褒められては、どうも困るね。

乱歩　いや、あの作品にはポオを想はせるところがありますからね。

谷崎　だつて、ポオを下敷にしてるんだから……。「アルンハイムの地所」だの「ランドアス・カテージ」だの、君も見抜いてるんだらう。

佐藤　あの頃は、谷崎に限らず、僕もポオをよく読みました。他にワイルドとか。

乱歩　さう、谷崎さんの「人魚の嘆き」や「魔術師」にも心酔しました。

谷崎　あの時分のものは厭だね、未熟だよ。「人魚の嘆き」なんて、本にした時、表紙の絵や挿絵がいかんといふので発売禁止になつた。あの小説は、君もずいぶん酷評しただらう。

佐藤　うむ、どうだつたか……。

声　「谷崎の文章は書割の御殿で、十五分もゐたら厭になつてくる。彼がこれでもかこれでもかと並べ立てゝゐる人魚も、ワイルドが書いた掌に載るくらゐの小さな緑色の人魚には到底及ばない」と、かう言はれましたで。

佐藤　また変な声がする、いつたい何なんだ。

乱歩　あの箱ですよ。まあ、いゝぢやありませんか、天の声かも知れない。だいぶ後のものですが、アメリカのヘレン・マクロイといふ女流探偵小説家が「燕京畸譚」といふ短篇を書いてゐるのですが、あれを読んだ時に「人魚の嘆き」を想ひ起しました。中国趣味の極くいゝものですよ。

佐藤　「燕京畸譚」には僕も感心した。確か椿八郎君が、お前の作品に似てゐると言つて勧めてくれた。いかにも支那的な美しさと怪しさがあつて、それに非常に芸術的な感覚もある。谷崎より芥川が喜ぶ作品だと思ふ。

谷崎　僕は、それ知らないな。戦後のものかい？

乱歩　えゝ、邦訳が出たのは昭和三十年代ですよ。早川の『ミステリ・マガジン』に載りました。話を戻しますが、谷崎さんの弟さん、精二さんですね、ポオの小説を全部訳してをられるでせう。大正九年に『赤き死の仮面』といふ短編集を出されたのが最初でしたらう。私は、戦後、早稲田の英文科がポオ百年忌を催した時に呼ばれて講演したんですが、その時に初めて精二さんにお目にかゝりました。お若い頃は、御兄弟でポオの話とかなさつたのですか？

谷崎　（非常に素気なく）いや、しやしません。

佐藤　谷崎の家では、兄弟姉妹があまり話したりしないのです。江戸ッ子といふのは、外面《そとづら》はいゝけれども肉親には無愛想だからね、とくに谷崎家はひどかつたな。
谷崎　さういへば、君ンとこの兄弟仲の良さには驚いたものさ。名前だつて、春夫、夏樹、秋雄だものな。
乱歩　佐藤さんは熊野でしたね。私は伊賀の名張なんですが、出身地とは関係なく、これは私特有のことかとも思ひますが、肉親嫌悪みたいなものが強くて、その点では谷崎さんに近いやうな気がします。
谷崎　佐藤の場合、作品に冷気といふか虚無的なところがあるでせう、それと兄弟愛の深さとのギャップが僕には驚きだつたんですよ。
佐藤　君は自分の望む世界に無用の者は切り捨てゝ来たんだ。
谷崎　（無言で顔を顰める）
乱歩　非常に興味深いお話で……。
谷崎　（話題を変へるやうに）さう〳〵、ポオといへば、あの詩を文語で訳した気難しい詩人がゐたね。
佐藤　日夏君だ。君の小説が好きで、ずゐぶん批評を書いてくれたぢやないか。あれは本になつてゐるだらう。
谷崎　あゝさうだ、日夏耿之介だ。早稲田の人だから、江戸川君は親しいんだらう。

乱歩　いや、それほどでも。城昌幸君が、詩人名義の左門の方で師事してゐたから選集を出した時に文章を書いていたゞきましたが。探偵小説は非常に好きだつたと伺つてゐます。なか〳〵難しい方のやうですよ。

佐藤　気難しくはあるが、和漢洋の古典に造詣が深く、傑れた男だ。ポオの詩の訳も、「大鴉」などいゝものです。

谷崎　ポオの小説は訳してないのかい？

佐藤　「アッシャー家の崩壊」などを漢文崩しで訳す計画はあつたやうだが、実現はしてゐないやうだ。

乱歩　小説の方は佐々木直次郎氏と、やはり精二さんでせうね。

探偵小説の黎明

谷崎　ふーん。（再び話題を変へるやうに）あれは昭和になつてからだつたかな、江戸川君に「途上」といふのを褒められたことがあつた。

乱歩　いや、私はあの頃の谷崎さんの作品は全部と言つていゝほど好きですよ。「人魚の嘆き」「魔術師」「ハッサン・カンの妖術」「人面疽」などの怪奇幻想物は勿論、

「金と銀」「白昼鬼語」「呪はれた戯曲」「或る少年の怯れ」「私」「柳湯の事件」「友田と松永の話」などは高級探偵小説としてありがたく読んだものです。

『中央公論』で「芸術的探偵小説」と銘打って〈秘密と開放号〉といふ特別号を出しましたね、谷崎さんの「金と銀」、佐藤さんの「指紋」、芥川龍之介の「開化の殺人」などが載りましたが、あれには勇気づけられました。佐藤さんのお作では「オカアサン」も。

佐藤　「指紋」は谷崎が滝田樗陰《ちょいん》に推薦して書かせてくれたものです。最初に構想したものがうまくゆかず、二日待つて貰ひ、全く別の話を一昼夜で書き上げたのです。

谷崎　僕も当時は探偵小説のやうなものも夢中になつて随分書いたけれど、あとになつてみるとどれもこれも気に入らない。「途上」よりは、まだしも「私」の方が自分ではマシだと思ふがね。

乱歩　いや、着想のオリジナリティーといふ点では「途上」が最も際立つてゐます。後に私は内外の探偵小説に片ッ端から当つてトリックの類別を試みたのですが、「途上」と同じトリックを用ひたものは皆無でした。ずつと後になつて、イギリスのフィルポッツが『悪人の肖像』といふ長篇に採り入れてゐる程度です。私も、「途上」のトリックを拝借して私流に引きのばし「赤い部屋」といふ短篇を書いたことがあります。

谷崎　僕はいかにも探偵小説つて感じのするものは、そんなに買はないんだ。君は探偵小説以外のものを書く気はなかつたんですか？

乱歩　え丶、私は命がけで純文学をやる気はなかつたのです。どこまでも遊戯気分なので、結局探偵小説が一番好きだつたと言へませう。

谷崎　やつぱり『新青年』ですか、世に出る契機は？

乱歩　さうです。編集長の森下雨村さんが探偵小説が好きでしたからね。最初は、馬場孤蝶さんに原稿を送つたのです、処女作を見ていたゞかうと思ひましてね。馬場さんは文壇随一の西洋探偵小説通で、『新青年』などに度々西洋探偵小説紹介の筆を執つてをられたのです。

佐藤　馬場先生は僕にとつては恩師の一人です。なるほど、先生は外国語に堪能で、確かに探偵小説を沢山読んでをられ、通じてもをられた。

乱歩　たゞ、私の原稿はすぐ読んでいたゞけなくて、私はじり〳〵してしまつて、結局取戻してしまひました。それから森下さんに送つたら、認めていたゞき、掲載されました。「二銭銅貨」といふ短篇で、森下さんのお蔭で何の苦労もなく探偵作家になりすましたといふ訣です。当時私は大阪にゐたのですが、上京した折、本郷の菊富士ホテルに宇野浩二さんを訪ねました。

谷崎　さつきの話ぢや佐藤や僕に傾倒してゐたといふことだつたが、何故佐藤や僕を訪ねなかつたんです？

乱歩　大正十四年のことですから、谷崎さんは既に関西へ移つてをられましたよ。佐藤さんも確か東京にをられなかつた。お二人に御目にかゝるのはずつと後のことですが、若い頃の私は人と附き合ふのが苦手な質《たち》でしたから、その後も、傾倒するお二人だけに、却つて訪ねる勇気は出ませんでしたね。私がこんな風に図々しく人さまと交際するやうになつたのは戦争中からのことです。お二人に対する傾倒は専ら文章に託してをりました。

映画に夢中

乱歩　谷崎さんの「人面疽」、佐藤さんの「指紋」、いづれにも映画が重要な役割を果してをりますね。お二人とも映画は、ずいぶん御覧になりましたらう。

谷崎　あゝ、よく見たね。

佐藤　僕はさほどでもありません。

乱歩　でも、お二人とも『カリガリ博士』について書かれてますね。
佐藤　あゝいふものは幾つか見ました。
谷崎　さうだね、独逸《ドイツ》の表現主義。『プラーグの大学生』とか見たな。
乱歩　谷崎さんは御自分でも映画製作に関係なさつたでせう？
谷崎　えゝ、文芸部顧問といふやうな肩書で、大活、大正活映に入社しました。まあ、仕事はシナリオ作りですよ。
佐藤　お千代の妹のおせいを女優に仕立てゝね。
乱歩　確か葉山三千子さん……。ところで『雨月物語』の「蛇性の婬」を撮られましたね。
谷崎　あれは一番最後だね。最初は『アマチュア倶楽部』といふもので自分の原作を自分で脚色しました。監督は栗原トーマスです。一家を挙げて横浜の撮影所へ通つてね。君もよく覚えてゐるだらう。
佐藤　忘れるもんか。大正九年だ、次の年には君と絶交してゐる。
声　岡田時彦！　江川宇禮雄《うれを》！　不良少年！　美少年！
谷崎　また箱が叫び出したな、まあいゝさ。『アマチュア倶楽部』ぢやあ劇中劇として歌舞伎の「太十《たいじふ》」を撮りました。岡田時彦に初菊をさせたんだが、実に綺麗な武家娘になつたんで、一同びつくりしたよ。二十歳《はたち》くらゐだつたかな。僕は綺麗な女形は好きだね。

乱歩　「太十」と申しますと……。

谷崎　『絵本太功記』の十段目ですよ、例の夕顔棚、明智光秀一家の芝居。次に『雛祭の夜』を撮つて、それから鏡花さんの『葛飾砂子』だね。『邪教』といふ台本も書いたんですがね、生憎と大本《おほもと》教の弾圧事件があつて、中止になつた。これあ、女教祖が大鏡から抜け出て宙乗りで舞ひ上がつたりする……、まあトリックを使つたスペクタクルです。『月の囁き』といふのも実現しませんでした。

乱歩　鏡花の『葛飾砂子』は私も覚えてますよ。あれはロケーションは？

谷崎　猪牙舟《ちよきぶね》を仕立て、大川に繰り出し、鏡花さんを招待してね、酒盛しながら撮りましたよ。

乱歩　出来上がつたものを見て、鏡花の反応はいかゞでしたか？

谷崎　まあ普段映画といふものを殆ど御覧にならない人だつたのだから、「大変結構です」つて賞めてくれましたよ。でも、戦前までの鏡花さんの映画化では一番すぐれてゐるのぢやあないかと思つてます。大体、鏡花の小説はイメージが鮮やかだから映画に向いてるね、『風流線』だとか『高野聖』だとか。

佐藤　戯曲であつたらう、そら『天守物語』、あれなどは条件さへ調へばい丶ものになりさうだ。
谷崎　本当だね。外国の小説では何といつてもポオだらうな。『赤き死の仮面』や『黒猫』、『ヰリアム・ヰルソン』も面白いだらう。
乱歩　鏡花といふ方は、伝説通りのあんな方ですか？
谷崎　伝説半分といふとこだらうね、名人気質《かたぎ》には違ひないし、迷信深かつたのも確かだし……。こちらの何処かにいらつしやるんだから、訪ねてみたらどうです？もう社交嫌ひは治つたのでせう。さう〳〵、鏡花さんといへば、これあ小村雪岱《せつたい》さんに「泉先生の名前をお使ひになりましたね」と言はれて、はッと思つたんだが、僕の若書の旧作に『饒太郎』といふものがあつてね、主人公の名前が泉饒太郎といふんだ。鏡花さんの本名は御存じのやうに鏡太郎です。記憶に潜在してゐたのが、かういふ形で出てしまつたんだ。これあ甚だ不出来な作なので単行本にも載せないやうにしてゐたから、鏡花さんは気づかれなかつたらうが、今考へても冷汗が出るね。
乱歩　私は拝見してますが、気がつきませんでした。
谷崎　君の小説は、ちよつと映画には向かんだらうな。

佐藤　向くか向かんか知らんが、全くない訣ではない。

谷崎　おや、さうか。江戸川君のものはさぞたんと映画になつてゐるだらうね。

乱歩　それこそエロ・グロですから。あとは少年物ばかりですね。最初は『一寸法師』といふ通俗物です。これは都合三度映画化されてますが、まづ最初に小人を捜さねばならない。最初のは、作家になる前に直木三十五君がやつてゐたプロダクションで製作しましたが、九州で活弁をしてゐた栗山茶迷といふ三尺足らずの人を見つけて来ました。明智小五郎には舞踊の石井漠君が扮してゐます。

谷崎　それあ、中々面白さうだね。

乱歩　どういたしまして。原作がひどい代物なんですから。それより、衣笠貞之助監督が非営利映画として私の『踊る一寸法師』といふ短篇をシュルリアリズムで撮りたいといふ話がありましてね、打合せなどもしたんですが、結局は実現しませんでした。

谷崎　衣笠さんは新派の女形から映画監督になつた珍しい経歴の人だらう。戦後、私の『春琴抄』を撮りましたよ。その話はいつ頃のことですかね。

乱歩　昭和二年頃ですよ。衣笠君は既にシュルリアリズム作品として川端康成さんの『狂つた一頁』を撮つてゐて、第二作として私の『屋根裏の散歩者』といふものを撮りたいと言つて来られたのですが、話し合つてゐるうちに、これは到底検閲を通るまいといふことになりましてね、『踊る一寸法師』に変つたのです。衣笠君の映画連盟はどうも新感覚派の人達と関係があつたやうで、あの中では片岡鉄兵といふ人が探偵小説に関心を持つてゐましたから、あるいは片岡氏の推薦で私の作品が選ばれたのかも知れませんが、はつきりはしないのです。

谷崎　『狂つた一頁』といふ映画は公開されてませう？　僕は見たかどうか、たゞ題名は記憶にある。

乱歩　え、、中々好評だつたのですよ。

佐藤　片岡は後にプロレタリア文学の方へ傾きました。

谷崎　円地文子の不倫相手だ。

乱歩　えッ、本当ですか？

谷崎　なあに、秘密でも何でもありあしない。文子さん自身が後に告白してるよ。

乱歩　当時、発覚すれば、姦通罪ですな。

谷崎　あの人はね、東京帝大の上田萬年先生のお嬢さんですよ、プロレタリア運動にかぶれたり、不倫に走つたり、冒険家だよ。たゞ、埒は外れなかつたがね。

乱歩　話が戻るやうですが、谷崎さん御自身は直接関係なさらないといふケースなら、映画化された御作は沢山ありましたらう。

谷崎　戦前は少いね。『本牧夜話』とか『お艶殺し』、あとは島津保次郎監督の『春琴抄』くらゐでせう。これは小村さんが美術を担当してくれました。

佐藤　映画の方は知りませんが、『春琴抄』は谷崎の最高傑作です。

乱歩　ほう、さうですか。『蓼喰ふ虫』あたりから変貌といふか、変りますね。

佐藤　え、、あの辺から後は、大体においてよろしい。『蓼喰ふ虫』の阿曾のモデルは大坪砂男です。あれは和田維四郎《わだつなしろう》の息子で育ちが良すぎました。

乱歩　ははァ、大坪君は谷崎さんのお知り合ひだつたんですか？

谷崎　あ、、ものを書きたいと言ふので、肌合から察するに佐藤に師事する方がよからうと思つてね。いかんせん、凝り性だつたな。

映画の話に戻るが、その後は随分あるね。『細雪』『痴人の愛』『猫と庄造と二人の女』『鍵』……。まあ、映画化や舞台化は、あまり期待しませんでしたがね。

乱歩　小説ももちろん拝読しましたが、あの『武州公秘話』を歌舞伎に脚色したものがありましたらう、歌舞伎座で団十郎（十一世）や松緑が演《や》つた……、あれは異様な味があつて、中々面白く拝見しましたが。

谷崎　あれあ円地文子さんの脚色がうまかつたんです。あの人には嗜虐趣味もありましたからな。だから三島由紀夫君などともウマが合つたんですよ。
乱歩　三島さんといへば、私の『黒蜥蜴』といふ通俗物を見事な戯曲にして下さいまして、これは水谷八重子さんの初演以来、度々上演されますよ。
谷崎　三島君は芝居や古典の教養もたいへんなもんだつたからな。あの人は、最初は佐藤のところへ行つたんぢやなかつたかな。
佐藤　あゝ、戦争中に弟子にしてくれと言つて母親同伴で訪ねて来た。林富士馬君の紹介だつたらう。戦争が終つたら川端君のところへ行つたよ。
谷崎　中々機敏な人だ。

魁偉上山草人

乱歩　芝居や映画といへば、あの上山草人《かみやまそうじん》といふ変つた人がをりましたね。ハリウッドで成功して、松竹に招かれたんですか、帰朝してすぐの頃、私の所へ訪ねて来ました。自分の本領はミステリ映画にあるのだから、何かいゝ台本を作つてくれと仰有つてね。私は厭人癖が最も高じてゐた頃でしたが、草人と聞いて会つてみる気になつたのです。谷崎さんのことを伺つたら、「あれは身内同然です」と胸を張つてました。

谷崎　えゝ、一時は身内のやうでしたよ。あれあ坪内博士の文芸家協会を追はれて夫人の山川浦路と一緒に近代劇協会を作り、帝劇で鷗外博士に訳して貰つた『ファウスト』だの『マクベス』だのを上演したさうですが、その頃のことはよく知らなくてね。もつと零落してから、新橋駅前で〈か丶しや〉といふ小間物屋をやつて何とか喰ひ繋いでゐた頃だね、親しくなつたのは。例の衣川《きぬがは》孔雀を愛人にして、浦路と三人で寝るんだ。僕はよくか丶しやに泊めて貰つたんだが、この佐藤をはじめ、芥川君とか武林無想庵とか滝田樗陰とか、みな僕を訪ねて出入りするやうになつた。

佐藤　あ丶、よく行つたね。ワイルドの『ウィンダミア夫人の扇』を演つた。

谷崎　さう〳〵、あれは僕の名前になつてゐるが、実は佐藤と澤田卓爾と三人の共訳で有楽座の舞台にかけた。僕の『信西』といふ戯曲も上演してくれたが、あの頃はもういけなかつたんだ。

佐藤　浦路の妹も女優だつたらう。

谷崎　さうだ、上山珊瑚。孔雀にしても珊瑚にしても、後から来た伊澤蘭麝《らんじや》にしても、みな草人の命名なんだが、あの物々しい趣味はどういふもんだらうね。

佐藤　草人は東北弁が抜けなかつたが、あれで歌も詠めば小説も作るし絵も描くといふちよつと器用な男だつたな。絢爛豪華なレトリックが好みで晶子さんの悪しき亜流みたいなところがあつた。

谷崎　あ、明星派か。草人も魁偉だつたが、浦路がまた背の高い女で、御殿女中のやうな立居を見せる上に、その上、草人が愛人を作つても一言も文句を言はない、実に不気味な偉い女だつたよ。草人がハリウッドで成功したのは浦路のお蔭だらう。

乱歩　例のダグラス・フェアバンクスの『バクダッドの盗賊』のモンゴル王の役が出世作ですね。なぜ渡米したんですか？

谷崎　もうニッチもサッチも行かなくなつたんですよ。蘭麝のパトロンが金を出して夫婦をアメリカに渡したんだが、その金も出発当日にやつと届くといふ始末で、それあ大変だつた。向うで四年くらゐ苦労しただらう。その後、七年間に確か四十七本出てゐる。日本で公開されたのは僅かだが、ポーラ・ネグリだのジョン・バリモアだのロン・チャニイだの錚々たる俳優と共演してるね。トーキーに切り替つて出番がなくなつたんで帰つて来たんだよ。

佐藤　草人には子供があつただらう。確か平八とかいつた、男の子。

谷崎　いや、他に女の子も弟もゐた。袖子とか竹三郎とか。最初は置いていつたが、成功してからは呼び寄せた筈だ。浦路は到頭帰朝しなかつた。子供はどうしたか。

声　かゝし屋の息子は美少年や！
谷崎　おい、あの変な箱が動いてるぜ、何だらう。

怪人登場

声　江戸川はん、江戸川はん。（箱の蓋が持ち上がる）
乱歩　えッ、誰だ。誰なんだ。
声　ボクや、ボクや。怪獣タルゴン、唯今見参！（青い箱の中からマグネシウムの光とともに銀の鱗模様のコスチュームを着けた大入道が現れる）
乱歩　えッ、何だ、稲垣君ぢやないか。ずつと其処《そこ》にゐたのかね。
足穂　そや、そや。佐藤先生、一別以来ですな。谷崎はん、お久し振りですな。
谷崎　えッ、君は稲垣君なのかい。ずいぶん変つたもんだねえ。
足穂　そりや、五十年振りか六十年振りやモン、あんたかて変つとりますで。
佐藤先生、相変らず強張《こはゞ》つとりますな。負けた軍鶏《しやも》やと昔誰か言うとりましたが、いや、いや、さう杖をつかれてはる姿は山椒太夫というたところやな。白髪の総髪にして白髯を蓄へれば鬚の意休にさも似たり、サテモ南京玉スダレ。イヨッ！

佐藤　（顔を背け無視する）
乱歩　稲垣君、後で会はう。この場は、どうか引取つてくれ給へ。
足穂　江戸川はん、旅順海戦館はどないなりました？　ギリシアの「花冠を編む少年」の誓はどないしました。語り合うた昔の友情、いま何処《いづこ》！
谷崎　江戸川君、彼は何を言つてるんだい？
乱歩　どうも相済みません。いま、帰しますから。
足穂　江戸川はん、あんた、そないなこと言うて、八方美人やないか。
乱歩　私は昔から誰とも争はない主義でね。それは君も知つてる筈だ。帰り給へ。
足穂　今日の集ひはいつたい何処《どこ》の誰方《どなた》の肝入と思うてはるのや。みな、このボクが、君の生誕百年を寿《ことほ》いで誂へたんでつせ。
乱歩　えッ、稲垣君の仕業だつたのか。
谷崎・佐藤　（顔を見合せ、存外な――といふ表情）
足穂　ボクもな、皆さんがあの世へ行かはつた後、いかなる巡り合せか、だいぶ長いこと生きとりました。三島由紀夫サンの推薦で日本文学大賞たらいふイカヾハシイ賞も貰《もろ》とります。本も仰山出ましてな、少年少女が沢山買《こ》うてくれはりました。オアシの使ひ途もないよつて、此方《こつち》へ来る時、みな霊界の元締に寄付しましてん、ホな、何でも言ふこと聞いてくれますねん。そこで、江戸川はんの生誕百年を祝うて、今日の好き日《よ》に池作つて貰うた訣や。三島サンにも招待状出したんやけど、来てはりまへんな。老人の機嫌とるより、制服組の兄チヤン達と乳繰合うとる方がましやと思うたんやろな。尤もや、尤もや。サア、会はこれからや。江戸川はん、あんたのためにボク、一曲歌ひまつせ。

〽キイミト呼バレテ顔アカメ、音羽路上ノカタラヒヤ、

イーマダ三五ノヲサナ子ガ、心ノ血ヲバ沸カシタル、

記憶ニ残ル其ガカミノ、誓ヒシ君ニ言問ハン。

い、歌でつしやろ。伝・木下杢太郎作詞、ボクはその昔、佐藤先生に教へて貰《もろ》たんです。続きもありまつせ。〽明クレバ睦月ノ十四日、亀ノ子絣ノ筒袖ニ、鼠色ナル帯シメテ、イザナフマ、ニ我ガホテル。そーれ〽君コソ花カ勝頼カ、静御前カ照《てる》手姫《で》……。

江戸川はん、江戸川はん、先生は純情可憐な詩集を編んで婦女子の同情を買うたり、小泉八雲と鷗外と荷風を混ぜ合せオツリキなイミテーションの琺瑯焼絵を作つて文学青年を騙したり、そないなことに長けてはりましたけど、こないなことにも滅法詳しおまつせ。

谷崎　稲垣君、君が佐藤から破門された裏に何があつたか知らんが、仮にも一度は師事もし、世に出る後押しもして貰つたんぢやないか。い、加減にし給へ。
足穂　谷崎はん、分かつてまへんな。オツリキなイミテーションの琺瑯焼絵はアンタハンには期待出来まへんのや。佐藤先生の専売特許でつせ。
谷崎　何だと！　もう一遍言つてみ給へ。
佐藤　いや、い、んだ。この男は舎弟の秋雄に手を出さうとしたほどの不徳漢だ。何も言ふまい。僕から去らう。江戸川君、失礼するよ。
谷崎　ぢや僕も帰らう。
足穂　まあ〳〵谷崎はん、まだ話があるよつて待ちなはれ。あんたの「ハッサン・カンの妖術」な、ありャ惜しいことしやはりましたな。イカン〳〵、母ものに堕しとりますがな。折角の材料が勿体のうおまつせ。あんた、所詮マザコン作家やな。A感覚があらへん。
谷崎・佐藤（取り合はず、帰らんとする）
乱歩　これは、何とも、どうも妙なことになつてしまひまして……。
足穂　いよォ、大正の文豪、御両人！　可哀さうとは惚れたつてことよ！
乱歩　稲垣君、よさないか。

足穂　何や、江戸川はん、この世もあの世も、あんたのお好きな幻想やないか。うつし世は夢、幻影の城や。佐藤先生も谷崎はんも、劫《かふ》が尽きれば皆ホトケや。そないに気ィ使《つこ》たらあかん。これから、元締に書割変へてもろて、旅順海戦館を見よやないか。ギリシアの美少年も、もくづ塚の若衆《わかしゅ》も呼びまつせ。花月も天鼓も勢揃ひや。

〽キイミト呼バレテ顔アカメ、音羽路上ノカタラヒヤ、

イーマダ三五ノヲサナ子ガ、心ノ血ヲバ沸カシタル、

記憶ニ残ル其ガカミノ、誓ヒシ君ニ言問ハン。

そーれ。江戸川乱歩生誕百年バンザーイ！（青い箱から紅い骸骨がゾロゾロと現れる）

（単行本未収録）

編者の言葉

山尾悠子

二〇二一年五月十五日、大輪の薔薇咲き乱れる季節に須永朝彦は逝った。享年七十五。一九四六年、栃木県足利市生まれ。若年にして文学の道を志して上京、錚々たる文人たちとの交流を得る。一時は歌人・塚本邦雄に師事。のちには古典芸能学者・郡司正勝に長く師事することになる。二十五歳にして評伝『鉄幹と晶子』を、また翌年には歌集『東方花傳』を上梓。独自の美意識に充ちた短歌、さらには小説群を続々発表して紅顔の読者を湧かせ、特に吸血鬼譚集としての掌編小説集『就眠儀式』および『天使』の二冊は〈耽美小説の聖典〉の地位を長く占めることとなった。小説の単行本としては他に『滅紫篇』『悪霊の館』がある。のちには単行本未収録作を含む大部の『須永朝彦小説全集』が刊行された。また『定本須永朝彦歌集』のほか、『わが春夫像』『硝子の繭』『血のアラベスク』『ルートヴィヒⅡ世』『望幻鏡』『扇さばき』『黄昏のウィーン』『世紀末少年誌』『泰西少年愛読本』『歌舞伎ワンダーランド』など、博覧強記の鑑識眼に基づく歌論・評伝・エッセイ等の著書多数。変わり種の仕事として、坂東玉三郎の舞台に関わったことによる坂東vs須永対談本『玉三郎・舞台の夢』もある。後半生はアンソロジストとしての仕事が多くなり、評論『日本幻想文学史』『美少年日本史』のほかアンソロジー『日本古典文学幻想コレクション』『鏡花コレクション』現代語訳『江戸の伝奇小説』を編み、また『書物の王国』『日本幻想文学集成』シリーズの編者のひとりを務めるなど、古典と幻想文学に関わる業績を多く積んだ。

特に初期刊行本の多くは意匠を凝らした装丁造本の函入り本であり、作品の美の世界を現《うつつ》の世に体現するものであった。これも須永朝彦という存在とその世界にとって極めて重要な構成要素であったと言えよう。私生活では旧仮名遣い・正漢字使用を生涯貫いた。凝った意匠の初期単行本でも同様であり、その後のすべての著作もとは行きかねたが、旧仮名のひとという印象はつよい。能筆家としても知られ、自筆本・手仕事による和綴じ本など多く遺した。天性のスタイリストぶりを発揮したうら若き肖像写真なども、知る人ぞ知る。作中の〈吸血鬼クロロック公〉もしくは〈爵《ジャック》〉に扮した如くの、スリムな胴着に股長ロングブーツ姿で森を駆けるショット。あるいは黒革のライダースジャケット姿で、片目を覆う長髪、傍らに薔薇。当時の読者の目には、いっそ茶目っ気の発露とも見えたものだ。

その好むものは専ら美少年に美青年、吸血鬼に両性具有の天使たち、闘牛士にジゴロ、歌舞伎・バレエなど舞台と舞踏全般、タンゴにシャンソン、銀幕スタア、ホーフマンスタールの維納《ウィーン》、ロルカのアンダルシア、古き佳き時代の欧州地図上の旅、美姫狂王の類い。珍らかな動物、植物をも大いに好んだ。新古今に与謝野晶子や北原白秋らの「明星」のうた、露伴・鷗外・日夏耿之介から三島由紀夫まで、ポーにホフマン、サドにジュネ。古今東西の書物の海に耽溺しつつ、もっとも敬愛する泉鏡花を〈稀なるロマンティケル〉と定義した須永朝彦であるが、これは須永じしんを呼ぶにも相応しい言であっただろう。

晩年困窮するも、稀代の審美眼が曇ることはさいごまで微塵もなかった。長く居住した築地明石町を離れ、長野県千曲市へ移住。鄙《ひな》の四季を愛でつつ惜しくも病没。正にヴィリエ・ド・リラダン『アクセル』の主人公の台詞、「生活、そんなものは召使どもに任せておけ」を地で行く見事な人生であった。

さて本書『須永朝彦小説選』は、須永朝彦の遺した著作のうち小説作品のみセレクトした傑作選である。全小説を網羅した『須永朝彦小説全集』(国書刊行会)がすでにあり、これは東雅夫による巻末著者インタビュー及び解説・解題も充実した決定版なのだが(解題中、後進の目から見た須永の存在を〈不良星菫派〉と呼ぶ箇所あり。秀逸にして愉快な命名なのである)、如何せん高価格の函入り本である。品切れ絶版。同じ版元から廉価版セレクション『天使』(解説・千野帽子)も出たが、こちらは主に若い世代向け入門編として企画されたもの。何といっても須永の〈顔〉である『就眠儀式』『天使』の二冊からのセレクションがメインで、表記は新仮名遣い。〈耽美小説の聖典〉という惹句は、この折の帯に用いられた。これも品切れ絶版(電子書籍版あり)。そして須永朝彦没年となった二〇二一年のいま、今回は可能な限り満遍なくセレクションを行ない、ついに文庫版での小説選発刊となった。文庫、すなわちより多くの読者のもとへ届けるためのツールである。今まで須永朝彦関連の文庫化としては、ちくま学芸文庫『江戸奇談怪談集』、文庫に準ずる平凡社ライブラリー『日本幻想文学史』があるのみ。小説の文庫化はイメージ的に言って誰もが想像し難かったのではないか。しかもこの度はちくま文庫編集部の英断により、旧仮名遣いでの出版となった。文体の技巧を凝らし、時には擬古文まで駆使する須永朝彦の創作ともなれば、文庫化といえども原本の旧仮名遣いそのままとするのがふさわしいとの判断である。

〈読者百人の文学〉〈百人のためのエンターテイメント〉を生前標榜していた須永朝彦であるが、この一冊を謹んで霊前に捧げるとともに、故人の意に適《かな》えばよいがと切に願う。何といっても、これは小説家としての須永朝彦、その異能、遺された作品群の価値を――いま改めて――世に問う好機であるに違いないのだから。

そして須永朝彦の小説について。ひと言で云うならば、誰にも似ていない小説ということになるのではないか。誰にも似ていない、すなわちあらゆる影響を貪欲に吸収しつつも、それまで前例のなかった種類の小説を創出してのけた若き天才。出発時点での須永朝彦は確かにそうした存在だった。「よし黄金が錆びるならば、それを敲《た》けば斯様《かやう》に荒涼として綺羅綺羅《きらきら》しい音をたてるだらう。」「私は、彼の肩に優しく手を置き、犒《ねぎら》ひの言葉を贈つて、おもむろにその愛されるための華奢な頸すぢに唇を寄せた。」「世俗風に倣つて指を折ると、丁度耶蘇《イエス》の果てた年齢《とし》になる。しかし、十字は禁物だ。」（「契」）――突然の嵐の襲来の如く、いきなりこのように書きだした青年はそのとき二十四歳。当時は若き天才歌人としても一部で名を知られた存在であった。創作したのはきりりと極小の掌篇形式。折しも〈ショートショート〉ブームがあったとはいえ、ここに在るのは厳然たる別世界と言えよう。一語の揺るぎもない美文、多くは爛熟の西欧文化を背景とする耽美の世界、人工の言葉でできた小宇宙――作の内外に多く鏤《ちりば》められた和歌・短歌も共に香り立ち、まさに和魂洋才の世界。本書に収録しきれなかった「蝙蝠男」「薔薇色の月」「三題噺擬維納風贋画集」「ドナウ川の漣」まで「花刑」「MON HOMME」「笛吹童子」等々を含めて、何といっても〈冥府よりの誘惑者、あるいは暗い美青年《ボオ・テネブル》としての吸血鬼〉という須永朝彦独自の造形が突出している。何と、須永以前の世界にはこのようなものは存在しなかったのだ。今では広く見慣れた世界観であるものの、かと言ってその魅力が損なわれるものでは少しもない。

あるいはまた——須永朝彦の小説は誰にも似ていない独自のものだが、と同時に当時の時代こそがもたらし得た産物でもあった。若き須永朝彦が上京して出会った錚々たる文人たちとは、高橋睦郎・塚本邦雄・中井英夫・加藤郁乎・多田智満子・種村季弘・葛原妙子等々。折しも六〇年代から七〇年代にかけては、三島由紀夫・澁澤龍彦らを旗印とする異端と耽美と幻想をめぐる文芸ムーブメントの最中であった。あるいはアングラ、ゲイカルチャー、さいしょに師事した塚本邦雄の短歌世界の美学との共鳴など——鬱勃たるパワーの渦中にあって、若き一人の異能者はいとも軽やかな手つきで、世俗とは別乾坤の異類譚など紡いだのだった。

そして創作は続く。黒いメルヘンとしての「ババリア童話集」からは「月光浴」と「銀毛狼皮」を。「いすぱにあ・ぽるつがる綺譚」より「悪霊の館」を選んだが、この

「悪霊の館」と「滅紫篇」は須永としては珍しく文芸誌「海」に、しかも二号続けて掲載されたというもの。「悪霊の館」はポルトガルの地を舞台として、〈幽冥からの誘惑者〉テーマの辿り着いた末の作と見るべきか。耳慣れない名の楽器ビウエーラは耳なし芳一の琵琶の如くでもあり、また全体が架空の書物の翻訳という凝った体裁となっている。「滅紫篇」は長さのため本書収録が難しく、その原型である「掌篇　滅紫篇」を選んだが、これらは三島由紀夫若書きの短編「中世」から影響を受けた作とのこと。この「中世」とは、夭折した将軍足利義尚・父の義政・ふたりから衆道の寵愛を受ける猿楽師菊若・美貌の巫女などが登場し、死者の招魂をめぐって典雅に絡み合うというものがたり。美文の極致をもって描かれたこの世界に若き須永は大いに共鳴し、図書館に入り浸って義政義尚とその時代について調べ倒した末、こちらは擬古文の書簡体によるものがたり「滅紫篇」を書いた。これもまた常人のよくする業ではないだろう。

擬古文繋がりで、後期作の「技競べ」（「胡蝶丸変化」より抄出）についても。内容的には「裏・滅紫篇」とも言える作。後半生には古典と幻想文学のアンソロジストとしても活躍する須永であるが、ほぼ在野の国文学者と呼べるほどの存在であり、これがひとたび創作に関われば歌舞伎台本そのままの作など出来することにもなる。「胡蝶丸変化」は全体ではかなり長さがあるが、小見出しつきの場面場面となっているので、本書では美少年胡蝶丸と美女蜘手による幻術競べの場を抄出してみた。伝奇世界として一読痛快、板に乗せた有り様も髣髴とするのではないか。七〇年代の作で占められた本書のなかで、この作と「青い箱と銀色のお化け」のみ九〇年代の作。

さてようやく「聖家族」に辿りついた。これは識者からの評価も高く、密かな注目を受けてきた作でもある。実を言えば本書の目玉。『就眠儀式』『天使』『悪霊の館』『滅紫篇』の次に須永朝彦は何をしたかということなのだが——後年のインタビューによれば——常ならぬ人としての看板を下げ、腹を括って少しは小説らしい小説を書いてみよう、そのように考えたらしいのだ。ただしそこは須永朝彦のこと。一筋縄では捉えられない異貌の小説がここに生まれることとなった。

「いつからか、私はかく在らまほしき父の肖像と人生を己の裡に描き始めてゐた。若い男の肖像写真を沢山蒐め、その中の一枚を選んで我が父の肖像と定めた。」「様々な修正が施された上で、彼は永遠に老いることのないやうに廿七歳で死に、私は夜毎に父の物語を繰り返し織り続ける。」——かつて作者はこのような文をもって小説を書いたことは一度もなかった。「聖家族Ⅰ」「聖家族Ⅱ」「聖家族Ⅲ」「聖家族Ⅳ」の連作は、それぞれさらに「桃花」「黒鶫」「落雁」といった小表題つきのパートに分かれ、関連がありつつも独立性のある掌篇が並ぶ体。凝縮された小宇宙の創作を好む癖だけは不変だが、古今新古今の歌論に始まり植物尽くし・鳥尽くし・歌人尽くし・洋楽尽くし・舞台尽くし等々、花札の如き極彩の絵札すなわち〈須永朝彦の蒐集世界〉がばら撒かれた様相でもある。あまりの豪華さに読者は眼も眩みつつも、そういえば『天使』のなかに「わたしわランラン、タバコわランン」と貼り出した水道橋の煙草屋とその女主人が登場し、美の氾濫のただなかで妙につよい印象を残したことを思い出すかもしれない。たとえば歌舞伎を好む老姉妹の生なましい口吻など、これまで一度もともに〈女〉を描いてこなかった作家・須永朝彦の新生面もまた垣間見られるのではないか。――「作家として、『就眠儀式』と『天使』だけの自分で終わりたくない」。「聖家族」を単行本としたい」と最晩年の須永朝彦が漏らすのを筆者は聞いており、長年の心残りであったと推測される。この連作は、ナボコフ「ある怪物双生児の生涯の数場面」に続きを足し、須永好みの欧州漂泊に至る「聖家族Ⅳ」までで掲載誌の都合により中断することになった。より複雑巧緻に、より開かれた方向へと連作は力強く進行しつつあったというのに――これがⅤⅥ…と続いていれば、とひたすら惜しまれるが、『須永朝彦小説全集』収録時より四半世紀のちの今、こうして改めて文庫入りとなった。希望どおりの単独での単行本化ではないものの、泉下の著者もこれでやや安心して瞑目するだろうか。

　そして「聖家族」に近い後続作ならば、ＳＦ仕立ての「星のオルフェ」。そのようにインタビューで須永本人が語っているが、本書ではそれに逆らい、「蘭の祝福」を選んでみた。小説の新作発表が絶えていた時期の作だが、全編植物尽くしのミステリ調植物幻想譚、楽園と化す温室幻想としても上出来の並々ならぬ魅力がある。作者の本気の植物愛を感じる一編であり、また充分に花開かずに終わった作家・須永朝彦の可能性の一端が伺える作とも思う。「青い箱と銀色のお化け」は先にも触れたとおり九〇年代の作。アンソロジストとしての須永は当時発刊となった『日本幻想文学集成』全三十三巻のうち、森鷗外・泉鏡花・円地文子・佐藤春夫の四巻を担当。このうち珍しい作のみ蒐めた鏡花の巻が特に評判となり、続けて『鏡花コレクション』全三巻の仕事となった。古典のみならず近代作家たちもまた須永の専門領域であった。江戸川乱歩・谷崎潤一郎・稲垣足穂・佐藤春夫による時空を超えた架空対談という設定の本作、このように愉快な芸と見識を持ち合わせる現代人など、須永を除きもはや絶滅して久しかろう。――しかしこれほどの能力とポテンシャルを持ちながら、須永朝彦とは結局のところさっぱり仕事しない御仁であったなあ、との無念の思いが残る。

最後に須永朝彦の創作物の一端である短歌を十首ばかり。選定は任意のもので、必ずしも秀歌を選べていないかもしれない。誰にも似ない小説を多く書いた須永であるが、これが短歌となるとやはり直接教えを乞うた師からの影響が色濃いようだ。其れかあらぬか、須永は作歌からは早々に離れてしまい、没後に歌集未収録作少々のみ残されていた由。

西澤書店版『定本　須永朝彦歌集』の栞の執筆者は郡司正勝・三橋敏雄・中村苑子・松田修・多田智満子・岡田夏彦という豪華な面々。湯川書房版第一歌集『東方花傳』（及び沖積舎版『須永朝彦歌集』）刊行時には、当時の師・塚本邦雄による跋文「鬖鬖死」があった。

蓬原けぶるがごとき藍ねずみ少年は去り夕べとなりぬ

ものみなに水のみなぎる秋を在り然も絶えざる渇きを歩む

西班牙《スペイン》は太陽の死ぬ國にして許すここちすソドムの戀も

西班牙と葡萄牙《ポルトガル》とが姦しあふごときわれらがゆく夏の戀

愛されし記憶つめたきその夜より髪は左眼をおほひてけぶる

うた書くは志を述べぶるよりはるかなり　夕虹の脚中有《ちゆうう》に溺れ

花ひとつ眉間にひらき目庇《まびさし》をなすかな　見蕩《みと》る一人《いちにん》のため

われらが戀は匕首《ひしゆ》の一刺《ひとさし》たがふるにはてにけり　いざ櫻狩せむ

額《ぬか》の悲傷《いたみ》のみなもと　殺《あや》めらるるまで或は生くるかぎり少年

瞿麦《なでしこ》の邑《むら》　鶸色《ひはいろ》に昏るる絵をとはに童形のまま歩むかな

そして歌集掉尾に置かれたこの一首を。古《いにしえ》のうたびとから現代歌人に至るまで、四十名弱への「献呈歌」を並べるという趣向の巻末パート。そのラストの一首、これは若き須永朝彦が自らへ捧げたあまりにも早過ぎる挽歌であり、代表歌のひとつとされているようだ。

須永朝彦に

みづからを殺むるきはにまこと汝が星の座に咲く菫なりけり

解題

礒崎純一

『須永朝彦小説全集』（一九九七年、国書刊行会、以下『小説全集』と略記）の収録作は都合45編を数える。本書にはその半数以上が収められている。

各作品の初出とその他若干を以下に記す。

契　一九七〇年五月「話の特集」
ぬばたまの　一九七〇年六月「反歌」
樅の木の下で　単行本の際に書き下ろし
R公の綴織画　一九七一年二月「ミステリマガジン」
就眠儀式　一九七〇年十一月「NW‐SF」
神聖羅馬帝国　単行本の際に書き下ろし
森の彼方の地　一九七三年五月「NW‐SF」

■右の7編は、『就眠儀式』（一九七四年、西澤書店）に収録。副題に「須永朝彦吸血鬼小説集」とあるように、11編全作が吸血鬼物で統一された第一小説集である。この単行本には横尾龍彦による装画3点が収められている。

のちの『小説全集』では、2編が増補されて全13編となる。

天使Ⅰ　一九七一年三月「俳句研究」
天使Ⅱ　一九七一年七月「黒の手帖」
天使Ⅲ　一九七四年九月「NW-SF」
木犀館殺人事件　大竹蓉子歌集『植物變』(一九七一年三月)跋文として発表
光と影　一九七一年五月「ミステリマガジン」
エル・レリカリオ　一九七一年一月「プレイパンチ」臨時増刊号
LES LILAS　一九七五年三月「流行通信」

■以上7編は、『天使』に収録。全11編を収めた単行本『天使』は、一九七五年春に、総仔牛革装・五段マウント・天金・本文二色刷り、本文用紙に別漉程村紙、見返しに鳥ノ子雲母引を使用した限定一五五部が刊行された(南柯書局)。同年九月には、1作品を差し替えた改訂普及版が出ている(コーベブックス)。ともに、杉本典巳の挿絵が十数葉収められている。『小説全集』では1編が増補され全12編となる。

月光浴　一九七四年九月「シェトワ」
銀毛狼皮　一九七八年十二月「流行通信」

■『悪霊の館』(一九八〇年、西澤書店)に収録。全6編からなる〈ババリア童話集〉のうちの2編。

悪霊の館　一九七一年六月「海」

■『悪霊の館』収録。『小説全集』では、「海の音」とともに〈いすぱにあ・ぽるつがる綺譚〉を構成する。〈いすぱにあ・ぽるつがる綺譚〉の末尾には、「蛇之足」という次のように始まる3ページほどの文章が添えられている。《「海の音」「悪霊の館」の二篇は、葡萄牙《ポルトガル》語圏の作家マヌエル・デ・カスティーリョ＝Manuel de Castilho の短編集『ロマンへの誘ひ＝CONVITE AO ROMANCE』に収載されてゐる「海の嵐＝TEMPESTADE DE MAR」「死霊の棲処＝CASA MAL ASSOMBRADA」にそれぞれ拠つてゐるものの、純然たる飜訳ではない。原典を忠実に日本語に移せば、もう少し長いものになり、その構成には聊《いささ》かの弛緩も認められる》云々。

プロスペル・メリメがイリリア地方の民謡集と詐称した『グズラ』や、古代ギリシヤの詩集の翻訳と偽ったピエール・ルイスの『ビリチスの歌』同様、「文学的変装術」である。

掌篇 滅紫篇　一九七一年三月「ミステリマガジン」

■「冥府への六筋の道」と題するシリーズの1編。この掌篇小説をもとに、同年七月には中篇「滅紫篇」が「海」に発表されている。

聖家族 Ⅰ　一九七三年九月「季刊俳句」
聖家族 Ⅱ　一九七四年一月「季刊俳句」
聖家族 Ⅲ　一九七四年六月「季刊俳句」
聖家族 Ⅳ　一九七五年六月「季刊俳句」

■初出時には〈三題噺擬俳諧枕草紙〉の副題が付されていた連作短篇。掲載誌廃刊のためこの4作で中断している。

蘭の祝福　一九七七年三月「流行通信」

■『小説全集』の〈滴瀝篇〉のうちの1編。『世紀末少年誌』（一九八九年、ペヨトル工房）に収録されている。

術競べ　一九九三年六月「幻想文学」発表の「胡蝶丸変化」より抜粋

■耽美幻術小説の中篇「胡蝶丸変化」は、それぞれ表題がついた14の場面からなるが、「術競べ」はその10番目の場面にあたる。初出には花輪和一の挿絵5葉があった。

青い箱と銀色のお化け　一九九四年十月「幻想文学」

■『小説全集』の〈滴瀝篇〉のうちの1編。

みられるように、発表媒体は大手文芸誌（「海」）もあれば、マイナー文芸誌（「季刊俳句」「幻想文学」）、推理小説誌（「ミステリマガジン」）、個人誌（「反歌」）もあり、はたまたファッション誌（「流行通信」）、アングラ文化誌（「黒の手帖」）、ブティックのPR誌（「シェトワ」）などなどと、多種多彩である。

須永朝彦は『小説全集』刊行時に「幻影の肖像」と題した文章をパンフレットに寄せている。最後にその全文を掲げる。

絵や楽器や舞踊など眷恋《けんれん》の伎《わざ》を菲才のゆゑに次々と諦めた私は、一九六六年に歌人として出発し、幾年かは短歌の制作に熱中したもの、、その間《かん》、短歌を選んでしまつた事に悔恨の如きを覚えなかつた訣《わけ》ではない。浪曼《ローマン》派風の熱狂に憧れてゐた当時の私には、「獵人《かりうど》のうたとほざかりわれはいま不幸を享くる力を喪ふ」といふ葛原妙子さんの歌が甚《いた》く身に沁みる折々があつた。短歌を以てしては表現しきれぬものが身の内に蟠踞するのを持て余してゐた時、勧められて極く短い小説を書いた。一九七〇年代には未だショートショートと称する掌篇小説が世に時めいてゐたのである。この形式は私の文章の息づきに適したとみえて、さしたる労苦も覚えずに六枚とか三枚とかの掌篇が出来上がつた。固《もと》よりこれで小説家になれるなどとは考へもしなかつたが、機会があれば、それまで探し求めながら見いだし得なかつた類の物語を書いてみたいと思つた。

たとへば吸血鬼譚――私は永久《とは》に死を生きる美貌の吸血鬼の物語が読みたかつたが、従来の吸血鬼譚は悉く吸血鬼退治譚であり、登場する吸血鬼もまた美しき者は稀であつた。事情は、天使や闘牛士や化生《けしやう》や夭折者の物語に於ても同じであつた。現実の自分には望み得ぬ境涯、言ひ換へれば自分が変《な》り代りたき存在を選び取り、その肖像を描く事が即ち私の小説の方法となつた。かゝるものを果して読んで下さる方があるかどうか、思ひ迷はぬでもなかつたが、森鷗外の「小説といふものは何をどんな風に書いても好いものだ」といふ説を我流に解して書き継いできた。後には手法にやゝ趣向を凝らしたりしてゐるが、本質は変つてゐないと思ふ。ただ節《ふし》を枉《ま》げてまで書きたいとは思はず、折角の需《もと》めに応じ得ぬ事もあつたから、作品の数は至つて少く、小説作家と称するには聊《いさゝ》か憚りを覚える。従つて、この度の集成刊行は望外の僥倖と申すよりほかはない。

本書は、須永朝彦の作品から、編者の山尾悠子が小説を編んだオリジナル・アンソロジーです。文庫化にあたり、『須永朝彦小説全集』（国書刊行会、一九九七年）を底本としました。文庫化に際し、適宜ルビを補いました。

命売ります　三島由紀夫

自殺に失敗し、「命売ります。お好きな目的にお使い下さい」という突飛な広告を出した男のもとに、現われたのは？（種村季弘）

三島由紀夫レター教室　三島由紀夫

五人の登場人物が巻き起こす様々な出来事を手紙で綴る。恋の告白・借金の申し込み・見舞状等、一風変ったユニークな文例集。（群ようこ）

コーヒーと恋愛　獅子文六

恋愛は甘くてほろ苦い。とある男女が巻き起こす恋模様をコミカルに描く昭和の傑作が、現代の「東京」によみがえる。（曽我部恵一）

七時間半　獅子文六

東京—大阪間が七時間半かかっていた昭和30年代、特急「ちどり」を舞台に乗務員とお客たちのドタバタ劇を描く隠れた名作が遂に甦る。（千野帽子）

悦ちゃん　獅子文六

ちょっぴりおませな女の子、悦ちゃんがのんびり屋の父親の再婚話をめぐって東京中を奔走するユーモアと愛情に満ちた物語。初期の代表作。（窪美澄）

笛ふき天女　岩田幸子

旧藩主の息女に生まれ松方財閥に嫁ぎ、四十歳で作家獅子文六と再婚。夫、文六の想い出と天女のような純真さで爽やかに生きた女性の半生を語る。

青空娘　源氏鶏太

主人公の少女、有子が不遇な境遇から幾多の困難にぶつかりながらも健気にそれを乗り越え希望を手にする日本版シンデレラ・ストーリー。（山内マリコ）

最高殊勲夫人　源氏鶏太

野々宮杏子と三原三郎は家族から勝手な結婚話を迫られるも協力してそれを回避する。しかし徐々に惹かれ合うお互いの本当の気持ちは……。（千野帽子）

カレーライスの唄　阿川弘之

会社が倒産した！　どうしよう。美味しいカレーライスの店を始めよう。若い男女の恋と失業と起業の奮闘記。昭和娯楽小説の傑作。（平松洋子）

せどり男爵数奇譚　梶山季之

せどり＝掘り出し物の古書を安く買って高く転売することを業とすること。古書の世界に魅入られた人々を描く傑作ミステリー。（永江朗）

飛田ホテル　黒岩重吾

刑期を終えたやくざ者に起きた妻の失踪を追う表題作など、大阪のどん底で交わる男女の情と性。直木賞作家の傑作ミステリ短篇集。（難波利三）

あるフィルムの背景　結城昌治　日下三蔵編

普通の人間が起こす歪んだ事件、そこに至る絶望を描き、思いもよらない結末を鮮やかに提示する。昭和ミステリの名手、オリジナル短篇集。

赤い猫　仁木悦子　日下三蔵編

爽やかなユーモアと本格推理、そしてほろ苦さを少々。日本推理作家協会賞受賞の表題作ほか〈日本のクリスティー〉の魅力をたっぷり堪能できる傑作選。

兄のトランク　宮沢清六

兄・宮沢賢治の生と死をそのかたわらでみつめ、兄の死後も烈しい空襲や散佚から遺稿類を守りぬいてきた実弟が綴る、初のエッセイ集。

落穂拾い・犬の生活　小山清

明治の匂いの残る浅草に育ち、純粋無比の作品を遺して短い生涯を終えた小山清。いまなお新しい、清らかな祈りのような作品集。（三上延）

真鍋博のプラネタリウム　真鍋博　星新一

名コンビ真鍋博と星新一。二人の最初の作品『おーい　でてこーい』他、星作品に描かれた挿絵と小説冒頭をまとめた幻の作品集。（真鍋真）

熊撃ち　吉村昭

人を襲う熊、熊をじっと狙う熊撃ち。大自然のなかで、実際に起きた七つの事件を題材に、孤独で忍耐強い熊撃ちの生きざまを描く。

川三部作
泥の河／螢川／道頓堀川　宮本輝

太宰賞「泥の河」、芥川賞「螢川」、そして「道頓堀川」と、川を背景に独自の抒情をこめて創出した、宮本文学の原点をなす三部作。

私小説 from left to right　水村美苗

12歳で渡米し滞在20年目を迎えた「美苗」。アメリカにも溶け込めず、今の日本にも違和感を覚え……。本邦初の横書きバイリンガル小説。

ラピスラズリ　山尾悠子

言葉の海が紡ぎだす、〈冬眠者〉と人形と、春の目覚めの物語。不世出の幻想小説家が20年の沈黙を破り発表した連作長篇。補筆改訂版。（千野帽子）

遠い朝の本たち　須賀敦子
一人の少女が成長する過程で出会い、愛しんだ文学作品の数々を、記憶に深く残る人びとの想い出とともに描くエッセイ。（末盛千枝子）

おいしいおはなし　高峰秀子編
向田邦子、幸田文、山田風太郎……著名人23人の美味な思い出。文学や芸術にも造詣が深かった往年の大女優・高峰秀子が厳選した珠玉のアンソロジー。

るきさん　高野文子
のんびりしていてマイペース、だけどどっかヘンテコな、るきさんの日常生活って？　独特な色使いが光るオールカラー。ポケットに一冊どうぞ。

それなりに生きている　群ようこ
日当たりの良い場所を目指して仲間を蹴落とすカメ、迷子札をつけているネコ、自己管理している犬。文庫化に際し、二篇を追加して贈る動物エッセイ。

うつくしく、やさしく、おろかなり　杉浦日向子
生きることを楽しもうとしていた江戸人たち。彼らの紡ぎ出した文化にとことん惚れ込んだ著者がその思いの丈を綴った最後のラブレター。（松田哲夫）

ねにもつタイプ　岸本佐知子
何となく気になることにこだわる、ねにもつ。思索、奇想、妄想はばたく脳内ワールドをリズミカルな名短文でつづる。第23回講談社エッセイ賞受賞。

回転ドアは、順番に　穂村弘　東直子
ある春の日に出会い、そして別れるまで。気鋭の歌人ふたりが、見つめ合い呼吸をはかりつつ投げ合う、スリリングな恋愛問答歌。（金原瑞人）

絶叫委員会　穂村弘
町には、偶然生まれては消えてゆく無数の詩が溢れている。不合理でナンセンスで真剣だからこそ可笑しい、天使的な言葉たちへの考察。（南伸坊）

杏のふむふむ　杏
連続テレビ小説「ごちそうさん」で国民的な女優となった杏が、それまでの人生を、人との出会いをテーマに描いたエッセイ集。（村上春樹）

月刊佐藤純子　佐藤ジュンコ
注目のイラストレーター（元書店員）のマンガエッセイが大増量してまさかの文庫化！　仙台の街や友人との日常を描く独特のゆるふわ感はクセになる！

沈黙博物館　小川洋子
「形見じゃ」老婆は言った。死の完結を阻止するために形見が盗まれる。死者が残した断片をめぐるやさしくスリリングな物語。（堀江敏幸）

星間商事株式会社社史編纂室　三浦しをん
二九歳「腐女子」川田幸代、社史編纂室所属。恋の行方も友情の行方も五里霧中。仲間と共に「同人誌」を武器に社の秘められた過去に挑む!?（金田淳子）

つむじ風食堂の夜　吉田篤弘
それは、笑いのこぼれる夜。――食堂は、十字路の角にぽつんとひとつ灯をともしていた。クラフト・エヴィング商會の物語作家による長篇小説。

通天閣　西加奈子
このしょーもない世の中に、救いようのない人生に、ちょっぴり暖かい灯を点す驚きと感動の物語。第24回織田作之助賞大賞受賞作。（津村記久子）

この話、続けてもいいですか。　西加奈子
ミッキーこと西加奈子の目を通すと世界はワクワク、ドキドキ輝く。いろんな人、出来事、体験がてんこ盛りの豪華エッセイ集！（中島たい子）

君は永遠にそいつらより若い　津村記久子
22歳処女。いや「女の童貞」と呼んでほしい――。日常の底に潜むうっすらとした悪意を独特の筆致で描く。第21回太宰治賞受賞作。（松浦理英子）

アレグリアとは仕事はできない　津村記久子
彼女はどうしようもない性悪だった。すぐ休み単純労働をバカにし男性社員に媚を売る。大型コピー機とミノベとの仁義なき戦い！（千野帽子）

まともな家の子供はいない　津村記久子
セキコには居場所がなかった。うちには父親がいる。うざい母親、テキトーな妹。まともな家なんてどこにもない！　中3女子、怒りの物語。（岩宮恵子）

こちらあみ子　今村夏子
あみ子の純粋な行動が周囲の人々を否応なく変えていく。第26回太宰治賞、第24回三島由紀夫賞受賞作。書き下ろし「チズさん」収録。（町田康／穂村弘）

さようなら、オレンジ　岩城けい
オーストラリアに流れ着いた難民サリマ。言葉も不自由な彼女が、新しい生活を切り拓いてゆく。第29回太宰治賞受賞・第150回芥川賞候補作。（小野正嗣）

冠・婚・葬・祭　中島京子
人生の節目に、起こったこと、出会ったひと、考えたこと。冠婚葬祭を切り口に、鮮やかな人生模様が描かれる。第143回直木賞作家の代表作。（瀧井朝世）

とりつくしま　東直子
死んだ人に「とりつくしま係」が言う。モノになってこの世に戻れますよ。妻は夫のカップに弟子は先生の扇子になった。連作短篇集。（大竹昭子）

虹色と幸運　柴崎友香
珠子、かおり、夏美。三〇代になった三人が、人に会い、おしゃべりし、いろいろ思う一年間。移りゆく季節の中で、日常の細部が輝く傑作。（江南亜美子）

星か獣になる季節　最果タヒ
推しの地下アイドルが殺人容疑で逮捕!? 僕は同級生のイケメン森下と真相を探るが――。歪んだピュアネスが傷だらけで疾走する新世代の青春小説！

ピスタチオ　梨木香歩
棚（たな）がアフリカを訪れたのは本当に偶然だったのか。不思議な出来事の連鎖から、水と生命の壮大な物語「ピスタチオ」が生まれる。（管啓次郎）

図書館の神様　瀬尾まいこ
赴任した高校で思いがけず文芸部顧問になってしまった清（きよ）。そこでの出会いが、その後の人生を変えてゆく。鮮やかな青春小説。（山本幸久）

マイマイ新子　髙樹のぶ子
昭和30年山口県国衙。きょうも新子は妹や友達と元気いっぱい。戦争の傷を負った大人、変わりゆく時代、その懐かしく切ない日々を描く。（片渕須直）

話虫干　小路幸也
夏目漱石「こころ」の内容が書き変えられた！ それは話虫の仕業。新人図書館員が話の世界に入り込み、「こころ」をもとの世界に戻そうとするが……。

包帯クラブ　天童荒太
傷ついた少年少女達は、戦わないかたちで自分達の大切なものを守ることにした。生きがたいと感じるすべての人に贈る長篇小説。大幅加筆して文庫化。

うれしい悲鳴をあげてくれ　いしわたり淳治
作詞家、音楽プロデューサーとして活躍する著者の小説＆エッセイ集。彼が「言葉」を紡ぐと誰もが楽しめる「物語」が生まれる。（鈴木おさむ）

吉行淳之介ベスト・エッセイ　荻原魚雷編
創作の秘密から、ダンディズムの条件まで。「文学」「男と女」「紳士」「人物」のテーマごとに厳選した、吉行淳之介の入門書にして決定版。（大竹聡）

田中小実昌ベスト・エッセイ　大庭萱朗編
東大哲学科を中退し、バーテン、香具師などを転々とし、飄々とした作風とミステリー翻訳で知られるコミさんの厳選されたエッセイ集。（片岡義男）

山口瞳ベスト・エッセイ　小玉武編
サラリーマン処世術から飲食、幸福と死まで。――幅広い話題の中に普遍的な人間観察眼が光る山口瞳の豊饒なエッセイ世界を一冊に凝縮した決定版。

色川武大・阿佐田哲也ベスト・エッセイ　色川武大／阿佐田哲也　大庭萱朗編
二つの名前を持つ作家のベスト。文学論、落語からタモリまでの芸能論、ジャズ、作家たちとの交流も。もちろん阿佐田哲也名の博打論も収録。（木村紅美）

開高健ベスト・エッセイ　開高健　小玉武編
文学から食、ヴェトナム戦争まで――おそるべき博覧強記と行動力。「生きて、書いて、ぶつかった」開高健の広大な世界を凝縮したエッセイを精選。

中島らもエッセイ・コレクション　中島らも　小堀純編
小説家、戯曲家、ミュージシャンなど幅広い活躍で没後なお人気の中島らもの魅力を凝縮！　酒と文学とエンターテインメント。（いとうせいこう）

文房具56話　串田孫一
使う者の心をときめかせる文房具。どうすればこの小さな道具が創造力の源泉になりうるのか。文房具の想い出や新たな発見、工夫や悦びを語る。

ぼくは散歩と雑学がすき　植草甚一
1970年、遠かったアメリカ。その風俗、映画、本、音楽から政治までをフレッシュな感性と膨大な知識、貪欲な好奇心で描き出す代表エッセイ集。

快楽としてのミステリー　丸谷才一
ホームズ、007、マーロウ――探偵小説を愛読して半世紀、その楽しみを文芸批評とゴシップを駆使して自在に語る、文庫オリジナル。（三浦雅士）

超発明　真鍋博
昭和を代表する天才イラストレーターが、唯一無二のSF的想像力と未来的発想で〝夢のような発明品〟129例を描き出す幻の作品集。（川田十夢）

ねぼけ人生〈新装版〉　水木しげる

戦争で片腕を喪失、紙芝居・貸本漫画の時代と、波瀾万丈の人生を、楽天的に生きぬいてきた水木しげるの、面白くも哀しい半生記。（呉智英）

「下り坂」繁盛記　嵐山光三郎

人の一生は、「下り坂」をどう楽しむかにかかっている。真の喜びや快感は「下り坂」にあるのだ。あちこちにガタがきても、愉快な毎日が待っている。

向田邦子との二十年　久世光彦

あの人は、あり過ぎるくらいあった始末におえない胸の中のものを誰にだって、一言も口にしない人だった。時を共有した二人の世界。（新井信）

旅に出る　ゴトゴト揺られて本と酒　椎名誠

旅の読書は、漂流モノと無人島モノと一点こだわりガンコ本！　本と旅とそれから派生していく自由な思いのつまったエッセイ集。（竹田聡一郎）

昭和三十年代の匂い　岡崎武志

テレビ購入、不二家、空地に土管、トロリーバス、くみとり便所、少年時代の昭和三十年代の記憶をたどる。巻末に岡田斗司夫氏との対談を収録。

本と怠け者　荻原魚雷

日々の暮らしと古本を語り、古書に独特の輝きを与えた「ちくま」好評連載「魚雷の眼」を、一冊にまとめた文庫オリジナルエッセイ集。（岡崎武志）

増補版　誤植読本　高橋輝次編著

本と誤植は切っても切れない⁉　恥ずかしい打ち明け話や、校正をめぐるあれこれなど、作家たちが本音を語り出す。作品42篇収録。（堀江敏幸）

わたしの小さな古本屋　田中美穂

会社を辞めた日、古本屋になることを決めた。倉敷の空気、古書がつなぐ人の縁、店の生きものたち……。女性店主が綴る蟲文庫の日々。（早川義夫）

ぼくは本屋のおやじさん　早川義夫

22年間の書店としての苦労と、お客さんとの交流。どこにもありそうで、ない書店。30年来のロングセラー！（大槻ケンヂ）

たましいの場所　早川義夫

「恋をしていいのだ。今を歌っていくのだ」。心を揺るがす本質的な言葉。文庫用に最終章を追加。帯文＝宮藤官九郎　オマージュエッセイ＝七尾旅人

品切れの際はご容赦ください

ちくま文庫

須永朝彦小説選《すながあさひこしょうせつせん》

二〇二一年九月十日　第一刷発行

著者　須永朝彦（すなが・あさひこ）
編者　山尾悠子（やまお・ゆうこ）
発行者　喜入冬子
発行所　株式会社　筑摩書房
東京都台東区蔵前二―五―三　〒一一一―八七五五
電話番号　〇三―五六八七―二六〇一（代表）
装幀者　安野光雅
印刷所　株式会社精興社
製本所　加藤製本株式会社

ISBN978-4-480-43769-3　C0193